JN213443

一途な英雄は愛しの神子と建国するようです

Haru Sakura

佐倉 温

Contents

エル
ELLE
仮面を被っていてもわかるほどの美貌を持つ。アスターのために建国することを誓う。
アスター
ASTER
「流血の神子」と呼ばれ、自身の血で他者の傷を癒す力を持つ。

バウンス　BOUNCE

宰相であったが、アスターを庇い、一緒に監獄へと追放された。

ヘクトル　HECTOR

元騎士団長。
剣の腕で右に出る者はいないといわれるほどの腕前。

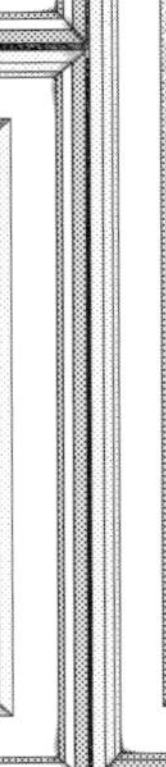

セドリック　CEDRIC

神童と呼ばれるほどの天才。反乱軍の頭脳担当として、戦略を練る。

ルーク　LUKE

発明王。
監獄に収監されて以降、体調を崩して寝たきりになっていた。

一途な英雄は愛しの神子と建国するようです

「はあ、はあ、はあ、はあ」

暗闇の中を必死に逃げる。小さな身体(からだ)を懸命に動かしても、大人の足には敵(かな)わない。だから、気づかれる前に少しでも先へ。

お母さん、お母さん、お母さん。

頭の中はそのことでいっぱいで、がむしゃらに走った。

お母さんに会いたい。お母さんに会えれば、きっと痛いのも苦しいのも終わる。

「あ……！」

足を取られて転んだ。勢いでごろごろと転がって、何かに当たる衝撃。

「子供……？」

「ひ……っ！」

人だ。人にぶつかってしまった。もう逃げられない。

またあそこに連れていかれる。痛いことをされる。お母さんにも会えない。

ひゅ、と喉(のど)が鳴った。誰かに首を絞められたみたいに苦しくて、口をはくはくと動かす。

苦しい。苦しいけど、死ねない。それが一番苦しい。

「かはっ、ふ……っ、は……！」

藻掻いた手が、地面を引っ掻く。霞む視界でそれを見つめていたら、誰かの足が視界に入ってきた。

「大丈夫、落ち着いて」

月を背に、こちらを見下ろす顔があった。その目が驚いたように見開かれ、すぐに元通りになった。

跪いたその人は、優しい声で諭す。

「ゆっくり吸って、吐いて。いち、に、さん」

背に、そっと手が触れた。声に促され、必死に息を吸って吐く。次第に落ち着き始めると、目の前の顔が歪んだ。

「あなたは、神子なのね」

「……っ」

身体が硬くなる。この人は、自分を連れ戻しに来た人なのかも。怯えていると、その人はひどく悲しそうな顔をした。

「あなたを不幸にしたのも私なのに……」

「な、なかないで」

僕を不幸にしたのはあなたじゃない。ここの王様だ。お母さんといられなくなったのも、痛いことをされるのも、全部あの王様のせいであなたじゃない。

そう言いたかったけれど、この人が誰だか知らなかった。いい人なのか悪い人なのかも。

「あなたは、だれですか?」

「……ローズ」

「ローズ?」

小さな声が聞き取り辛くて聞き返そうとしたら、少し離れた場所が騒がしくなった。

「捜せ!」

「子供の足だ! そう遠くへ行っていないはずだ!」

アスターを追ってきた人達だ。怯えるアスターに、その人は言った。

「あなたは一人じゃない」

「ひとりじゃ、ない?」

「私がいる。いつか、絶対にまた会えるから」

「……また、あえるの?」

「必ず」

「……それって、ともだちになってくれるってこと?」

「あなたがそう望んでくれるなら。……だから、諦めないで。私も、諦めない」

それは、アスターの中にある古い記憶。

擦り切れてぼろぼろで、どんな人だったのか顔も思い出せないけれど、その人が言った言葉だけはよく覚えている。

『諦めないで』

それはひどく陳腐で残酷な、たった一言。

その昔、神は二人の人間を友とした。リアとタルーガ。彼らは共に神が作ったこの世界のことを大事に思っていたが、考え方は正反対だった。

リアは人々に必要なのは慈しみ合う心だと考え、タルーガは人々が助け合って生きていくためには正しい決まりと教えが必要であると考えた。

神は彼らの意見を尊重し、この世界を守る力を彼らに与えることにする。

人々を救う力をリアに、人々を守るために未来を選択する力をタルーガに。

リアは無償の愛を人々に与え、リアの子孫達はいつしか神子と呼ばれるように。リアとリアの子孫を崇拝する者達は彼らのもとへと自然に集まり、村を形成した。これがリア教の始まりである。

その一方、タルーガは人々を守るために力を揮う。彼の常に正しい選択のお陰で人々は安心して暮らせるようになり、作物を作り、村を形成した。豊かな実りの中で生活は充実し、村の民は増え、いつしか彼を中心とした国となる。そうしてできたのが、タルーガ王国である。

タルーガ王国とリア教会は互いに不可侵であり、同盟関係でもあった。そうしてリア教は世界に広く浸透する宗教となり、タルーガ王国はこの世界で一番と言われるほどの強国となった。

だが次第に神が二人に与えた力は薄らぎ、今ではごく稀に能力を持った者が生まれてくるのみ。

そうして、均衡は脆くも崩れる。

「ぐわああ！」

「早く、早く助けてくれ！」

「ぎ、やあああっ、腕が、腕が……っ！」

剣戟の音と共に、あちこちで悲痛な叫び声が上がる。土埃と血しぶきが飛び交うそこは、この世で一番命が失われる場所。

戦場。そこはまさに地獄絵図である。

「神子！　今すぐここへ！」

「分かりました」

前線で傷ついた者達が、次々と引き摺られて後方へやってくる。その中でも見るからに重傷な男が、痛みに悶える身体を無理やりに引き摺られ、アスターの目の前に連れてこられた。

見るも無残な姿だ。辛うじて腕はついているものの、出血が多く顔面は蒼白だった。このまま放置すれば、数分もしないうちにこの世と縁が切れるだろう。

「い、嫌だっ、もう嫌だ！　いっそ死なせてくれ！　頼むから！」

暴れた男の手がアスターの頰に当たる。……正確には、顔のほとんどを覆っている仮面に、だが。

その懇願を聞くのはもう何度目だろう。すっかり慣れてしまった声を聞き流し、アスターは手の中の短剣を握りしめた。この短剣は戦うためのものではない。腕を捲り、痩せっぽちのそこに視線を落とす。ひんやりとした切っ先を、手首の下に押し当てた。

ぷつり。肉が切れる瞬間はいつも嫌なものだ。慣れたとはいえ、痛みはなくならない。つるりと生温い血液が腕を垂れる感触にも。

「やめ、やめてくれ……もう、もう許してくれ……っ」

その悲痛な声を聞いても、両脇で男を押さえつけている腕が緩むことはない。

傷ついた男の上に腕を掲げると、ぽたり、と血が彼の傷口に落ちる。一滴落ちれば、狙い定めたように同じ場所にぼたぼたと流れ落ちていく。

そして。

「あ、ああ……くそ……！」

悪態と共に起き上がった時には、傷ついた男はただの男になっていた。

……そう。傷一つないただの男に。

「この、悪魔が……っ！」

死の淵から蘇ったばかりの男が、アスターに憎悪の視線を向けてくる。助けられた感謝などそこにはない。その理由は嫌というほど分かっていた。

どんなにひどい目に遭っても、また戦場に戻される。戦争において命を使い捨てにする王はどこの国にもいるが、ここタルーガ王国は違う。

【死の安寧すら許さぬ流血の神子】

この場にアスターがいる限り、彼らはどんなにこの地獄から逃げたくとも逃げることすら叶わないのだ。

「何が神子だ！　お前などいなければよかった！　お前などがいるから……！」

「うるさい！　さっさと前線へ戻れ！」

騎士達に剣を向けられ、男は悔しそうに剣を握りしめて前線へと戻っていく。そんな目を向けられても困る。アスターには何を決める権利もないのだから。

「おっと……っ」

腕に垂れる血を唯一仮面に覆われていない口で舐め取ると、出血はすでに止まっていた。ポケットから粗末な布を取り出して血を拭えば、そこにはもう傷痕すらない。

「化け物が」

離れたところで見ていた騎士の一人が、小さく吐き捨てる声がした。聞こえていないと思っているのだろうが、残念ながら耳はいいほうだ。いや、別に聞こえても構わないと思っているのかもしれない。ここに、アスターを庇う者などいないから。

戦争が始まった当初はまだましだった。傷ついた兵士達を助ければ、彼らは口々にアスターに礼を言ったし、戦場もここまで過酷なものではなかった。

だが、一つ目の戦争に勝ち、二つ目の戦争に勝ち、それでも戦争は終わらない。王は貪欲に、あらゆる国に戦争を仕掛けた。領土を広げ、自らの私腹を肥やすためだけに。

疲れたな。そう思うが、アスターもまた、この場所から逃げることが許されない。

流血の神子。いつしかそう呼ばれるようになった己の運命からも。

立ち上がると、くらりと視界が揺れた。今日はすでに血を流しすぎている。

「お腹が空いたので、一度下がります」

「承知いたしました」

言葉ばかりは丁寧だが、愛想の欠片もない騎士と別れ、アスターはふらふらと後方へと下がった。

怒号や砲撃、剣がぶつかり合う音。それらを背中で聞きながら、空を見上げる。

「今日もいい天気ですねぇ」

これが、アスターの日常である。

タルーガ王国は十数年前まで、平穏で豊かな国だった。その平穏をぶち破ったのは、当時一貴族に過ぎなかったポルク・ガスコンが起こした反乱である。周到に計画されたその反乱によって、代々王国を治めていたタルーガ一族の末裔で当時の王だったラルゴ・タルーガが捕らえられ、国民の目の前で処刑された。

新たに玉座に座ったポルクは前王の妻であったアラミス王妃を自らの妻とし、それまでのタルーガ王国の方針を大幅に転換して他国への侵略を開始する。

その裏には、当代の神子であるアスターの存在があった。

ポルクが王座に就いてほどなくしてその力を見出されたアスターは当初、リア教の教団で手厚く保護されるはずだった。だが、初代神子のリアの力を受け継ぐ者が現れたのは百年ぶりだと教団が喜びに湧いたのも束の間、アスターの力に目をつけたポルクが、互いに不可侵という誓約を破ってアスターをリア教から強奪。王国軍を不死の軍とすることで、自国より数で勝る国相手に勝利し続けたのである。

【流血の神子】

アスターがそう呼ばれるようになったのは、この身に宿る力のせいだ。

リア教の始祖であるリアが神から授かった権能は【回復】。

死んだ者を生き返らせることはできないが、たとえ瀕死であろうとも、生きてさえいるならばたちまち回復させることができる。……自らの血の力で。

神というものはよく考えている。無尽蔵に使える権能であれば、この世の人々は皆不死の存在となれただろう。けれどリアに与えられた権能には血という制約があった。自らの血液を捧げることなしには、回復の権能を使うことはできない。

人間の血液は限られている。アスターの身体中の血を抜いたところで、一日に救える人間には限りがあった。ゆえに、戦場でアスターと対峙する者はほとんど死と隣り合わせの者だけであり、彼らには時にアスターが死神のように見えるらしい。命を救って死神扱いされるというのも、おかしな話だが。

この身におかしな力があることが分かった五歳の頃から、アスターはほとんどの時間を戦場で過ごしている。毎日、毎日、自らを傷つけ、血を流し、人を助け、罵られての繰り返し。

血に宿る権能の力はアスター自身にも作用するため、死ぬことができない。そうであるのをいいことに、幼い頃は身動きが取れなくなるぎりぎりまで使い捨てられることもよくあった。

首に刃を立てられてぼたぼたと血を流す自分の姿は、まるで屠畜場で殺される家畜のようだっただろう。血液を一気に失いすぎると回復能力が落ちるということが分かるまでは毎日殺されているようなものだったから、もしかしたら一度で解放される家畜のほうがよほどましなのかもしれないと考えたこともあった。

だが、人間というものは慣れる生き物だ。もうすでに覚えていない幼き頃には泣き叫んだこともあったのかもしれないが、今のアスターにとっては変わらない平穏な日々である。

自分のテントに戻り、のろのろと椅子に腰を下ろす。そこには投げ捨てたような塩梅でパンが置かれていた。

「いただきます、お母さん」

いつ汲んだか覚えていないような水差しの水を入れ、粗末なパンと水を前に祈りを捧げる。神などには祈らない。神の幸いなど欲しくない。アスターにとっての救いは母だけだ。

『アスター！　アスターを返して！』

涙を流しながら、必死にアスターに向かって手を伸ばしていた母の姿を思い出す。それ以来一度も会ったことはなく、母との思い出は擦り切れていくけれど、あの時の姿だけは脳裏に焼きついていた。

自分のために泣いてくれた人。

『この国を守ることは、お前の母を守ることでもある』

初めて謁見した五歳の時からずっと、ポルク王がアスターに言う言葉だ。

会うことはできないけれど、母はこの国で生きている。この国に何かあれば、母も無事では済まない。

だから、この国を守る。

それが唯一、アスターが戦場で生きる理由だ。

誰に罵られようが、この身が辛かろうが、そこに意義があるからまだ立てる。

「どうせ権能を与えられるなら、先読みだとよかったのに」

未来を選択できると言われるその力がアスターにあったなら、もう少しましな生活ができていたかもしれないのに。

硬いパンを噛(か)みちぎりながら、テントの隅にある割れた鏡に目を向ける。戦場では自分で切るしかないため、伸ばしっぱなしになった長い髪はぼさぼさで、櫛(くし)も満足に通らない。母の柔らかく美しかった髪とは雲泥の差だ。

髪の色だって、母の艶(つや)やかな黒髪とは違って派手派手しい金色であることが気に入らない。リアの血を受け継ぐ者によく現れる特徴の一つであるらしく、この髪色のせいもあってポルクにすぐ見つかってしまったことを考えれば、いっそ忌々(いまいま)しさすら感じる。

母の目は髪と同じく黒で、黒曜石のように美しかったが、アスターの目はくすんだ茶色で、そこも母と似ていない。

アスターの顔の中で母の面影を残す場所。それは小さくて薄い唇だった。仮面をしていても、唯一はっきり見える場所。

だからアスターは、鏡を見るたびに口角を上げる。母はとても穏やかな気性の優しい人だった。最後に見た姿こそ悲痛なものだったが、本来の母はいつも笑みを浮かべてにこにことアスターを見ていた……はずだ。

少しずつ失われていく記憶に抵抗するように、アスターは今日も口元に笑みを浮かべる。そうすることで、自分の中にある母の記憶を押し留めようと努めるしか、今のアスターにできることはなかったから。

けれど戦場で笑う者は異質だ。過酷な戦場でにこにこと笑うアスターが、死神と呼ばれるのも致し方ないことなのかもしれない。まあ、誰にどう思われても構わないが。

「失礼します」

言葉の通り失礼な態度で、騎士の一人が突然テントに入ってきた。相手の返事を待ちもせずに勝手に踏み込むのは、彼らがアスターに対して何の敬意も払っていない証拠だ。

「ポルク王から、至急戻るようにとの命です」

言いたいことだけ言って、アスターの返事も待たずにテントを出ていく。こんなことは日常茶飯事なので、アスターも当たり前のようにそれを受け入れた。

王が来いと言う以上、アスターの返答など必要ない。それは決定事項なのだから。

「今度は一体どこを怪我したのやら」

ポルクがアスターを呼び出す時は、大抵の場合は自身の怪我の回復のためである。

戦場で多くの者が命をかけて戦っているのにもかかわらず、些細(ささい)なかすり傷や指のひび割れなどで戦況などお構いなしにアスターを城に呼びつけた。

アスターが戦場を離れるということは、その間に瀕死になった者はほぼ助からないということだ。

先ほどアスターを悪魔と呼んだあの男は、次に運ばれてきた時にアスターがいなければほっとすることだろう。

だが、アスターにとっては城への呼び出しは憂鬱(ゆううつ)なものだった。城で貴族達に見世物のような扱いを受けるより、戦場で化け物扱いされるほうが遥(はる)かにましだ。

「苦手なんですよね」

行く前から気分が滅入(めい)る。はあとため息を吐(つ)いたアスターは、鏡に視線を向けてまた口角を上げた。

「でももしかしたら、今度こそお母さんに会わせてもらえるかもしれない」

前回の戦争が終結した際、上機嫌だったポルクに褒美を取らせてやろうと言われたアスターは、母との面会を希望した。その時は、国民は農作物の収穫で忙しいから今は無理だと言われたが、現在は冬。収穫の時期はすでに終えている。今回こそは会わせてもらえるかもしれない。

「そうだ。それで呼ばれたのかも」

母との面会の準備が整ったのかもしれない。そう思うと、急にかちこちのパンさえ美味(おい)しく感じるのだから不思議だ。

もし母に会えたら何と言おうか。元気にしていましたか？　……ちょっと他人行儀すぎるかな？　ずっと会いたかったです！　……馴(な)れ馴れしすぎる？

そんな風に考えている時間は、ここ数年では珍しいぐらいに楽しいものだった。

「しばらくここでお待ちくださいませ」

にこりともしないメイドに連れてこられた部屋に足を踏み入れれば、すぐに背後で戸が閉まった。

監獄と呼ぶには高級そうな調度品が揃った大層な部屋であるが、がちゃりと外から鍵がかけられる音を聞いてしまえば、最早牢と大差ない。

城に入るのはどれぐらいぶりだろうか。ここのところは戦況が良くなかったから、半年は経っている気がする。

それほど長い間、ポルクが傷一つなく過ごしていたということでもある。戦場ではあれほど多くの血が流されているというのに、城内は別世界のように煌びやかで静かだ。

誰かの悲鳴も、怒号も、呻き声も、剣戟の音も聞こえない。こんな静けさは久しぶりだ。沈黙に耳を澄ますと、ぐう、という自分の腹の音が聞こえる。

昨日の夜に戦場を出て、一日に一度しか配られないパンを食べられないまま、ここに連れてこられた。空腹には慣れたものだから、よしよしと腹を撫でるだけでまた耳を澄ます。

ちちち、と鳴き声がして窓に目を向ければ、木の枝に留まった小鳥がこちらを覗いている。

「自由な君が羨ましいです」

窓を開けても、小鳥は逃げない。城内の小鳥達は人間相手に怖い思いをしたことがないのだろう。

こちらを見て首を傾げる仕草が可愛らしい。

　自分にも羽があればいいのに。そうしたら、今すぐ母のもとに飛んでいくのに。

『そういえば、今日は死神が来ているらしいぞ』

　不意にどこかから声がした。出所を探ると、この部屋の真下からのようだった。同じく窓を開けたことでこちらに声が届くようになったらしい。

『死神って、流血の神子のことか？』

『ああ。王のささくれを治療するために呼び出したんだそうだ』

　ささくれ。またそんなくだらないことで呼び出されたのかとがっかりした。母と会えるのかもと膨らんでいた期待が、ぺしゃりと潰れる。

『あの神子、仮面をしていて顔はほとんど分からないが、気持ち悪いよなあ』

『敵国に死神なんて呼ばれてるのもよく分かるよ。俺、戦場に伝令で行ってあいつを見たことがあるけど、戦場のど真ん中で笑っているんだ。どういう神経をしていたらあんな地獄を見て笑えるんだろうな。薄気味悪いったらなかったよ』

『五歳の頃からずっと戦場にいるって話だ。人の心なんかとっくにないんだろうぜ。ああ、いや、一応は少し残ってるんだったか。前回の謁見の時、母親に会いたいと王に直談判したらしいからな』

『母親？　そりゃまた馬鹿な話だな』

『まったくだよ。母親なんて、とっくの昔に居やしないのに』

「……っ！」

居やしない？　居やしないとはどういう意味だ。もうこの国にはいないということ？　それとも……？

衝撃で胸がぎゅっと引き絞られるように痛む。ちかちかと明滅するような視界と揺らぐ身体。その場に蹲（うずくま）って初めて、自分が呼吸をすることすら忘れているのだと理解した。

「は……っ、は……」

息が上手（うま）く吸えない。このままでは駄目だと経験で知っている。幼い頃から何度も、同じような状況に陥った。

『ゆっくり吸って、吐いて。いち、に、さん』

脳内で声が木霊（こだま）する。穏やかで優しい声。

落ち着け。落ち着け。呼吸に集中しろ。自分で何とかしなければ、誰も助けてはくれないのだ。死ぬことのできない自分は、ただひたすら苦痛の時間を長引かせることになる。

「はー、はー」

キン、とうるさかった耳鳴りが、少しずつ収まっていく。それに合わせるようにして、少しずつ、呼吸も落ち着きを取り戻した。

「ふう……」

まだ名残でばくばくと胸が痛いけれど、それでも視界は戻ってきた。

居やしない。

その言葉が脳裏に蘇ってまた息が詰まりそうになるのを、まだそうと決まった訳じゃないと自分に言い聞かせて堪える。

そんなはずはない。だってポルクは『今は無理だ』と言った。

「今は、会えないだけ……」

ばさばさ、と小鳥が飛び去る。空に向かって飛んでいくその姿を追いかけて、今すぐ母を探しに行けたらいいのに。


「よく来たな」

玉座からこちらを見下ろすその人に、これほど会いたいと思ったことはなかった。

「戦場からは救援を寄越せなどという泣き言が送られてきていたぞ。貴様の努力が足らんからではないのか？」

「陛下」

「口を出すな、バウンス」

「…………」

王の隣には宰相であるバウンス・ローレライが寄り添うようにして立っている。長い髭を撫でつけ、アスターを見下ろすこの人の視線にはいつも、憐憫のようなものを感じていた。

王国の生き字引と言われているバウンスは、前王の治世から宰相を務めている男だ。前王が処刑された際、要職についていたほとんどの者が同じく処刑されたが、バウンスの持つ膨大な知識は殺すには惜しかったのだろう。

　ポルクの治世になっても相変わらず宰相としてその地位についているバウンスのことを薄情者と揶揄する者も多いとは聞いたが、バウンスが宰相として留まっているお陰で、ポルクの横暴がこの程度で済んでいるという見方をする者もいた。

「すぐに治療を始め──」

「お待ちください」

　こんな風にアスターがポルクの言葉を遮ったのは初めてのことだ。だが、今日を逃せば真実を知る機会がいつ訪れるか分からない。

　これで不興を買って痛い目に遭わされたところで構わなかった。今更痛みの一つや二つ増えたところで慣れたものだ。

　それよりも、もっと大事なことがある。

「陛下、以前にした約束を覚えていらっしゃいますか？」

「約束？　余が貴様などと、何の約束をしたというのか」

「……母に、会わせてくださいとお願いしました」

　ポルクはつまらなそうに鼻を鳴らした。

「ああ、そういえばそのようなことを言っておったな。だが駄目だ。お前の母親は今忙しい」

「では、いつなら会わせていただけますか？」

　いつになく食い下がるアスターに、王のそばに控える近衛騎士団の団長が「不敬だぞ！」と声を荒らげると、ポルクは片手を上げて「よい」とそれを制す。

「どうした。その年になって今更、母が恋しくなったのか？　……お前は今、十九だったか？　いい歳をして情けないことよ」

「ただ、母の無事を確認したいだけです」

「無事？」

「先ほど、城内でおかしな噂を耳にしました。母はもうとっくにいない、と。まさか、そんなことはあり得ないと分かっていますが、せめて一目会って無事を確認したいのです」

アスターのその言葉は、ポルクを完全に怒らせたらしい。

「一体どこの馬鹿がそのようなことを言ったのだ！　今すぐに見つけ出して処刑しろ！」

「は！」

「待ってください。その人達のことはどうでもよいのです。僕はただ母の無事を――」

「会わせることはできぬ」

「どうしてですか!?」

「うるさい！　貴様はさっさと余の傷を治して戦場へ戻れ！」

「……できません」

「何だと？」

「先に、母の無事を確認させてください」

「ふざけるな！　貴様如きが余の命に背くつもりか!?」

激昂(げきこう)したポルクは、団長の持っていた剣を奪い取り、アスターのもとへと降りてくる。その間も、アスターは決してポルクから目を離さなかった。

「お願いです。母に会わせてください」

痛みが何だ。自分が死なないことは知っている。どれほどの痛みを与えられても構わなかった。気の遠くなるほどの痛みを経験してきた。今更その経験が一つ二つ増えたところで、何を恐れることがあるだろう。むしろ、どうしてもっと早くこうしなかったのか、という気持ちにすらなった。

「うるさい！」

「一目でいいんです」

しつこく食い下がるアスターに、とうとうポルクが叫んだ。

「お前の母などとっくに死んだ！　平民の分際で余に向かって息子を返せとうるさかったのでな！今のお前のように！」

「…………!!」

「陛下！」

バウンスが咎(とが)めるように大きな声を出す。ひゅっと息を呑(の)む音がしたが、それが自分から出た音であると気づくこともできなかった。あまりの衝撃に、心が張り裂けてしまったような気すらする。

死んだ。とっくに。とっくに死んだ。言葉が何度も頭の中でリフレインする。

死んだ？　母が、死んだ？　この身に回復の権能を宿しながら、自分は一番大切な母を助けられなかったということか？

「……母は、いつから、いなかったのですか……？」

　呆然とした顔で言葉をぽろぽろと零すアスターの姿に、開き直ったポルクはいやらしく表情を歪めて笑った。

「そうだな。もう五年になるか？　今まで黙っていてやったのは、余の慈悲である。何も知らぬままでいたほうが、貴様のためだと思ってのこと。余の優しさを踏み躙るとは愚かな男め」

「は、はは……」

　五年も前。

　最後に見た母の姿を思い出す。あの後も母はアスターを返して欲しいと何度も訴えていたということか。……五年前までは。

　そばにいれば、助けられたのに。母がそんな目に遭うと知っていたら、齧りついてでも離れなかったのに。

　何も知らずに、こうすることが母のためだと言うこの男の言葉を信じて、五年も無駄な時間を過ごしていたのだ。

　笑いが勝手に零れ落ちる。

「は、はは……はははっ！　あはははは……っ！」

　これが笑わずにいられるだろうか。

　馬鹿馬鹿しい。何て馬鹿馬鹿しいんだろう。母がとっくにいないことも知らず、自分のしていることに意義があると信じていた。けれど、そんなものはなかった。

がっくりと膝をつく。

母はいない。アスターが守るべきものはもう何もない。

では、あの戦場で何を思えばいいのか。何の意義もなく、救いもなく、自分は誰を思えばいいのだろう。

この国の民を救うため？　何故、僕が救わねばならない。自分と関係ない人達を守らねばと思えぬほどには、アスターはすでに疲弊していた。

「はは、は……」

ぱきり。

その時、アスターは自分の心がひび割れる音をはっきりと聞いた。それと同時に、自分の中にあった何かが急速に消えるのを感じる。

「嘘吐き」

「何だと？」

「この国を守ることは、母を守ることだとあなたは言いました。僕はその言葉を信じて、それだけを心の支えに生きてきた。けれど母はすでにいなかった。それなら、僕は何のためにこの国を守るんです？」

母がいると思ったから、この国を守ることに意味があった。辛くても耐えられた。けれど、もう何もかもに意味がない。

諦観と共に、身体の中に様々な感情が渦巻く。悲しみ、苦しみ、そして怒り。

「やめます」

何もかも全部。

「やめるだと？　貴様に何かを決める権利があるとでも思うのか」

ポルクの持つ剣が、アスターに向けられる。剣先が首筋に触れても、アスターはポルクから目を逸らさなかった。

ぷつり、と皮膚が裂ける音がして、血が伝う。微動だにせず、その慣れた痛みを受け入れた。

「貴様の意思など関係ない。あまり調子に乗るなよ。ただの道具風情が」

そうしてポルクがアスターの血液を指で掬った。ささくれができているらしいから、その治療に使うのだろう。

好きに使えばいい。もう今は、痛みすらどうでもよかった。この身体を道具として使いたいなら好きにすればいい。どうせ死ぬことなどできないのだ。

自分の意思で権能が使えれば良かった。そうしたら、こんなやつを一度だって回復させたりしなかった。自分にこんな力さえなければ、母と引き離されずに済んだ。戦争にだって行かずに済んだ。

神様。神様がこの世界にいるなら何故、僕にこんな力を与えたんだ。こんな力があるせいで、僕の人生はめちゃくちゃだ。苦痛しかない人生を送らねばならぬほどの罪でも犯したのか。

アスターの目から力が失われていく。そうしてアスターが完全に心を閉ざしかけた時、ポルクの呟きが耳に届いた。

「どういうことだ」

「……？」

胸倉を摑まれ、ポルクの顔が目前で歪む。てらてらと脂ぎった額がやけに赤いと思ったが、赤いのは額だけではなく、その顔の表面全てだった。

「貴様、何をした！」

怒りに満ちた表情を無様だとは思ったが、この男が何を問うているのかが分からない。

「何故、傷が治らないのだ！」

「……え？」

ポルクの言葉に、周囲に控えている者達がざわりとするのが聞こえた。どうやら聞き間違いではないらしい。

権能が、消えた？　あの忌々しい力が？

先ほどできたばかりの首筋の傷に指で触れる。だが、そこにはすでに傷はなかった。

アスターの傷には相変わらず権能の力が働いている。それならば、何故ポルクのささくれは治らないのか。

「貴様！　早く傷を治さんか！　さもなくば殺してやる！」

アスターは死なないのに、おかしなことを言う。そんな風に思ったが、ポルクが剣を振りかぶると、慌てた表情でバウンスが駆け寄ってくる。

「陛下！　おやめくだされ！」

「放せ！　放さぬか！」

「その男から離れるのです！」

必死の形相でポルクを羽交い締めにするバウンスは、まるでアスターを庇っているようにも見えた。

そんなことはあり得ないのに。

「うるさい！　この男に思い知らせてやるのだ！」

「なりませぬ！　回復の権能が使えない以上、陛下に何かあっては取り返しがつきませぬ！　誰か！

陛下をこの男から引き離すのだ！」

「は！」

バウンスの命令に、背後に控えていた騎士達が一斉に王を取り囲んだ。

「勝手なことをするな！　バウンス！　貴様、余の言うことが聞けぬのか！」

「恐れながら陛下、この者は監獄送りにするべきです。力を無くした以上、そばにおいても何もよいことはありませぬ」

「二度と逆らわぬよう、この身体に刻みつけてやればよい！」

「陛下、落ち着いてくだされ。この者を傷つけたところで、権能は戻りませぬ」

確信じみたバウンスの言葉に、ポルクが動きを止める。

「……バウンス、貴様、心当たりがあるのか？」

「リア教に古くから伝わる伝承に、心に留め置けぬほどの衝撃を受けた際に権能を失った者の話がございます」

「何だと!?　では、この男が権能を失ったと言いたいのか!?」

ポルク王のせいで。

言葉にはしなかったものの、ここにいる誰もがそう考えただろう。

権能は、神から授かった貴重な力。金や権力でどうなるものでもない。怒鳴りつけるポルクの表情にも焦りの色が浮かんだ。

「どうすれば戻るのだ！」

「失ったものは戻りませぬ」

「何だと！」

ポルクの顔がみるみるうちに真っ赤になる。苛立ち(いらだ)と焦り。

アスターの権能は、他国にとって脅威だ。だがだからこそ、それが失われたと知れば、現在戦場で戦う隣国は勢いづくだろう。

「陛下、あなたは彼を軽視しすぎたのです。彼の力がなくなった今、これ以上他国との戦争はできませぬ。他国に気づかれぬうちに和平交渉へと舵(かじ)を切ることを――」

「ええい、うるさい！　この老いぼれが！　和平交渉などと寝惚(ねぼ)けたことを！　このようなゴミ屑(くず)一人いなくなったところで負けはせぬ！　民など掃いて捨てるほどいるではないか！　女子供も皆、戦いに出せばよいのだ！」

「陛下！」

バウンスが慌てて遮ろうとしたが、ポルクはそれを無視して一気に捲し立てた。それを聞いた騎士達の動揺をざわめきで感じる。

それに気づいているのかいないのか、ポルクはいよいよ窒息でもしそうなほどに顔を赤らめてバウンスとアスターを睨みつけた。

「世に逆らう愚か者どもめ！　おい、その二人を監獄送りにしろ！」

「バウンス宰相もですか!?」

「その男のせいで流血の神子が力を失ったのだ！　さっさと連れていけ！」

「は、はい！」

騎士団は困惑した様子でアスターとバウンスを拘束する。権能を失った失態を、バウンスに押しつけるつもりか。どこまでも汚い男だと呆れていたら、ポルクは二人を見下ろして憎々しげに言った。

「しばらく監獄におれば、如何に自分が愚かであるか分かることだろう。余は慈悲深い王だ。泣いて許しを乞えば、悪いようにはしない。精々、己の愚かさを反省してくるがいい」

「神から権能を授かった者として、神に祈っておきますよ。愚かな男に天罰が下りますように」

ポルクに向かって、アスターはにっこりと笑ってみせる。こんな男に許しを乞うぐらいなら、死んだほうがマシだ。

「貴様は二度と戻ることなど許さん！」

それはありがたい。この男と二度と会うことがないなんて、アスターにとっては僥倖でしかなかった。

かくして、激昂する王の罵りの言葉を背中で聞きながら、アスターは城を去ることになった。

「監獄に入れられるというのに、えらく愉快そうではないか」

鼻歌混じりで景色を眺めていると、隣に座る老人からそう言われた。ローブのフードを目深に被ったその老人は、共に城を追い出されたバウンスである。

まるで嵐にでも巻き込まれたみたいな怒涛の展開。朝には城に呼ばれ、昼には母の死を知り、その翌日には国境の端に送られていた。

説明もなくバウンスと共に鍵付きの馬車に押し込められ、今はおんぼろの舟に乗せられている。

だがアスターにとっては、新鮮な驚きの連続だった。

「舟に乗るのは初めてなんです」

戦場と城以外の場所には、ほとんど行ったことがない。

「舟というものがこんなに揺れるなんて知りませんでした」

水の上に浮いているだけなのに、どうしてこんなに揺れるのだろう。興味深く水面を覗くと、何かがぱしゃんと跳ねた。

「うわ、本当に魚がいます！　こんなに広いところを泳いでいるのを、どうやって捕まえるんでしょうね？」

これまでは、ただ生かされているだけだった。だが今は、全てが違って見える。この世は知らないことだらけ。アスターにとっては見るもの全てが新鮮で、くしゃりと表情を崩した笑顔をバウンスに向ける。

するとそれを見たバウンスの表情が沈鬱に歪んだ。

「……君はそのような顔で笑うのだな。君達から子供らしい時期を奪ってしまったのは、我々の罪である」

「あ……」

思わず、顔に手を当てる。そこにすでに仮面がないことを思い出したのだ。

アスターが仮面をしていたのは、流血の神子が他国に攫われるのを防ぐためである。そのために、戦場ではアスター以外にも複数の者が仮面をつけさせられていた。

だが、流血の神子でなくなったアスターに仮面は必要ない。アスターは、流血の神子として戦場に送られるようになってから初めて、人前で仮面を外すことになったのだった。

「えっと、もしかして変な顔をしてますか？」

常に仮面をして生活していたから、表情を人に晒すことに慣れていない。これまではおかしな表情をしていても見られることはなかったから、自分が人と違うことに気づけていなかったのかもしれない。

「いや……母君とよく似ておる」

「………」

母が死んでいた、という衝撃はアスターの中に当然まだある。けれどそれを必要以上に嘆くことに意味がないことをアスターは知っていた。

「助けられなかったことを、詫びても詫びきれぬ。本当に申し訳なかった」

「無駄ですよ」

アスターが言うと、バウンスは胸にナイフを突き刺されでもしたような顔をしたから、慌てて言葉を続ける。

「終わったことを嘆いても、仕方ないですよ。そうすることに意味なんかないですから」

母に手を下したのはポルクだ。いくらバウンスが宰相とはいえ、あの暴君を止められたはずなどない。

そもそもどんなに嘆いても、母はもう戻ってこない。ならば、嘆くことに何の意味があるのか。

母がいないこの国を守り続ける理由がない。そのためにあの苦痛を我慢するぐらいなら、死を選びたい。けれどアスターには、そうして死を選ぶことすら許されない。

神様とやらはアスターにどこまでも意地悪で、他者を回復させる力は失っても、アスター自身を回復する力は残したままだ。

ならば、アスターは生きるしかないのだ。たとえ嘆いても悔やんでも、それは変わらない。

「君には、悲しむ権利がある」

「泣いても、何も変わりません」

アスターはそのことを、誰よりも知っている。泣くことに意味なんかない。身体の水分が失われ、目が腫(は)れ、鼻が詰まり、疲れるだけだ。

声を上げて泣いても、声が出なくなるまで泣いても、事態が好転することは一つもない。

幼い頃、愚かだった自分を思い出す。自分の置かれた状況も分からず、誰かが助けてくれることを願って泣いた。

『おかあさんっ、おかあ、さん……っ、う、うえええっ、ひ、ひっく……！』

だが、どれだけ泣いても母は来なかった。頭が痛くなるほど泣いても、身体が震えるほど泣いても、呼吸が止まりそうなほど泣いても。

そうしてアスターは、自分を助ける者などいないことにやっと気づいたのだった。

それ以来、泣いたことは一度もない。

「変わることも、あるだろう」

「そうですか」

別に誰かの考えを無理に変えさせたい訳ではない。バウンスがそう信じるのは、本人の自由だ。

アスターは会話に興味を失い、代わりに海に視線を戻した。少し風が強い。頬に風が当たるのを感じるのは久しぶりだなと思いながら、独特の湿った風を面白く感じた。

「あ、島が見えてきましたよ」

夜が近づき薄暗くなった海は、靄（もや）がかかって遠くを見渡すことができない。あともう少しで着くという頃になってようやく見えてきた光景に、アスターは驚いて声を上げた。

「これが、監獄……！」

向かう先にあるのは、島だ。そうして島の敷地ぎりぎりまで使うように建てられているのが、二人が向かう監獄。

「アバロン監獄。ここに入った者は二度と出られぬという孤島の流刑地である」

「なるほど、孤島ですか。あれだけ海に囲まれていたら、戦争に参加しろなんて言われなくて済みそうですね」

二度と出られない上等である。むしろ頼まれたって出たくない。戦争なんかに駆り出されるぐらいなら、ここで一生閉じ込められているほうが遥かに幸せだ。

「目指せ、三食昼寝付き！」

アスターはすっかり開き直っていた。何が戦争だ、何が国のためだ。そんなことは知ったことか。誰かの役に立ちたいだとか一人でも多くの人を救いたいだとか、自分はそんなに優しい人間ではない。そうしたいと思うには、あまりにも人間というものに絶望していた。

「……夢を壊すようで悪いが、監獄とは言っても労働はせねばならぬ。むしろここでの労働こそが、この監獄が二度と出られぬ地獄と呼ばれる所以(ゆえん)である」

そうかー、やっぱり労働はあるかー、そりゃそうですよねー、と少し気持ちが萎(しぼ)んだが、アスターはすぐに気を取り直す。

「まあでも、身体は動かさないと鈍(なま)りますからね」

「君は、そのような性格であったのだな」

戸惑ったような表情を見せるバウンスは、今ここにいるのが本当にアスター本人だと信じられない様子だった。それはそうだろう。城でバウンスと顔を合わせる時のアスターは、常に憂鬱だった。ポルクに何だかんだと文句をつけられる前に、一刻も早く城を去りたかったからである。

なるべく無駄口を叩(たた)かず、目を合わせず、表情を変えず。それがポルクをやり過ごす一番の戦略だった。

昨日が特別だったのだ。あれだけ声を荒らげたのも、話をしたのも、顔を上げたのも、昨日が初めてのことだ。

「僕、我慢することをやめたんです。我慢するぐらいなら死んでも構いません。まあ、死なないんですけど」

渾身（こんしん）の神子ジョークだったのだが、バウンスの表情は一層暗くなる。ここ、笑うところなんですけどね。

「私は、君に我慢を強いていた者の一人である。許してくれとは言わぬが、私にできることがあれば何でも――」

「だったら、僕の過去のことは黙っていてください。もう無くしたものを求める人達に利用されるのはまっぴらなので」

もう誰かに利用されるのは御免だ。利用されるぐらいなら、利用してやる。これからは自分勝手に生きてやるのだ。それぐらいの気持ちだった。

「……確かに。そのほうがよいだろうな」

「それより、僕を庇ったせいであなたまで監獄送りになってしまってすみません」

「よい。いずれこのような日が来ることは分かっておった。来るべき時が来ただけだ」

船頭が慣れた様子で船着き場に舟を寄せる。待ち構えていた者達に向かって縄を投げると、縄が引き寄せられて舟が止まった。

「降りろ」

その場にいた男の一人に引き摺り下ろされ、アスターはいよいよ目前に迫る監獄を見上げる。

目の前にある頑強そうな檻の扉を潜れば、この孤島の監獄から出るのは容易いことではないだろう。

けれどアスターには、微塵の躊躇もなかった。

孤島。なんていい響き。

「おい、今更逃げようとするなよ？　無理やり引き摺ってでも――」

「あ、大丈夫です」

「おい！　勝手に入るな！」

すたすたと歩いて扉を潜る。逃げるなんてとんでもない。わーい、と両手を挙げながら飛び込んでもよかったが、ポルクに報告されたら連れ戻しに来るかもしれないので、表情だけはぎりぎり我慢した。

ちっ、という舌打ちの後、背後で鉄の檻が閉まる音がしたが、振り返らずに進む。

「あれ？　これは意外ですね」

すぐに建物の内部に入るのかと思ったが、その先にあったのは中庭……だったもの、と言ったほうがいい空間だった。中庭と呼ぶには、草木がなさすぎる。枯れ果てた大地には雑草すら生えておらず、まるで廃墟のようだ。

高い壁に覆われていて分からなかったが、どうやらここは元は城だったらしい。すっかり水が涸れているが、目の前には噴水もある。

城壁の中は思ったよりも広い。おそらくだが、中庭にぐるりと囲まれる形で城が建てられていて、城壁の上には通路もあるようだ。見張り台を兼ねているかもしれない。

海に囲まれた孤城か。その昔、ここに住んでいたであろう人達を想像する。常に誰かに命を狙われるような立場の者だったのか、それともよほどの人間嫌いか。何にせよ、二度とポルクの顔を見たくないアスターにとっては、素晴らしい場所だ。どうもありがとうとお礼を言いたい。

海に囲まれているから、潮の匂いがする。時折強い風が吹くが、気候は悪くない。ザザ、と波の音がするのが新鮮だ。ここではもう、剣戟の音を聞かずに済む。

だが、しばらく歩いて城内……今は監獄になっている中に入ると、そこには慣れた匂いが充満していた。埃（ほこり）と煤（すす）と饐（す）えた臭い。石を積み上げて作った監獄の中は薄暗く、あちこちに死の気配が漂っていた。

そこら中で、疲れ果てた様子の男達が雑魚寝をしている。壁に寄りかかるようにして座っている者もいるが、総じて皆、目に光がなかった。

なるほど、さすがはポルクである。アスター以外に対しても非道な行いに余念がないらしい。人の恨みを買うのが趣味なのかもしれない。

この身の権能は神からの授かりものだとか言われているが、この世に神が本当にいるのなら真っ先にあの屑野郎に天罰がくだらないのはおかしいから、やはり神などいないのだ。

アスターは改めて罰当たりなことを考えて、とにかく今日から我が家となる監獄を見て回ることにした。

興味津々できょろきょろするアスターに、視線が纏わりつく。どんなやつが入ってきたのか、気になるのだろう。どうせなら、声をかけてくれればいいのに。

監獄の中は薄暗い上に広く、案内なしでは全てを把握できそうにない。

「バウンス様はここに来たことがありますか？」

「ない。だが、ここの地図は頭に入っておる」

「それはすごい。監獄の地図まで覚えなければならないなんて、宰相とは大変な仕事ですね」

しかもあの屑野郎に仕えなければならないと考えたら、いくらこの国で五本の指に入るほど偉いと言われても御免被る。

「それなら、この監獄内のことはバウンス様に聞けば大丈夫ってことですよね」

「いや、私が見た地図はここが城だった頃のものだ。監獄となってからあちこち変わったと聞いておる。さほど役には立たぬだろうな」

立ち止まり、ふむ、と考えた。誰か、ここに詳しい人に話を聞けないだろうか。

するとまるで心の声を聞いていたみたいに、どこかから声がかかった。

「……おい坊主、お前みたいなお坊ちゃんが、一体何をしてこんなところに入れられたんだ」

「え、お坊ちゃん？」

驚いて振り向くと、声をかけてきたのは壁に凭れかかって座り込んでいる男だった。

ここにいる者は一人残らず薄汚れているが、ボロボロの服を着ていてもその男が周囲の男達と違うのは分かった。

食糧事情がよくないのか、皆痩せているが、目の前の男はその中でもまだ筋肉が残っている。おそらくかなり鍛え上げた身体だったのだろう。ここに来る前は、という注釈がつくが。

「お坊ちゃんとは僕のことですか？」

「お前以外に誰がいる。こんな場所に、そんなお綺麗なものを着て入ってくるやつはそうはいない。それにその髪の色と顔。金色はリア様の血縁にしか出ない色だし、顔が整いすぎてる」

「え、僕の顔って、整っているんですか？」

「その顔で生きてきたなら、さぞかしちやほやされただろう？」

「いえ、全然」

ずっと仮面をして生きてきたから、自分の顔について誰かに形容されたことがなかった。顔が整っているということは、唇がいいのかもしれない。母に似た唇が褒められたような気がして、少し気分がいい。

「そりゃあ、さぞかし美形揃いの環境だったんだろうな。だがここで目立ってもいいことなんか一つもないぞ。そんな如何にも金持ちですと言わんばかりの服を着て見せびらかしても、ここでは何の意味もない。むしろ看守に目をつけられるだけだ」

言われて、自分が着ている服を見下ろす。城内で着替えさせられたから、確かに普段より遥かにいいものを着ていた。こんな恰好で監獄送りにされるなんて、訳ありだと思われるのも無理はない。まあ、実際訳ありではあるのだが。

「金持ちだなんてとんでもない。普段はこんなものを着ていませんよ。この国の玉座に座っている屑野郎に着せられて、その屑野郎にここに送られました。屑野郎の考えることは僕にはさっぱり分かりませんね」

むしろ生まれてこのかたタダ働きで、現在までずっと無一文である。

男はきょとりとした顔をした後、ぷっと噴き出した。

「ははっ、もしかしてその屑野郎ってのは、俺達からこの国を奪ったあの屑野郎のことか？」

「この国に他にも屑野郎がいるのでなければ、きっとその屑野郎ですね」

男はひとしきり笑ってから、「ああ、久しぶりに笑った」と目に浮かんでいた涙を拭く。

「こんなところに十年もいると、娯楽がなくてな。……俺はヘクトル。この監獄ではまあまあ古株だ。俺より以前にここに来たやつのほとんどは、もう死んじまってるもんでな」

十年。ヘクトルと名乗った男はさらりと言ったが、見た目の若さと不釣り合いな年数だった。ぱっと見た感じでは二十代ぐらいに見えたが、アスターが受けた印象よりも実際はもっと年配なのかもしれない。

「この国の王を屑野郎なんて言うやつがスパイのはずがない」

ヘクトルがそう言った途端、周囲の空気がふっと緩む。どうやらアスター達は看守の送り込んだスパイであると疑われていたらしい。道理で遠巻きにされていた訳だ。

ずるっと体を動かしたヘクトルは、壁に背中を凭せ掛けたまま立ち上がった。

「もしかして、左半身が？」

だらりと下がったままの左腕と、踏ん張りがきかないらしい左足。戦場にいた時の名残で、すぐにもうそれを治したりはできないのに。怪我の有無を確認してしまう。

壁に立てかけていた杖を手にしたヘクトルは、自らの半身を見下ろして言った。

「ああ、これか。ここの地下は炭鉱になっていて、俺達は全員そこで働かされる。それがまあ、大した道具もなく、命がけの作業が続くもんでな。そうするうちに、皆野垂れ死ぬって寸法だ。ただ殺すより労働させてから殺すってのが、あの屑野郎らしい考えだよな」

そう言われて、改めて中を見回す。皆、疲れ果てて生気を失った顔をしていた。だが、アスターはここよりひどい環境をすでに知っている。ここにいる者にとってはここが地獄かもしれないが、死ぬことすらも許されなかった戦場にいた者達にとっては、ここはいっそ天国のように感じるかもしれなかった。もちろんそれはアスター個人の感想で、どちらを地獄と呼ぶのかは人によって違うだろうが。

「ここではどのように日々を過ごすんですか?」

「交代制で、それぞれ時間になればすぐに地下の炭鉱に向かい、半日はそこで働かされる。食事は日に一度だけ。それが終われば自由時間だが、何かをする体力のある者はほとんどいない」

「ここで働く人は皆、罪を犯した人ですか?」

「何を罪と言うかによるな。王に逆らうことを罪だと言うなら、まあそうだろう」

要するに、アスターのように理不尽な理由で連れてこられた者がほとんどということか。

ヘクトルが、けほっ、と咳をした。

「悪い。こんなに話したのは久しぶりなもんでな」

「ここには人がたくさんいるのに?」

「楽しい話題がある訳じゃないからな。だが、これでも以前に比べればかなりマシだ。数年前に入ってきた男の提案で、少しずつ協力し合うようになった。無愛想だが、頭が切れる。あの男がいなかったら、俺ももうとっくに死んでいたかもしれない」

「その方はどちらにおられる」

尋ねたのは、それまでずっと黙って背後で気配を消していたバウンスだった。ヘクトルはほんの少し驚いたように眉(まゆ)を上げ、「当たっていて欲しくなかったが」と息を吐く。

「その声は、やはりバウンス宰相でいらっしゃいますね」

「……久しいな、ヘクトル」

バウンスが目深に被っていたローブのフードを外すと、監獄内の空気が変わった。

「そんな……バウンス宰相！」

「どうして、あなたがここに！」

皆、口々にそう叫んで、蟻(あり)が群がるようにバウンスを取り囲む。這(は)い寄(よ)るように近づいてきた者も少なくなかったから、身体の不調を抱える者はヘクトル以外にも多いのだろう。

「バウンス宰相、どうしてあなたがこのような場所に？」

バウンスはヘクトルの問いには答えず、群がってきた者達に視線を向けた。

「皆の者、このような場所で苦労を強いてすまぬ」

「バウンス宰相のせいではありません！」

「そうです、皆あの裏切り者が……！」

どうやら、ここにはバウンスの知り合いが多くいるらしい。

この国の宰相であるバウンスと顔見知りということは、城で勤めていた者達なのだろうか。これだけの人数を城から追い出すとは。

「私はもう、宰相ではない」

「そんな……」

そこにいる者達が悲痛な表情をするのを見て、ほんの少し申し訳なく思った。バウンスがここに放り込まれた原因の一端は、アスターにある。

「ですが、あなたまでがここに入れられたとなると、もうあの暴君を止める者はいなくなったということですね」

「……すまぬ」

「謝らせたかった訳ではありません。バウンス宰相こそ、あの男に仕え続けるには相当な精神力が要ったでしょう」

ヘクトルの言葉に、内心でアスターは大きく頷（うなず）いた。ポルク王の隣に立ち続けるのは、かなりの苦痛だっただろう。ごくたまにしか会わないアスターですらとんでもなく苦痛だったのに、毎日だなんて。

アスターがそんなことを考えていたら、突然どこかでがたん！　と大きな音がした。音に釣られて視線を向けると、視線の先に立っている男がいる。足元にツルハシが落ちていたから、どうやら今の音はその男が出したものらしいと分かった。

「ああ、ちょうどよかった。エル、新入りだ。聞いて驚け、何と一人はあのバウンス宰相だぞ」

ローブのフードを目深に被った男は、ヘクトルの言葉に反応することなく立ち止まったままだ。そこだけ時が止まったように見えるのは、バウンスを見て驚いたからだろうか。

遠目で見ても分かる、恵まれた体軀（たいく）。立ち姿だけで視線が奪われてしまうのは初めてだ。他の者達同様に薄汚れた衣服を着ているのに、手足の長さのお陰か、みすぼらしく見えることはない。アスターより、頭一つ分は大きいだろう。

「エル？」

ヘクトルが首を傾げて呼びかける間に、バウンスのほうからエルと呼ばれた男に近づいていった。

「――――」

バウンスが小さな声で何やら呟き、エルの腕を摑もうとした。エルはそれに口を開くこともなく、素っ気ない仕草でバウンスの手を避ける。

知り合いだろうか？　それにしては、エルのほうはバウンスを歓迎していないように見える。というか、顔が見えないので気のせいかもしれないが、もしかしてこちらをずっと見ている？

挨拶（あいさつ）にも来ない、失礼な新参者とでも思われたのだろうか。慌ててアスターもバウンスの後に続いた。ここの人間達を纏めているということは、ここで一番偉いということだ。媚（こ）びを売っておけば少しは楽ができるかもしれない。

「あの、初めまして。僕は――」

打算的な考えで近づいたアスターは、フードを外したエルを見て、驚いて言葉を途切れさせた。顔の上半分が仮面で覆われていたからである。

戦場には仮面をつけた者が何人もいたが、あれはアスターを特定させないためのカモフラージュだった。この男は一体どうして仮面などしているのか、という疑問は、エルの面前まで来たところで解けた。

髪と仮面で顔の大部分を覆い隠しているが、よく観察すると隠し切れない隙間から火傷(やけど)の痕(あと)が見え隠れしていた。戦場で怪我は見慣れている。あの分だとかなり深いところまで爛(ただ)れているだろう。

おそらく、火傷の大部分は顔の上半分に集中している。どのような状況かは分からないが、顔だけで済んでいるのが奇跡だ。

鋭利な顔の輪郭と唇の形を見ただけでも、かなり整った顔立ちだったのだと分かる。このように仮面をつけていても尚(なお)、緩やかなウェーブの髪と美しい立ち姿はその美麗さの片鱗(へんりん)を感じさせた。

もしかしたら、あの屑野郎がその美貌(びぼう)に嫉妬(しっと)したのかもしれない。美しい女性を見つければ無理やり愛人にし、美しい男を見つければ嫉妬して手ひどく痛めつけるという噂を聞いたことがある。

興味本位でじっと見すぎてしまったのか、エルの手が仮面に触れる。傷を隠すような仕草に、アスターは反射的に「すみません」と謝罪した。

仮面で顔を隠している時、自分もじろじろと見られることが多かった。仮面の下の素顔を少しでも見てやりたいというその遠慮のない視線に嫌な思いをしたことは、一度や二度ではなかったのに。

「……いや、少し驚いただけだ」

聞こえてきたのは、印象的な低い声だった。声を張り上げた訳でもないのに、妙に耳に残る。

エルが不自然に視線を逸らした。顔の傷を、あまり人に見られたくないのかもしれない。

これまでずっと戦場にいて、誰かとまともなコミュニケーションを取ったことなどほとんどなかったアスターは、どのように誤魔化していいか分からず、ぽりぽりと頬を掻いた。

「人と接するのが得意ではないんです。不愉快な思いをさせていたらすぐに言ってくださいね」

「別に、嫌じゃないから……気にするな」

唯一露わになっている口元が、ほんの一瞬だけ微笑みの形を作ったように見えた。途端にその場にいた者達がざわつく。

「おい、今笑ったか？」

「あり得ないだろ、エルだぞ？」

ひそひそと話す声を余所に、エルがアスターに向かって手を差し出す。そうすると、今度はとうとう驚愕の声でいっぱいになった。

「ええええ!?」

「エル、お前熱でもあるのか!?」

「おい誰か、セドリックを呼んできてやれ！　新種の奇病かもしれねえ！」

一体何事なのか。エルが何かをするごとに周囲が驚いている気がする。理由は分からないままだったが、エルからの手が差し出されたままだったので、とりあえず目の前の手を握り返した。

「ええっと、アスターです。分からないことだらけなので、色々教えてもらえると助かります」

「ああ」

エルが、ぎゅっとアスターの手を握り返す。その力強さに驚いて、身体がびくりと震えた。

考えてみたら、誰かにこうして拘束以外で触れられたのは久しぶりだと気づいた。大抵の者は、アスターのことを気味悪がって触れたがらない。触れられるのは、血を流すために暴力を振るわれる時と気絶して引き摺られる時だけだ。

ああ、そうか、と改めて思った。

ここにいる者達は、アスターが何者であるか知らない。だから、アスターに触れることを厭わないのだ。

他人の体温を意識したのが久しぶりで、思わず握り合った手に視線を落とす。誰かと手を繋いだことなんか、ほとんど覚えがない。幼い頃、母に手を引かれた記憶か、あるいは――。

「おいセドリック！　こっちだこっち！」

男達の一人が大声で誰かを呼ぶ声に思考を断ち切られる。顔を上げると、慌てた様子で現れたのは美しい男だった。

長い髪はアスターほどではないものの金色に近い色だから、もしかしたらリアの血筋なのかもしれない。エルやヘクトルほどではないものの背は高く、涼やかな目元とモノクルが知的さを感じさせた。

セドリックと呼ばれた男は握り合った二人の手に視線を落とすと、驚愕した顔でエルに何やら身振り手振りをする。

どうやら、彼は話すことができないらしい。いや、厳密に言えば、声が出ないのだろう。先ほどからぱくぱくと口が動いているのは、話せた頃の名残だろうから。

だが、セドリックの懸命なアピールを無視して、エルの目はこちらに向けられたままだった。

「あの、何か言ってますけど」

「気にしなくていい」

いや、気になるでしょう。

どうやら、この手がおかしいらしい。何だか分からないが離したほうがよさそうだと手を引いたら、エルにぐっと手を握り直された。

「…………」

「…………」

いや、何で？

「あの、そろそろ離してもらえるとありがたいんですが」

「……ああ、そうだな」

エルはそう言って、ようやく手を離す。

「ええと、一体この騒ぎは何事で――」

「久しいな、セドリック」

アスターの言葉を遮ったのはバウンスだった。セドリックはバウンスを見るなり、それまでで一番というほどの驚愕の表情を見せる。

「……!!」

セドリックはまた何やら身振り手振りでバウンスに訴えたが、バウンスは手を翳(かざ)してそれを遮った。

「それよりも、ルークはどこにおる？　彼奴もここにおるはずだが」

バウンスはここに知り合いがたくさんいるらしい。この世界全体でも知り合いと呼べる人間がほぼいないアスターにしてみれば、羨ましい話だ。

「ルークは今、ほとんど寝たきりでして」

ヘクトルの言葉に、バウンスは「何と……」と痛ましそうに言葉を失った。

「炭鉱の空気が合わなかったようで……今はエルがあいつの分の仕事を肩代わりしてくれています」

「そうか……エル――」

「腹は空いていないか？」

「え？」

深刻そうなバウンスとヘクトルを余所に、エルがアスターの顔を覗き込んでくる。あまりに空気を読まないエルに、今はそれどころじゃないのでは？　と思ったが、空気が読めないのはエルばかりではなかった。

ぐー。

鳴ったのは、アスターの腹である。

「……空いているようだな」

「う……すみません」

あの名前も呼びたくない屑野郎に監獄行きを言い渡されてからここまで、食事はおろか水すらも飲ませてもらえなかった。きっとアスターだけではなく、バウンスも腹を空かせているはずだ。

「ああ、気が利かなくてすみません。バウンス宰相も、長旅でお疲れでしょう」

「私はもう宰相ではない」

「ではバウンス様、とりあえずこちらへ。せっかくなので、炭鉱に行っていない者にも声をかけましょう。いくつか懐かしい顔があるはずですよ」

ヘクトルがそう言うと、数人がどこかに去っていく。誰かを呼びに行ったのだろう。廃れた風に見えていたが、統率はそれなりに取れているらしい。

「こっちだ」

「あ、はい」

ヘクトルが歩き出すより先に、エルがアスターの手を取って歩き出した。

やけに子供扱いされている気がする。身長は平均的だと思うが、幼い頃からずっと戦場で粗末なパンを食べて育ったから、どうにも身体は貧弱だ。毎日血抜きされていたせいで筋肉がつく暇もなく、エルのようながっしりとした逞しい肉体を持つ男から見れば、子供に見えてしまうのかもしれなかった。

振り払うのもおとなげない気がしてされるがままについていくと、そこには粗末な木のテーブルと今にも折れそうにぼろぼろな椅子が並んでいる。

「ここは、食堂ですか？」

「ああ」

頷いたエルがアスターに席を勧める。促されるまま座ると、軽やかに動いたエルが奥へ引っ込み、すぐに食器の載ったプレートを手に戻ってきた。

フットワークの軽い人だ。ここに来てから見た人はほとんど億劫そうな動きだったが、彼は軽やかである。まるですごく機嫌がいいみたいに動くので、こういうところがここで信頼を得ている理由なのかもしれないと思った。こんな風に世話を焼かれたら、自分を特別扱いしてくれているみたいで気分が良い。

「今はこれしかないが」

アスターの目の前に並んだのは、屑野菜が少し入ったスープとパン。

「こ、これが夕飯……？」

バウンスと共に遅れて食堂に入ってきたヘクトルが、アスターの反応に苦笑を見せた。

「ああ、あまりに粗末でびっくりしたか？　だが、ここでは飯に期待などしないほうが――」

「スープだ……スープがあるなんて！」

声を震わせ、両手で器に触れる。

「温かい……！」

温かい料理を食べるなんて、一体何年ぶりだろう。一度目の戦争の時はかろうじてまだあったが、二度目からはもうただひたすらに硬いパンを齧るだけの毎日だった。騎士達には干し肉が配られたりしていたようだが、栄養を摂らずとも死なないと分かっているアスターのもとにはそれも届いたことがなかった。もしかしたら騎士達がくすねていたのかもしれない。

スプーンを持ち、恐る恐るスープを口に含む。

「……！」

「お、おい、どうした？　あんまりまずくてびっくりしたのか？」

「……美味しい！」

塩味の後にほんのりと野菜の甘みが広がって、アスターはそのあまりの美味しさに頬が落ちそうな錯覚を覚えて慌てて頬を押さえた。

「ここは天国だ……！」

こんなに美味しいスープが毎日飲めるなんて！　アスターは感激でいっぱいだった。どんな環境だったとしてもあの戦場よりはましだと思っていたが、まさかこんなに素敵なところだなんて。

「……おい、お前、どんなひどい環境にいたんだ？」

ヘクトルは奇妙なものを見るような目をアスターに向けてきたが、アスターはそれどころではない。

「戦場でふ」

話している最中にもパンを齧る。そしてまた驚いた。

何ということだ。いつも食べていたパンより遥かに柔らかい。

そうか。戦場では何日もかけてどこかから届けられたパンを食べていたが、ここではきっとパンを焼く場所があるのだろう。やはりここが天国。

「戦場だと？　いつからこの国は、こんなか弱い子供を戦場に送るようになったんだ？」

年齢は関係ない。アスターに回復の権能があることが重要なのだから。そうは思ったが、余計なことは言わなかった。すでに権能のほとんどを失ってはいるが、自らを回復する力はまだ残っている。

どうせ死なないのだからとこき使われるのは御免だ。

ここはバウンスの知り合いだらけだ。もしかしたらバウンスが話してしまうかもしれないと視線を向けたが、バウンスはこちらを見て小さく首を振る仕草をしただけだ。どうやら約束を守って話さずにいてくれるつもりらしいと、少しほっとした。

「他に行くところがなかっただけですよ」

この言葉は嘘じゃない。正確には、行かせてくれる場所がなかっただけだが。

「そうか……」

ヘクトルがそれ以上聞かないでいてくれたのは、両親を亡くして生きていくために志願したとか、そのような想像をしたからだろう。その想像がどんなものであれ、たぶん外れだ。

「ああ、美味しい」

だが、ヘクトルにどう思われようが構わない。今のアスターにとって重要なのは、ここの食事が美味しいこと。それだけで、生きる楽しみができるというものだ。

スープの一滴も残さぬようにパンを浸して食べていると、すっとアスターの前に器が差し出される。

「え、もしかしてくれるんですか？」

差し出してくれたのは、いつの間にか正面に座っていたエルだった。アスターが目を輝かせると、エルは無言で頷く。

「ありがとうございます！」

今日は何て最高な日なんだろう。

「おいエル、お前は一体どうしちまったんだよ」

「……美味いと感じる者が飲むべきだ」

「だが、お前の腹が膨れないだろう？」

それを聞いて、アスターは引き寄せて飲みかけていたスープを寸前で我慢した。

「そうでした、ここでは食事は日に一度なんですよね。あなたにとっても大事な一食なのに、奪ってしまうところでした」

目の前の欲に負けてとんでもないことをしてしまうところだった。エルはここで皆に慕われている存在らしいのに、そんな人から食べ物を奪ったら周囲から逆恨みされるかもしれない。

「いい。君が食べろ」

エルはそう言ってもう一度器を押し戻してきたが、アスターはそれに首を振った。

「駄目ですよ。食べられる時に食べておかないと、身体が持ちません」

最悪、アスターは何も食べられなくても動けなくなるだけだが、普通の人間は栄養が足りなければ死ぬのだ。

「僕のせいで誰かが倒れるのは困ります」

「……困る」

「はい」

アスターの言葉を聞いたエルは、「そうか」と頷いて自分でスープを飲み始める。

何だか変な人だ。

「何か変だな」

思ったことが音になったので、自分の口から出てしまったのかと思ったが違った。ヘクトルはまじまじとエルを見つめた後、「知り合いか？」とアスターに尋ねてくる。

「違う……と思いますけど」

背も高く、立ち姿だけでも印象的な男である。たとえ人が入り乱れる戦場であったとしても、このような男を見れば印象に残っていたはずだ。

「エル？」

ヘクトルがエルにも声をかけたが、その頃にはすでにスープを飲み終えたエルは、返事もせずにすっと立ち上がって食器を手にして去っていってしまった。恐ろしくマイペースな人だ。

「えっと……」

誰かが無視されるのを見るのは何となく居心地が悪い。アスターが視線を泳がせると、ヘクトルは「ああ、気にするな」と言った。

「あいつは無愛想なのが普通なんだ。むしろさっきまでのあいつのほうがらしくなかったから、知り合いなのかと思ったんだが――」

肩を竦めたヘクトルが更に何か言おうとしたところで、エルが毛布を手に食堂に戻ってくる。

「案内する」

「え？」

「おい、エル。まだ来たばかりで――」

「だからだ」

そう言ってエルは、アスターの腕を引いた。勢いで立ち上がると、そのまま引き摺るようにどこかへ連れていかれる。ちょうど食べ終わっていてよかった。空っぽの食器を名残惜しく見つめながら連れられていくアスターを見て、ヘクトルが目を丸くして言った。

「何かあいつ、やけに機嫌が良くないか？」

思わず、アスターの視線がエルに向く。むっと食いしばるように閉じられた口元を見て、アスターは思った。

これで機嫌がいい？　嘘でしょう？


翌日から、アスターの監獄での生活が本格的に始まった。

エルがあの後案内してくれたのは寝床で、そこはどうやら普段エルが寝床にしている部屋らしい。新参者が何かやらかさないように見張るつもりなのかもしれないと緊張したところまでは覚えていたが、如何(いかん)せん久しぶりに温かいスープを飲んで心も身体もほかほかになってしまい、毛布でほとんど無理やり身体を包まれて粗末な寝床に転がされた後はほとんど記憶がなかった。

朝、目が覚めた時は見慣れぬ石造りの天井に驚いたが、それよりもっと驚いたのは息がかかりそうなほど近くで、エルが眠っていたことである。

仮面に驚いて、仮面の奥の睫毛(まつげ)の長さにまた驚いて。

思わずアスターが『うわっ！』と声を出してしまったせいでエルは目を覚ましたが、眠りを妨げられたことを怒ることもなく、眠そうに目を擦りながら起きてきて、その後はあれこれとこの監獄での生活の世話を焼いてくれた。

『お世話をかけてすみません、エルさん』

『エル』

『え？』

『エルでいい』

この監獄では表の世界にいた頃の身分差を持ち込まないことになっていて、皆が呼び捨てで呼び合うのだと教えられた。

『相手のことをあれこれ詮索するのも禁止だ』

アスターにとっては、何よりそれがありがたかった。たとえ今は回復の権能が失われているとはいえ、もしアスターがあの流血の神子であるということが露見した場合、何かと面倒に巻き込まれる可能性がある。

昨日エルの手を握ったことを思い出せば、尚更このままでいたいという気持ちになった。もしアスターが流血の神子であると気づかれたら、あんな風に息がかかるほど近くで無防備に眠ることだってなくなるかもしれない。せっかく普通の人間として接してもらえているのに、それはアスターにとってとても寂しいことだった。

ここに来てから、アスターは初めての経験だらけだ。朝、誰かに『おはよう』と声をかけてもらえることも初めてなら、雑談をすることも、肩を叩かれることだって初めてだった。

ここの囚人達は、とても仲が良い。炭鉱での生活にひどく疲れてはいるけれど、初日以降、アスターを見かければ順番に声をかけてくれて、顔見知りは増える一方だ。

だが、以前からそうだった訳ではないらしい。

この監獄にいる囚人達は、連帯責任を負わされている。炭鉱での採掘にはノルマがあり、それを守ることができなければ全員がひどい折檻（せっかん）を受ける。統制の取れていなかった最初の頃は、皆が見張り合い、身体を酷使し、死人がしょっちゅう出ていたらしい。

それを変えたのがエルで、エルがこの監獄に来てすぐに囚人たちを集めて交代制を提案し、それが導入されて以降は死人が格段に減ったとヘクトルから聞いた。

『提案というか、ほとんど脅迫だったけどな』

エルがここへ来てすぐ、囚人達を集めてあれこれ提案した後、言ったのだそうだ。

『文句があるやつは、俺と勝負しろ』

血の気の多い者の何人かがエルに勝負を挑み、即座に返り討ちにされた。

『まあ、俺は身体がこの有様だから、勝負どころじゃなかったが』

ヘクトルは元々は王国の騎士団長で、剣の腕では右に出る者がいないと言われたほどの腕前なのだそうだ。それほどの人物がこんな場所に追いやられているなんて、ポルク王というのはどこまでも馬鹿な男である。

『あいつ、気持ちいいぐらいに片っ端から皆を叩きのめしやがってさ』

だが、それほど誰かががつんとやってくれなければ、とてもじゃないが変われなかったとヘクトルは言っていた。

アスターも数日ここで過ごすうちに、エルの存在がこの監獄でどれほど有効に働いているかを確認している。

初対面でこそ友好的に思えたエルだが、どうやら彼は驚くほど無口で無愛想な男らしい。そしてやけに物騒なオーラを纏っている。どう例えるのが正確なのか分からないが、黙っていれば不機嫌そのものだし、話しても不機嫌の気配を感じる。つっけんどんな話し方のせいだろうか。

だらけてサボっていた囚人達が、彼のひと睨みで竦み上がって慌てて仕事に精を出し始めるのを何度か見かけた。だからといってただ恐怖の対象となっている訳ではなく、それなりに慕われてもいるらしいからよく分からない。

「アスター、悪いがルークに食事を運んでもらえないか？」

「ああ、はい。これを食べ終わったらすぐに」

食堂で顔を合わせたヘクトルに頼み事をされ、アスターが持っていたパンを慌てて口に突っ込もうとしたら、「いいから味わって食えよ」と笑われた。

「お前の大事な食事の時間を邪魔したなんてエルに知れたら、俺が怒られちまう」

初日にやたら感動しながらここの食事を平らげたお陰で、アスターにとって食事が何より大切だという共通認識が広まっているらしい。

「そういえば、昨夜からエルがいませんでしたけど」

「あいつは、ルークの代わりに炭鉱に降りてる。もうすぐ戻ってくるだろう」

「ルークの容態は相変わらずですか？」

「ああ。バウンス様に会って気力を取り戻しはしたが、セドリックの見立てではあまり良くない」

「そうですか……」

ルークというのは、この監獄の奥でほぼ寝たきりになっている男の名だ。ここに入れられる前は王都で発明王と呼ばれたほどの天才だと聞いたが、数日前に初めて挨拶に行った時にはすでに、ほとんど起きることもできない有様だった。

「日に日に弱ってくのを見ているだけというのは、何とも歯痒いな」

「ここには医師はいないのですか？」

「医師だった男はいるが、何せ薬がない。外のやつらが差し入れてくれる訳もない。あいつらにとっては、俺達はただの使い捨てだからな」

「使い捨てだなんて、そんな……」

「戦場で流血の神子に守られているやつらとは、命の価値が違うんだろうよ」

戦場の兵士達が聞いたら、気色ばみそうな言葉だ。

死ぬほどの苦痛を何度も味わいながらも死なせてもらえぬ者と、死にたくないのに死ぬしかない者。一体どちらがより不幸なのだろう。

「ヘクトルは、戦場に行ったことがないんですね」

つい確信めいた言葉が出てしまったのは仕方がない。あの地獄を知っていたら、間違いなく出てこない言葉だ。

「俺は、どうやらあの屑野郎のお気に召さなかったようでね。あいつが王になった時に反発したら閑職に飛ばされて、それでも何だかんだねちねちと言いがかりをつけてきて、挙句の果てが監獄送りという訳だ。……怪我人が出ないからか、戦場に行って戻ってくる者は少ないから噂でしか知らないが、回復の権能に守られて戦うなんて、ここより遥かにましだろうな。まあ……あんなやつの命令で戦うなんて、まっぴら御免だが」

戦場に行って戻ってくる者は、確かに少数だ。伝達係や物資補給部隊などを除けば、ほとんどゼロと言ってもいい。城からやってくるそれらの係や部隊は、王と特別な契約をさせられている。ほんの少しでも戦場でのことを外部に漏らせば、彼らは直ちに処刑されるのだ。だから戦場の地獄を知っている者のほとんどは、今も戦場にいる。いや、アスターがあの場にいなくなったことを考えたら、今頃は待ちに待った天国へ旅立っている者も多いかもしれないが。

実態を知っているアスターとしては、ヘクトルの勘違いに苦笑いするしかない。

「神子の力があれば、この身体も元通りになるのかねえ」

「……さあ、どうでしょうか」

神子の力はすでに失われた。そんなことは言えないから曖昧(あいまい)に話を聞き流そうとしたが、ヘクトルの「セドリックやルークも、治してやれたらなあ」という言葉が気にかかった。

「エルも、怪我をしてますよね？」

「ああ、顔の火傷な。だが、エルは美形すぎて国を傾けるなんて理由で顔を焼かれて、自分の顔にうんざりしているんだ。あいつは治したいなんて思わないさ」

ヘクトルの言葉に、アスターはなるほどと頷いた。あの屑野郎のやりそうなことである。

でも、国を傾けるほどの美貌だなんて少し気になる。

火傷で顔のほとんどが見えなくとも、あの恵まれた体軀だけで落ちる女性は多いかもしれない。そこに国を傾けるほどの美貌が加われば、さぞかし大変だろう。

この監獄には女性が一人もいない。どうしてなのかと尋ねたら、王が女に罰を与える時は、卑猥(ひわい)な要求か死かの二択しかないのだと聞いて吐き気を覚えたが、エルにとっては女性がいないことは僥倖だったかもしれない。

「大体、流血の神子の力を王が独り占めしていること自体が間違いだ。神子の力はリア教に保護されるべきなのに、あの王ときたらやりたい放題。俺は幼い頃の流血の神子を見たことがあるが、あんな幼い子供を戦場送りにするなんて信じられん」

「え、流血の神子を見たことがあるんですか？」

声が裏返りそうになったのを何とか堪える。

「ああ。綺麗な金髪で可愛らしい顔をした子だったな。ちょうどアスターみたいな目の色――」

ガタンッ！

すぐ隣で大きな音がして顔を上げると、今にも人を殺しそうな不機嫌なオーラを漂わせたエルが、叩きつけるようにテーブルにトレーを置いた音だった。

「朝からうるさい」

「お前がな。何だ、炭鉱で見張りにでも八つ当たりされたか？」

エルは当たり前の顔でアスターの隣に腰を下ろすと、ヘクトルの言葉を無視して大きな口でパンを食いちぎる。

「眠れなかったのか？」

「え？」

「隈」

こちらを見ないままのエルの言葉に、アスターは目元に指で触れた。

「眠れない、というほどではなかったですけど」

嘘だ。ここ数日はエルが当たり前のような顔で一緒の部屋で寝ていたから考える暇がなかったのに、昨夜初めて一人で寝ることになって考えてしまった。

母が死んだことを。

考えても無駄なのに。今更どうにもならないのに。変えられもしないことを、ずっとあれこれ考えてしまう自分に嫌気が差して眠れなくなった。

母のことを考えると、喉の奥をぎゅっと誰かに摑まれたような感覚がした。それを思い出して無意識に喉に手をやると、エルがそっけなく言った。

「明日からは、俺と一緒に行動しろ」

「炭鉱に降りてもいいんですか？」

ここへ来てまだ日が浅いから、まずは生活に慣れろと言ったのはエルだった。炭鉱に降りない代わりにあれこれと皆の雑用を引き受け、そのお陰でこの監獄の地図が頭に入った。

エルは黙って頷いて、またパンを噛みちぎる。

「おい、七日は様子を見るんじゃなかったのか?」

「身体を動かしたほうがよく眠れる」

「まあ、それはそうだが」

別に重労働がしたい訳ではないが、ここの採掘のノルマが連帯責任であることを聞いてから、自分だけがその責任から外れていることを居心地悪く感じていたのは確かだ。ここにいると決めたからには、責任は果たさねばならない。役に立たないままでいれば、すぐに居場所を失う。

「頑張ります」

アスターが両手の拳(こぶし)を握って力を入れれば、エルはそれに無愛想に答えた。

「無理はするな」

「え?」

その言葉に、アスターはひどく驚いた。そんな言葉をかけられたのは初めてだ。だってこの身体は、どんな無理をしても大丈夫だから。

そうか。この人は知らないから。

アスターの身体がほとんど不死身であると知らないから、こんな風に声をかけてくるのだ。

そう思うと、何だか面白くなってくる。

「笑うな」

「あ、いや、すみません。別に馬鹿にした訳じゃなくて――」

「分かってる。可愛いから笑うな」

「は？」

アスターより先に素っ頓狂な声を出したのはヘクトルだった。

「え、お前、そうなの？　もしかして、そうなの？　うわあ、そうか、そうなのか、セドリックに今すぐ教えて――」

「やめろ」

「え、何のことです？　何がそうなんです？」

まじまじとエルの顔を見るヘクトルと、それに嫌そうな顔をするエルを見ても、アスターには二人の会話の意味がまったく伝わってこない。

「いやあ、エルがアスターを……いってぇっ！」

ガンッ！　と大きな音がしたのはテーブルの下だ。どうやらエルがヘクトルの足を蹴ったらしい。どうして。

「お前、俺の大事な右足に何してくれてんだ！」

「左足じゃなかったことに感謝しろ」

「何だと、この野郎！」

「ちょ、ちょっとやめてください！　仲良くしてくださいよ！」

訳も分からず始まった喧嘩の仲裁に入ったアスターは、あっ、と思った。

こうして誰かの喧嘩の仲裁をするのも、初めてだ。

「こっちは訳も分からないのに、急に喧嘩をするものだから大変でしたよ。何とか仲直りしましたけど、結局理由は教えてもらえず終いで」

先ほどの顛末をアスターが呆れ気味に話すと、床に敷いた粗末な毛布に横になった男が小さく肩を揺らした。だが、すぐにけほけほと咳き込むことになり、アスターは慌てて男の身を起こして背を撫でてやる。

「ルーク、大丈夫ですか?」

「だい、じょ……ぶ」

涙目で息も絶え絶えに何とか言葉を出したルークの身体をずらし、壁に背を凭せ掛けた。

グレーがかった髪と、同じグレーの瞳。丸くて愛らしい形をした目と少し口端が上がった唇は、彼をひどく幼く見せる。まるで人形のように整った顔立ちは、青白い肌のせいでより作り物めいていた。アスターと同じぐらいの背丈で、おそらく年齢も近い。それだけに、自分よりも一層痩せ細って満足に声も出せないルークの姿を痛々しく思った。

今まで生きてきて、自分のことを特別不幸だと思ったことはないが、誰かに同情的な気持ちを抱く日が来ると考えたこともなかった。

だがルークを見ていたら、初めて自分に彼を治す能力がないことを残念に思った。自分の能力を欲したことなど、これまで一度としてなかったのに。

ルークだけではない。ヘクトルにしても、セドリックにしてもそうだ。

ヘクトルは剣の腕前が秀でているが、セドリックもかつては神童と言われたほどの天才であり、将来を嘱望されていたらしい。それが、ポルクの治世になった途端に投獄され、声を奪われてしまった。

この監獄には、そのような人がたくさんいる。皆、素晴らしい才能を持っているのに……いや、持っていたからこそ、ポルクに目をつけられて投獄されてしまったのだ。

今、回復の権能を使えたら。そう願う時には使えないなんて、つくづく役に立たない。

「このからだが、うごいたら、な」

「え？」

考え事をしていたせいで言葉を取りこぼして聞き返したら、ルークは掠（かす）れた声で「やく、たたずだ。いきる、かちがない」と呟いた。

「生きる価値？」

その言葉に、アスターはひどくかちんと来た。価値がなければ、人は生きてはいけないのか。

回復の権能がある時は価値を見出されて酷使され、失って価値がないとみなされたことで、アスターはようやくあの地獄から抜け出せた。それなのに、そんな今のアスターには生きる価値がないのか。

自分に向けられた言葉ではないと分かっている。だけどやっぱりすんなり受け入れることはできなかった。

「価値がなければ、生きていてはいけませんか？　だったら僕だって今、炭鉱で働いていません。ただご飯を食べているだけのごく潰しと言えます。こんな僕は、生きる価値がないってことですか？」

「ちが……」

「そもそも、価値のあるなしって誰が決めるんですか？　僕が決めていいんだったら、ルークには今、価値がありますよ。ルークがここにいてくれるだけで、僕は独りぼっちじゃない。話してくれる相手がいる。それはとても幸せなことです」

あの戦場には、アスターの話を聞いてくれる者などいなかった。アスターの人生で話した言葉のほとんどは独り言だ。返す者もいない言葉を一人呟くことの空しさを、アスターは知っている。それでも、呟かずにはいられない孤独も。

「できない時はできなくていいじゃないですか。できる時にできることを精一杯やればいいんです」

「あ、すたー……」

「ルークが自分に価値を見出せないのなら、僕がルークに価値をつけますよ」

だからしっかり食べましょうね。そう言って、スープでふやかしたパンをスプーンで掬って、ルークの口元に運んだ。


あれから少し笑顔が戻り、何とか今日の食事も全部食べてくれたルークと別れ、アスターはヘクトルを探して食堂に向かって歩く。

身体が動かないなんて、確かに歯痒いだろう。生まれてこの方、健康だけが取り柄のアスターだ。

どんな重傷を負ってもたちまちに治る自分には、ルークの気持ちを想像することはできても実感はできない。

あんな考えでいては、いつか自分で命を絶つ選択をしてしまうかもしれない。自分の手には余ると考えたアスターは、ヘクトルに報告しておこうと考えたのだ。

だが、食堂前の廊下では、ちょっとした騒ぎが起きていた。

「生意気な顔しやがって！」

耳障りな笑い声と共に、びしりと何かを打つ音が響く。音のするほうへ駆けつけると、囚人の一人が看守に鞭打たれているところだった。

背を丸めて小さくなった囚人を、看守は執拗に鞭で打つ。服が裂け、血が滲んでいるのが見えたが、誰も看守を止めようとはしなかった。

言っては何だが、ひょろりとして弱そうな看守だ。止めるのは容易そうなのにと思っていると、壁に凭れているヘクトルと視線が合った。

「助けないんですか？」

「無駄だ。そんなことをすれば、被害が全体に及ぶ」

「だから、皆で見て見ぬふりをするんですか？」

「そうするしかないんだ」

言葉とは裏腹に、ヘクトルは今にも看守に飛び掛かりそうな顔をしていた。その衝動を、使えない左腕を握りしめることで必死に堪えているように見える。

ひとしきり鞭を振るった後、看守の下品な笑い声が響いた。

「ははは！　腰抜け共が！　這いつくばって残飯でも漁っていろ！」

「あ！」

思わず声を上げたのは、看守が食堂からパンを持ち出したからだ。大事なパンに何をするのかと看守を止めようとしたアスターの腕を、ヘクトルがぎゅっと掴んだ。

「駄目だ。諦めろ」

「そんな……」

食堂から大量のパンが持ち出されていくのを、苦々しい気持ちで見送る。あれを持っていかれたら、囚人達は皆、空腹に苦しむことになるのに。

看守達が飢えているはずがない。これはただの嫌がらせなのだ。

アスターはこれまでの甘すぎる考えを反省した。ここをまるで天国のようだなんて思っていたが、やはりそんなに甘くはなかった。ここを安住の地にするためには、あの看守達を何とかしなければならない。

「よし、あいつらを追い出しましょう」

ヘクトルがぎょっとした顔でアスターを見た。

「おい、何を言い出して――」

「ヘクトルは、度々食料が盗まれるのを黙って見ているつもりですか？　仲間が鞭打たれるのを眺めているだけで、本当にいいんですか？　次は殺されるかもしれないのに」

「好きでそうしていると思うか!?　俺だって、この身体が動けばそうしたさ！　俺だけじゃない！　そう思ってるやつは山ほどいる！　だが、こんな身体で何ができるんだ！　剣を持つことができない俺はただの役立たずだろうが！」

またただ。役立たず。ルークが言ったのと同じ言葉。この人もまた、今の自分には価値がないと思っている一人なのだろうか。

段々、腹が立ってきた。ここの人達は、何もかもを諦めている。抵抗することを忘れ、どんなにひどい扱いも受け入れて。

それは、戦場にいた頃のアスターだった。全てを諦め、受け入れ、ただ息をしているだけの人形と変わらない生活。

やっとそこから解放されたと思ったのに、今目の前に、あの時の自分と同じ目をした人達がいる。

それがどうにも歯痒い。

「何があった」

ヘクトルの怒鳴り声を聞きつけたのか、いつの間にか近くに来ていたらしいエルとセドリックがこちらにやってきた。落ち着かせようとするかのようにヘクトルの背に触れたセドリックは、困惑した表情をアスターに向ける。エルもこちらを窺(うかが)っているのを感じたが、それらを無視してアスターはヘクトルに言い放った。

「剣が使えないから何なんです？　言い訳ばかりして、情けない」

「誰が言い訳なんかしてるって!?」

「嘆いたって悔やんだって、ないものはないんです」

「…………」

ただぼうっとしているだけでは、本当に大事なものまで取りこぼす。アスターが、みすみす母を死なせてしまったように。

どんなに後悔しても、取り戻せないものがある。そのことを嫌というほど知っているだけに、自然と言葉はきつくなった。アスターのようになって欲しくないから。

「ヘクトルには、左手しかなかったんですか？」

「何だと？」

「左手がないなら右手を使えばいいじゃないですか。それも無理なら自分以外を鍛えればいい。あなたには素晴らしい剣の腕があるんですよね？　そのあなたが皆に剣の使い方を教えれば、ここにいる人達が今よりずっと強くなれると思いませんか？　それはあなた一人が戦うよりも、ずっと戦力になるのでは？」

アスターの言葉に、その場にいた者達もざわつく。

「俺一人が戦うより、ずっと戦力に……なる？」

ヘクトルの視線が、周囲にいる囚人達に向けられた。

「そうです。皆を鍛えて強くして、この監獄を自分達のものにしましょう」

それまで黙って聞いていた囚人達が、黙っていられないとばかりに口々に声を上げる。

「馬鹿なことを言うなよ！　ここを俺達のものにして何の意味がある！」

「そうだそうだ！　すぐに食べる物が尽きて死ぬだけだろうが！」

「確かにそこは問題ですよね」

アスターは、我が意を得たりと頷いた。

「どの道、これからずっとここに住む訳じゃないですか」

「住むのか？」

横やりを入れてきたのはエルだ。

「入った者は二度と出られないって話でしたよね？　あの看守達を追い出す追い出さないにかかわらず、どうせ住むなら、せっかくだから住環境は整えるべきじゃないですか？」

「例えば？」

「今は衛生環境も悪いし食糧事情もいまいちで、寝床も雑魚寝ですけど、幸いこの孤島には土がありますし、たとえば食物を育てて食糧事情を改善させるとか、その時に出た枝や草を利用して寝床を作るとか」

それを聞いた囚人達が一層騒がしくなる。確かにそうだと言う者もいれば、そんなことができる訳がないと言う者もいたが、エルが口を開いた途端にしんと静まり返った。

「君はそうしたいのか？」

「皆のためにもなると思いますよ？」

「分かった」

働かされるだけで精一杯で余裕などないと聞いていたから、きっと説得するのは時間がかかるだろうと思ったのに、あっさりエルに受け入れられて拍子抜けする。

だが、すぐに待ったのをかけたのはヘクトルだ。セドリックも、困ったように眉根を寄せる。

「待て待て。簡単に言うが、あの枯れた土地で作物なんかできないぞ。なあ、セドリックもそう思うだろう？」

ヘクトルの問いかけに、セドリックがこくりと頷く。

「やってみなければ分からないでしょう？　ここに届けられる食物の中には種がある野菜もありました。品種もあるから美味しいものはできないかもしれないですけど、ないよりはましだと思うんです。魚を釣ることもできるし、貝や海藻だって探せばあるかもしれません」

「だが、そんなことをすればすぐに看守に気づかれるだろう？」

「それでさっきの話に戻る訳です。ここって海に囲まれているじゃないですか。簡単には入れない」

「まあ、簡単には出られないとも言うがな」

「出る必要はないんですよ。ここだけで暮らせばいいんですから」

「ここだけで、暮らす？」

「看守を皆追い出して、ここで暮らしませんか？」

アスターはとてもいい案だと思っていたのに、それを聞いたヘクトルとセドリックはものすごい顔をして固まった。

「あれ？　僕、何かおかしなことを言いましたか？」

「ちょ、ちょ……」

「え？　ちょっとおかしかったです？」

「ちょっと待て！　ちょっとどころじゃなくて大分おかしいぞ！　お前、自分が何を言っているのか分かっているのか⁉」

「ここで皆で仲良く暮らしましょう、と言っているだけですけど？」

もしここから出られる可能性がある者がいるなら反対されることも考えられるが、この監獄は入ったら最後、出られることはない終身刑である。

「どうせ出られないと分かっているのに、どうして素直に罰を受けなければならないんです？　しかも身に覚えもない罰なのに」

「いや、そういうことじゃないだろう⁉　この監獄を乗っ取るつもりか⁉　それはもう、王国に対する反逆だぞ⁉」

「そうですね。でも、それって何か問題がありますか？」

「ないな」

「おい！　エルまで何を言い出したんだ！　そもそも、看守を全員追い出すなんて、簡単にやれることじゃないだろう！　ここの囚人達に戦う力なんか残ってないんだ！」

「本当に、戦う力はないんですか？」

「……え？」

「ここにいる人達って、僕が知るだけでもかなり優秀な人達揃いじゃないですか。セドリックは戦術担当の文官として働く予定だったし、ルークも未来が見えると言われるほどの発明家だったと聞きました。剣を持たせたヘクトルに敵う者はいないとも」

むしろ、よくぞここまで優秀な者ばかりを監獄送りにしたものだと感心するほど。

ポルクは鋭い機転と先んじて相手の策を潰すことができる聡明さで今の地位まで上り詰めたと言われているが、実際は能力のある者を先に潰していただけなのではないだろうか。あの見るからに無能そうな男が聡明だなんて、まったく信じられない。

「しかも今は、バウンス様までいる。一国を動かすのに充分な人材が、ここに集まっている訳です」

「それは、そうだが……セドリックは声が出ないし、ルークは寝たきりなんだぞ？」

俺の身体は動かないんだぞ、とは言わなかったのは、先ほどのアスターの言葉をそれなりに受け入れたからだろう。

「声が出なくても伝える方法はありますし、動けなくても何かを考えることはできますよね？」

アスターは何がそんなに問題なのかと首を傾げた。

「声が出なくなったって、セドリックの優秀な頭脳が使えない訳じゃないし、ルークが発明できない訳じゃないでしょう？」

「確かにそうだな」

誰よりも早く答えたのはエルだった。

「こいつらがやらなくても俺はやる」

それにまた囚人達がざわりとしたが、出てきた言葉はこれまでとは違ったもので。

「……俺はエルと一緒にやるぞ」

「俺もやる」

「おいヘクトル、やろうぜ！」

「アスターの言う通りだ、俺達はまだやれる」

優秀な者達ばかりだ。それだけに、現状に対する鬱屈は相当だっただろう。それでも無理に折り合いをつけて、希望のない生活を受け入れていただけだ。

いつも疲れた顔をしていた男達の表情が、決意と共に引き締まる。目に光が宿ると、それだけで彼らはいきいきとして見えた。

「………」

「え？　セドリック、何て言ったんです？」

唇をぱくぱくさせているセドリックに気づいて問い返すと、セドリックの代わりにエルが答えてくれる。

「建国するつもりか、と言っている」

「建国？」

アスターはただ単にここを住みよい場所にしたかっただけで、それ以上のことは深く考えていなかった。だが建国と言われて、それも悪くないと頷く。

「建国……それもいいですよね」

考えてみたら、あの屑野郎が統治する国にいるというのも業腹だ。

「よし、建国しましょう」

アスターが力強く宣言すると、ヘクトルは呆れたように呟いた。

「建国しましょうってお前……そんな、砂で城でも作るみたいに簡単に言うけどなあ」

「ヘクトルだって、あんな王様のいる国でなんてもう二度と暮らしたくないでしょう？　だから、ここに国を作りましょうよ。皆が安心して暮らせる国を」

我、ここを建国の地とす。うん、いいアイデアだ。

「こんなところに国なんか作ったって、ここは孤島なんだぞ？」

「孤島だから、いいんじゃないですか」

これが王国と陸続きであったなら、すぐに攻められただろう。だがここは監獄。簡単に出ることのできない孤島。簡単に出ることもできないが、簡単に入ることもできない。

「いや、すぐに王国軍が攻めてくるだろうが」

「え？　最強の剣士なんですよね？　だったら、ここにいる人達を最強の軍隊にするぐらい、訳ないですよね？」

「最強の軍隊って……お前、簡単に言ってくれるよなあ」

ヘクトルは大きくため息を吐き、天井を見上げた。それからまた視線を下に降ろし、エルを見る。

「本当にやるんだな？」

「ああ」

「……分かった、分かったよ！　やってやる！」

ヘクトルがやけくそのように叫ぶと、その場にいた囚人達が皆「おおおお！」と声を上げた。

さあ、逆襲の狼煙(のろし)を上げよう。


「見えるか？　あそこが看守の詰め所だ」

監獄の屋上の壁に凭れ、エルが斜め下を顎(あご)で示した。アスターは身を乗り出し、孤島の入口にある建物を確認する。ここに入ってくる時に前を通ったが、それほど大きな建物ではなかった。

「あそこにいるのって、多くても二、三十人ってところじゃないです？」

囚人達は三百人ほど。純粋に数の力で押しても勝てる気がしたが、そう簡単にはいかないらしい。

「確かに看守の数は少ないが、この監獄には特殊な装置がある」

「特殊な装置？」

「ここが孤城だった頃の名残だ。侵入者を一掃するための装置で、ある場所で毒草を燻(いぶ)すと、その煙が中に充満して全員がのたうち回ることになる」

「毒？　そんなことをしてここの囚人達が皆死んだら、誰が採掘をするんです？」

「もちろん、やつらもそれは分かっている。だから、俺達が逆らった時には死なない程度の毒を使う。もし逆らえば、いつでも殺せるんだという牽制(けんせい)も込めて、な」

「だから、誰もやり返さなかったんですか」

「一人が逆らえば、全員が被害を被るからな。特にルークにとっては、下手をすれば命に係わる」

「なるほど……」

ヘクトルがやり返さないのを、身体が不自由だからだ、と決めつけたことを申し訳ないと思った。仲間思いな人間であればあるほど、看守に手を出せなくなる。何て嫌なやり口なんだ。

「その装置を、使えなくする必要があるってことですよね。装置がどこにあるのかは分かってるんですか？」

エルは小さく首を振る。

「だが、今ここにはバウンスがいる。バウンスとセドリックが互いの知識を照らし合わせれば、怪しい場所をいくつか見つけられるだろう」

バウンスはここの地図が頭に入っていると言っていたし、セドリックはここに長年住んでいて土地勘がある。その二人の知識を照らし合わせたならある程度の当たりは引けそうだが、ある程度では困るのだ。間違いなくそこである、という確信が必要だった。

「いっそ、看守が全員監獄内に入ってきてくれたらいいのに。看守があまり監獄内に入ってこないのは、反乱を恐れているからですかね？」

「それもあるだろうが、炭鉱の空気は身体に悪い。病にかかるのを恐れているから、最低限しか近づかない」

「その最低限が、八つ当たりですか」

何て嫌な連中だ。だが、そうでなければ毎日のように鞭の音が鳴り響くことになっていたに違いないから、炭鉱の空気はある意味で囚人を助けてもいるのかもしれない。ルークのことを思えば、もろ刃の剣ではあるが。

「見張りが緩いお陰で、ここの者達を鍛えられる」

エルの視線が足元に向く。ここから見えはしないが、階下では今、ヘクトルが皆を集めて剣術の基本の講義中だ。

「ヘクトル、張り切ってましたよね。最低限の力で最大の効果を出す戦い方を教えるんだって言ってました」

「あの男に任せておけば大丈夫だろう」

「エルは、ヘクトルと付き合いが長いんですか？」

「……どうしてそう思う」

「信頼してるなあって思ったので」

「他にやるべきことが多いだけだ」

「まあ、それはそうですよね。食料の備蓄に、武器の確保に……あ、ルークが海水を水に変える装置を考えついたって言ってましたよ。皆でルークの考えた設計図に従って作り始めるんですって。だから僕、いつでも水が手に入るようになったら中庭の一角に畑を作ろうかと思って野菜の種を集めている最中なんです。いっぱい美味しいものが食べられるように頑張らないと」

拳を握りしめて力説してから、また食いしん坊キャラだと思われてしまう、とはっとして顔を上げたら、真剣な表情でこちらを見ているエルと視線がぶつかった。

「君は、本当に建国するつもりか？」

改めて聞かれると、建国か……と考えてしまう。

「建国だなんてちょっと大げさだったかも。僕はただ、安心して眠れる場所が欲しいだけです」

「安心して眠れる場所？」

「幼い頃、よく夢を見ました。夢の中の僕は、たくさんの食物を作って食べるものにも困らず、温かい布団で眠るんです。天気の良い日は森の木陰で昼寝して、その向こうでは鶏や牛なんかを放し飼いにしている」

土埃が舞う戦場ではなく、澄んだ空気の中で大きく深呼吸する。お腹が空けば、その日手に入れた新鮮なものを口にして、眠たくなったら寝心地のよい場所で寝転んで。目を瞑れば、鳥達の鳴き声や木々が風に揺れる音。

穏やかで、のんびりとした時間。

いつしかそんな夢を見ることもなくなってしまったが、あれはずっとアスターが望んでいたものだった。

「それが君の夢か？」

「……全部が全部、叶うとは思っていません。でも、もうこれ以上あの王の支配下で生きていくなんてまっぴらなんですよ。戦争、戦争、また戦争。そんな国で不安に生きるより、安心してゆっくり眠れる場所が欲しいんです。皆は、エルは、そうじゃないんですか？」

幼い頃からずっと、アスターの居場所は戦場だった。常に誰かが傷つけられ、誰かを傷つけ。それが繰り返される場所。

遠くで聞こえる悲鳴は、誰かが怪我をした合図。味方なら治して、敵なら見捨てる。同じ場所にいるのに、同じ人間なのに、機械的にただ、敵味方の区別だけで救われる命と見捨てられる命がある、そんな場所が、アスターがこれまでの人生のほとんどを過ごした場所だ。

「明日の心配を何もしないで眠れる贅沢が、僕は欲しい」

明日はどれだけ血を流さなければならないのだろうか。戦線の状況が不安定になればなるほど、アスターは酷使されることになる。重傷者の数が増えすぎれば、アスターの状態などお構いなしで血抜きをするが如く首を掻き切られることだってあった。

そんなことを考えずに済む生活がしたい。

「……そうか」

エルはアスターの願いを笑うこともなく真剣に聞き、神妙な声で更に問うてきた。

「国を作れば、安心して眠れるか？」

「分かりませんけど、少なくとも今よりはずっとましでしょう？」

この監獄は、まだポルクのテリトリーだ。あの気まぐれな男がある日突然思いついたら、それだけでアスターはすぐにでもここから連れ出されてしまう。

「……分かった」

エルは頷いて、それからアスターの足元に膝をついた。

「エル？」

疲れたのかな？　と首を傾げる。

「それまでは俺が君の安心になる」

「え?」

「君が安心してゆっくり眠れるように、俺がそばにいよう」

エルの手がアスターの手を取り、甲に唇が触れた。その姿に、アスターは目をぱちくりとさせる。

どうしてそうなった?

エルとの会話は、いつもアスターには難しい。これも自分の対人関係のスキルのなさゆえか。アスターは理解することを早々に放棄した。

「ありがとうございます?」

エルがそばにいたからと言って、アスターが困ることは特にない。それどころかエルは強いから、確かに安心はできるだろう。

アスターがよく分からないまま礼を言うと、エルの口角が上がった。それはほんの些細な変化なのに、劇的に色気が漂うから不思議だ。

なるほど。これが国を傾けるほどのモテ男か。

顔のほとんどを隠してこれなのだから、火傷を負う前はどれほどの威力だったことか。

「それって無自覚ですか?」

「何のことだ?」

「いえ、分かっていなければいいんです」

ここにいるのが妙齢のご婦人だったら、今頃とっくに押し倒されていたに違いない。いや、幼子だって、ひょっとしたら男の中にも恋に落ちてしまう者がいたかも。

エルは今目の前にいたのがアスターであったことを、神に感謝するべきである。

武器の確保は、実は一番簡単だった。炭鉱での作業のためにツルハシやハンマーなどがあったし、元々孤城であるこの監獄内には放置されている倉庫があり、そこに壊れた家具や食器、鑑賞用らしき剣や盾が山ほど押し込まれていたからである。

毒でいつでも脅せると思っているからか、監獄内の管理があまりにもお粗末だ。だがそのお陰で、こちらに有利に事が運んだ。

そうして次に始まったのが、監獄内の衛生環境と食糧事情の改善である。

食料の確保は急務だ。少しずつ備蓄を始めたが、そもそもが一日一回しかない食事を減らすのはなかなかの苦行だった。一刻も早く自給自足に向けて動き出す必要があり、一足早く野菜の栽培も始めていたが、枯れ切った中庭の土は、そう簡単に作物を育てさせてはくれなかった。

だが一つ幸運だったのは、いちかばちかで育てた卵が孵（かえ）ったことだった。この国では雌雄を区別せずに飼うところが多い。常に食糧事情が悪く、鶏が増えすぎて困る、ということがないためだ。

雌が増えれば卵が生まれるし、雄が増えれば食べればよい。駄目で元々だと監獄に届けられる卵を温めてみたところ、何とその半数から雛（ひな）が生まれた。雌と雄がほぼ半分ずつ。この調子で鶏が増えてくれれば、格段に食糧事情が良くなるだろう。今は看守が絶対に入ってこない炭鉱の中で密（ひそ）かに育てている。

問題は野菜の栽培だった。発明家のルークの発案で塩水から真水を作り出す装置を作り上げたお陰で水は確保できたが、土が悪すぎた。何とか豆類やじゃがいもの芽は出たが、それ以外はまるで駄目だ。今はここに来る前に農作物を作っていた囚人達に協力を仰ぎ、土の改良に力を入れている。

「欲を言えば、小麦を育てたいんですけどねえ」

中庭で育てているじゃがいもの葉を突く。じゃがいもは食材としてかなり優秀である。煮てよし、焼いてよし、揚げてよし、のマルチな才能ぶりと一度に収穫できる量を考えれば、この先の主食になる可能性は大だ。

何故知っているかと言えば、戦場で育てている者がいたからだ。戦争の早期終結がないことを悟った兵達が、少しでも腹を満たすためにとじゃがいもを植えていた。

「パンが食べたいのか?」

声に振り向けば、いつの間にいたのか、背後でエルがこちらを見下ろしていた。

いつも、気づけばすぐ近くにいる。昨夜からずっと炭鉱に降りていたはずなのに、エルはまるで朝起きたばかりのように飄々として見えた。仕事が終われば、まずは疲れ果てて寝るのが普通なのに。

「交代の時間ですか?」

今日のアスターの炭鉱での作業は昼の部だ。交代の合図である鐘の音を聞き逃したのだろうかと思いながら立ち上がると、エルは「違う」と首を振った。

「もうすぐ会議の時間だから炭鉱を抜けてきたら、君が見当たらなかったから呼びに来た」

「ああ、そういえばそうでした」

アスターはこれまで自主的に行動したことがほとんどない。戦場では用のある時だけ呼び出されるのが常だったからだ。

ここに来てからも何だかんだとエルが世話を焼いてくれるので意識したことがなかったが、これからは自分で予定を管理できるようにならなければならない。

慌てて立ち上がると、それを見届けたエルが背を向けて歩き始める。

「世話をかけてすみません」

慌てて追いかけ、隣に並んで歩きながら謝罪すると、エルはこちらを向かないまま「いい」と端的に言った。素っ気ないが、アスターにはそれぐらいのほうが楽だった。気を遣われすぎるとこちらも気を遣ってしまうものだ。

「今日は何を話し合うんですか?」

「毒の装置の場所さえ分かれば、看守を追い出す計画が立てられる」

「候補がいくつか絞られているという話なら聞きましたけど」

城の構造上、毒の装置は必ず監獄内にあるはずで、煙が下へ移動しやすいことを考えた場合、監獄の最上階にあるだろうという予測は聞いた。毒が噴霧される際、炭鉱にはほとんど影響が出ないことから、一階のどこかで空気が抜けるようになっていることも。

「全員で分担して、怪しまれないように最上階を探すつもりなんだろう」

「看守より囚人のほうが監獄内に長くいるはずなのに、気づかない場所なんてあるんでしょうか?」

屋上から階段を降り、最上階に視線を向けながら更に下に降りる。

毒の装置は看守達にとって絶対に守らねばならない場所のはずだ。もし本当に最上階に装置があるとしたら、常に監獄内にいる囚人達の目を盗んでその場所に辿り着くことが、果たして可能なんだろうか。

「僕だったら、常にそこに見張りを置いて、誰も入れないようにします」

「そんなことをしたら、ここに装置があると暴露しているようなものだ」

「でも、監獄内に自分達の切り札があるって怖くないですか？　知らない間に誰かに見つけられちゃうかもしれないのに」

「よほど見つからない自信があるのだろう。どこの城にも隠し扉や隠し通路が存在する。ここにもそういう仕掛けがないとは言い切れない」

「そうなんですか。エルって城に詳しいんですね」

「別に——」

「ぐあっ！」

突然叫び声が響き渡って、アスターとエルは顔を見合わせてから走り出す。声の出所は何とルークが寝床にしている部屋だった。

「貴様！　庇い立てするつもりか！」

慌てて飛び込むと、そこにはルークに馬乗りになっているバウンスと、鞭を振るう看守の姿があった。

「この生意気なクソガキを、道理で最近見ないと思った！　こんなところに隠していたとはな！」

「や、やめ……やめ……！」

ほとんど身動きのできないルークが、掠れた声で必死に懇願する。それでもバウンスは、鞭を振るう看守からルークを庇い続けていた。

「ぐ……っ、う……！」

「ははは！　あれだけ偉そうにしていたのに、動けなくなったなんてお笑いだな！　そうだ！　お前だけはここから連れ出して、看守小屋に連れていってやるよ！　寝たきりで動けなくても、俺達の玩具には充分だ！　ちょうど女のいない生活に飽き飽きしてたんだ！　死ぬまで俺達がその身体を使ってやるから感謝しろ！」

鞭を振るいながら大声でまくしたてる男の顔は、最早人ではないように見えた。人の皮を被った悪魔……いや、契約で縛ることができる悪魔のほうが、よほどお行儀がよいかもしれない。

「い、いや……だ……ばうんす、さま……っ、やめ……！」

だがルークは、男の言葉よりもバウンスがいたぶられていることのほうがよほど恐ろしいらしい。上がらない手を必死に上げようとしているのを見ていられず、アスターが飛び出そうとしたらエルに腕を摑んで止められた。

「どうしてですか!?」

「君は顔を隠して下がっていろ」

そう言った次の瞬間には、エルはもう隣にはいなかった。風のように飛び出したエルは、振り上げた看守の鞭を握り、そのまま看守を引き摺る。

「な……っ、貴様！　こんなことをしてただで済むと思っているのか!?」

「それはこちらの台詞だ。お前が今鞭を振るっている相手は、この国の宰相だった男だぞ？　王はバウンスを殺せとお前に言ったのか？」

「さ、宰相……!?」

看守はバウンスの顔を知らなかったらしい。下々の者になると、宰相の名前は知っていても顔を見ることもないまま、ということはよくあるだろう。こんな孤島の監獄で看守をしているなら尚更だ。

看守はバウンスを見て驚いた顔をしたが、すぐにエルに向き直って睨みつけてきた。

「だ、だからどうしたと言うんだ！　宰相だろうが何だろうが、囚人は囚人だ！　生意気に逆らった囚人のせいでここがどうなるか、忘れた訳じゃないだろうな！」

看守はエルに摑まれたままの鞭を放り出し、部屋から駆け出していく。その捨て台詞にぴんと来た。あの男、毒の装置を使おうとしている。

バウンスはどうやら怪我を負っているようで、看守がいなくなって緊張が切れたのか、大きく傾いだ身体をエルの腕が支えた。

「アスター、すぐにルークを……アスター！」

呼びかけるエルの声を背中に、アスターはすぐに男を追いかけた。最上階に向かうかと思った男は、何故か階段を上がらずに廊下を駆け抜けていく。

思ったより足が速い。息を切らして必死に追いかけたが、どんどん引き離されていく。

周囲にいた囚人達に尋ねながら何とか後を追ったが、とうとう見失ってしまった。

「ああ、もう！」

あの男を追えば、毒の装置の場所が分かるのに。いや、諦めるな。絶対に見つけてやると目を皿のようにして辺りを探し回っていると、周囲の壁から煙がもくもくと湧いてくるのに気づいた。

「ど、毒だ！」

囚人達も異変に気づき、監獄内は大騒ぎになる。

死なない程度の毒。そう聞いていたアスターは、この時それがどのようなものかあまり分かっていなかった。身動きが取れなくなる程度の痺れ薬のようなものか、気分が悪くなる程度のもの。そんな想像が甘かったことを理解したのは、周囲でばたばたと囚人達が倒れていくのを見た時だ。

「ぐ、は……」

「だ、大丈夫ですか!?」

奥にいた囚人の一人が、泡を噴いて倒れる。慌てて駆け寄ると、また別の囚人が、喉を掻き毟りながらのたうち回った。そしてまた別の誰かが、その向こうの男が、次々と倒れて苦しむのを呆然と見る。

「ぐは……っ、あ、ぐ……！」

「は、が、が、あぁぁ」

それは、想像を遥かに超えた苦痛の声達だった。

自分の愚かさを恥じる。ここにはここの地獄があった。あの地獄とこの地獄、どちらが楽だなんて比べることに意味などない。どちらも地獄で、同じ人間であるはずなのに、何も悪いことなどしていないのに、このように虐げられるなどということが許されていいはずがなかった。

戦場に比べればここは天国だ、なんて考えたあの時の自分を殴りたい。

どうしてこんなことが許されるのか。同じ人間なのに、どうしてそのようなことができるのか。あまりにも極悪非道だ。

息を吸えば、確かに喉にひりついた痛みを感じる。だが、アスターにとってはそれだけだ。毒が体内に入ってもすぐに権能が働くから、アスターには毒の類がまったく効かない。

今ここで、自由に動けるのはアスターだけだった。

はっ、と頭にルークのことを思い浮かべる。あれだけ弱っていたルークがこんな毒を浴びたら。

「毒を止めないと」

考えろ、考えろ。アスターは必死で頭を働かせる。

バウンス達は最上階のどこかに毒の装置があるはずだと言ったのに、男は階段を上らなかった。男が向かったのは出入口の方向だったが、実際に煙が監獄内に撒かれたことを考えると、監獄内から出た訳ではないはずだ。

「出入口に向かったのに、出ていない……そうか、中庭だ！」

この先にある出入口以外の場所と言えば、中庭しかない。

慌てて中庭に向かう。何度も通った場所だが、注意深く観察して違和感に気づいた。

「……当たりのようですね」

涸れた噴水の中、石造りの底が動いた形跡がある。噴水の中に入ると、草に覆われた場所の奥に四つん這いでやっと通れるような空洞があるのが見えた。

迷っている時間はない。アスターは膝をつき、空洞の中に入った。ひんやりとした空気と土の匂い。しばらく四つん這いで進むと、広い空間に出た。

しっかりとした石造りの通路は階段になっている。毒の装置が最上階にあるという、バウンス達の見立ては間違っていなかった。だが、中をどれだけ探しても見つけることはできなかっただろう。まさか、専用の隠し通路があったとは。

なるべく音を立てないように階段を上り続けていると、誰かが話す声が聞こえてくる。

壁伝いに進んで、行き止まりにあった部屋の入口横の壁に身を隠す。ここに看守がいるようだ。そっと覗けば、扉のない部屋の中で、一人でぶつぶつ言っている看守の背中が見えた。

「あいつら、今頃はのたうち回って苦しんでるだろうな。はは、今日は一体どれぐらい苦しめてやろうか。たかが囚人が俺達に逆らったらどうなるか、思い知らせてやる……！」

『お前、今はバウンス様がいるんだぞ。王様からバウンス様は殺すなと命を受けているのを忘れたのか？』

「うるさいな、分かってるよ！　死なない程度にするから大丈夫だって！」

そう言って、看守が壁から出ていた管の蓋をばしんと閉めた。どうやら、あれが看守小屋と繋がっているらしい。

「ははは、たとえこの国の宰相だって、ここにいる間は俺達の手の中だ！」

こういう笑い方をする男に覚えがある。玉座にふんぞり返って同じように笑っていた屑野郎を思い出した。

権力を手に入れた時、その者の本性がよく分かる。その力をより良いことに使おうとする者と、力を過信し、自らの欲に溺れる者。世の中には、後者のほうが多いらしい。

「誰だ!?」

意識せず、ため息を吐いてしまった。だが、アスターに焦りはまったくない。悪びれもせず顔を覗かせてから、アスターは「いやあ、どうも」と装置のある部屋に足を踏み入れた。

「き、貴様、何故ここにいる！」

「何かぶつぶつ独り言が聞こえてくるなあと思って、見に来たんですよ。いやあ、まさかこんなところに隠し部屋があったなんて驚きです」

装置の部屋には、武器がずらりと並んでいた。秘密の部屋は、何かあった時のために看守達の武器庫も兼ねているのだろう。看守はその中から剣を一本取り、アスターに向かって突きつけた。

「貴様、何故毒が効いていない」

「毒？　何のことです？」

白を切ると、「もしかしてこいつ、ずっと中庭のどこかにいたのか？」と看守は独り言を言ったが、すぐに「まあ、いい」とまたアスターに向き直る。

「ここを知った以上、お前には死んでもらう」

「残念ですけど、はいそうですか、と受け入れる訳にはいきませんね」

丸腰のままで飄々と返すアスターに、看守が用心深く距離を取った。

「貴様、よほど自信があるようだな」

「さあ、どうでしょうか？」

自信ならある。一対一なら、アスターが負けることはまずない。

何せ、こちらは死なないのだ。相手の攻撃をどれだけ受けても死ぬことはない自分と、怪我を負えば負うだけ死へ近づく看守。悪いが結果は見えていた。

看守がじりじりとアスターに剣を向けながら様子を窺ってくる。まずは一度刺されてから、あの剣を奪ってやろうか。刺したはずの男が立ち上がれば、きっと看守はパニックを起こすだろう。戦場では冷静さを失ったほうが負けだ。隙が多くなり、自分を守ることすら難しくなる。

看守が心を決めた顔で剣の柄を握りしめた。最初の一撃が来る。そう予感して身を硬くした時、それは起こった。

「アスター！」

「……っ！」

突然飛び出してきた誰かが、アスターの前に立ちはだかる。目の前に影が差し、驚いて顔を上げると、そこには最近よく見る背中があった。

「……エル？」

声が震えたのは、その背中から剣が突き出ていたからだ。

「……っ！」

正面から呻き声が聞こえる。エルが膝をついたことで塞（ふさ）がれていた視界が開けると、目の前には心臓を一突きにされた看守の姿があった。

息を呑んだが、すぐにそれどころではないと気づく。エルが膝をついているのは、アスターを庇って看守に刺されたからだ。

「エル！　大丈夫ですか!?」

アスターが声をかける間に、エルが自らの身体に刺さった剣を抜く。ぼたぼたと腹の辺りから大量の血が流れ出し、床を真っ赤に染めた。

「無茶しないでください！」

慌ててエルの身体を支えようと手を伸ばすのと、その身体が大きく傾ぐのはほとんど同時で。倒れ込むようにアスターの腕の中で仰向けになったエルの顔から、仮面が落ちる。

初めて見たエルの顔は、想像した通りの有様だった。顔の大部分が焼け爛れ、目が無事であることが不思議なぐらいだった。

「エル、どうして、どうして僕なんかを庇ったんですか！」

アスターは死なないのに。庇う必要なんかなかったのに。

アスターが黙っていたから、エルは死んだりしないアスターを庇って死んでしまう。

これまで、誰かに庇われたことなんて一度もなかった。自分を庇おうとする人がいるなんて、想像したこともなかった。

エルを抱く手が血に塗れて、アスターはどんどん怖くなる。

「エル、エル、ごめんなさい、僕、僕……っ」

「……おち、つけ」

「どうしよう、エルが死んじゃう……僕のせいで、僕のせいでエルが……！」

ひどく恐ろしかった。

アスターはエルを騙（だま）していた。流血の神子である自分は傷一つつかないのに、そのことを黙っていた。そんなアスターを庇ってエルが死んでしまうのは、あまりにも恐ろしかった。

だって、エルはアスターを庇う必要なんかなかったのだ。真実を知っていれば。

「僕なんか、庇わなくてよかったのに！」

「……俺が、君を守りたかった、から」

「守る必要なんてないんです！　僕は、僕は……！」

エルの身体から血の気が失われていく。少しずつ身体が冷たくなっていくのが分かって、アスターは恐慌状態に陥った。

このままでは死んでしまう。アスターのせいでエルが死んでしまう。

助けたい。助けなきゃ。でも、どうやって。

「アスター、すまない」

「やめてください！　どうしてエルが謝るんですか！」

「君を、守るとやくそく、した、のに……」

「もう終わりみたいに言わないで！　死なせません！　死なせませんから！」

そうだ。死なせない。絶対に助けなければならない。

アスターの目に、エルが捨てた剣が映る。その剣を手に取った。

回復の権能は、まだアスターの怪我を治す。ということは、まだ力が失われた訳ではない。だったら、可能性はゼロではないはずだ。

「アスター、駄目だ」

エルの目には、自暴自棄になったアスターが自死しようとしているように映っているのかもしれない。苦痛に顔を歪めながらもアスターを止めようとするエルに、ふるふると首を振ってみせた。

「エル、大丈夫です。絶対に助けますから」

「やめ……」

エルの声が小さく消えていく。もう時間がない。

アスターは思い切りよく、自らの腕を剣で切り裂いた。ぼたぼたと垂れた血液をエルに捧げる。

回復の権能は絶対にまだこの血に宿っているはずだ。どれだけの血がいるのか分からない。この身体に流れる全てなのかも。それでも構わなかった。

こんな力のせいで、これまで嫌というほど苦しんだ。一度ぐらい、僕の願いを聞いたらどうなんだ。助けてみせろ。この力に意味があると、僕に思わせてみろ。そうしたら、あなたのことを信じてやってもいい。

聞いているのか？　この世に本当にいるのかどうか分からない、くそったれな神様！

エルの傷口に血塗れの手を置いて、呪詛（じゅそ）のように訴える。

「死なせたら、許さない」

僕にこれ以上、絶望を味わわせないで。

お願い、お願い、お願い。

指先から冷えていくような感覚と共に、身体の修復が行われていくのを感じる。それを許さず、自らまた腕を傷つけた。

すると、冷たくなっていた指先がぶわりと熱くなる。

「これは……」

自分の中の何かが変わったのを感じたのとほぼ同時に、エルが微かに動いた。

「エル!? エル、聞こえますか!?」

「……ん……」

そこからの変化は、劇的だった。

「あ……」

アスターは状況も忘れ、ぽかんとエルを見つめる。ゆっくりとエルが目を開け、眩しそうに瞬きをした後、見下ろすアスターに気づいて呟いた。

「ここは、天国か？」

「……そうかも」

思わずそう呟いてしまったのは、目の前にいる人がこの世の者であるとは到底信じられなかったからだ。

アスターの目の前には今、とんでもない美貌があった。

切れ長の色気ある目と高い鼻梁（びりょう）、長い睫毛が作る陰影まで美しい。決して女性的ではなく、どちらかと言えば冷たさを感じる。だが視線が絡んだら最後、女性は皆、彼に夢中になるだろう。

これまで生きてきて、これほどまでに美しい男を見たことがなかった。

「これが、傾国の美貌……」

「美貌？」

訝（いぶか）しげに眉を寄せたエルが、はっとした顔で自らの頬に手を当てる。そこにあるはずの爛れた肌がないことに、もう気づいてしまっただろう。

「…………」

「あ、あの……その……」

自分のせいで誰かが死ぬなんてあってはいけないことだ。絶対にエルを助けなければならない。それだけに必死で、後のことは何も考えていなかった。

どう考えてもあれは致命傷だった。加えて、たとえ名医であろうと治せないはずの顔の火傷までが、綺麗さっぱり治ってしまっている。

どうしよう。混乱しすぎて、アスターの息が浅くなる。

言い逃れのしようがない。エルにはアスターが流血の神子であることがバレてしまっただろう。

「アスター」

元（もと）の木阿弥（もくあみ）だ。また、血抜き地獄に逆戻りだ。

嫌だ。せっかくあの地獄から抜け出たと思ったのに、もうあんなことをする生活に戻るのは嫌だ。

は、は、と呼吸が浅くなり、視界がぼやける。

すると、「大丈夫だ」と声が聞こえた。頬に手が触れる。

「アスター、十数える。ゆっくり息を吐いて、吸うんだ。ほら、一、二、三――」

落ち着いた声に促され、何とか息を吐いて、吸う。

そうだ。息をすることを思い出せ。意識を失ったところで、現実からは逃げられない。

「良い子だ」

何度か繰り返しているうちに視界が戻ってきて、アスターは最後に一度、大きく深呼吸した。

腕の中でこちらを見上げているエルと目が合う。

「驚かせて、悪かった」

「いえ、あの……それは、僕のほうで」

言うしかない。覚悟を決めて口を開こうとしたが、エルのほうが早かった。

「君が流血の神子と呼ばれていたことは知っている」

「え？」

「たぶん君は気づかれたくないのだろうと思ったから言わなかった。怯えさせるなら、もっと早く言っておけばよかったな」

すまない、と謝られて、慌てて首を振る。黙っていてくれたことに感謝こそすれ、謝られるなんておかしい。

「僕と、会ったことが？」

「ああ」

戦場ではずっと仮面をつけていたが、混乱の最中に仮面が外れてしまったことは何度かあった。誰にも見られていないと思っていたが、もしあの時エルが戦場にいたなら見られてしまった可能性はある。

これほどに印象的な人を戦場で見た覚えはなかったが、アスターを見たことがあるなら、あそこしか考えられなかった。

「知ってたなら、どうして……どうして僕なんかを庇ったんですか？　僕は死なないのに」

「たとえ死ななくても、痛いはずだ」

「……え？」

「死ぬことはなくとも、痛みは感じるだろう？」

ただ一言、はい、と答えればいい問いのはずなのに、それに答えるのは容易なことではなかった。喉に何かが張りついたように、言葉が出なくなる。

だって、そんな風に聞かれたことなんか一度もなかった。何をしたって、どうせ死なない。皆がアスターをそんな風に思っていることだけは、痛いほど伝わってきたけれど。

「でも……死なないんです。だから、僕のことなんか庇わないでください。僕のために死ぬ必要なんか――」

「俺は君に痛い思いをさせたくない」

「……っ」

「俺を死なせたくないなら、君自身が痛い思いをしなくて済むようにしてくれ。たとえば、避けられる攻撃を避けずに受けるようなことをせずに」

「……だって」

何だか幼い子供みたいだ、と思いながらも、言葉が零れ落ちた。

「だって、どうせ治るんです」

「でも痛い」

「そうですけど、死なないんですよ」

「死なないと分かっているから大事にする必要がないと思っているなら間違いだ。二度と、あんな馬鹿なことはしないと約束してくれ。そうでないと、俺はまた君の前に飛び出すことになる」

「そんなの……」

そんなの、脅しと一緒だ。そうは思ったが、それは決して嫌な気分ではなかった。

「……分かり、ました」

この感情を、何と言葉にしていいのか分からない。初めてアスターの胸に湧いたこの感情に、何と名前をつけるのが正解なのだろう。

「それより、まずはあの装置を止めなければな」

「あ、そうでした！　装置！」

エルが自分を庇った衝撃が大きすぎて、そもそもここに何をしに来たのか、頭から吹き飛んでいた。

「ルーク！　ルークが毒を吸ったら――」

「ルークなら、バウンスと屋上に避難させた。外の空気と混じるから、中にいるよりはかなりましなはずだ。それでも、他の仲間のことを思うなら、早く装置を止めてやらないと」

身体を起こして立ち上がったエルが、「おっと」と足元をふらつかせた。

「傷は完全に治っているはずですが」

「昨日の昼から何も食べていないから、足に来ただけだ」

部屋の真ん中には竈（かまど）のような装置があった。ここで燻された毒が監獄内に回っているらしい。

「僕がやります」

アスターがまだ火が燃えている竈の中に直接手を突っ込もうとすると、エルに「やめろ」と止められた。エルは並んだ武器の中からハンマーを選んで持ち、それを竈の中に突っ込んでかき回し、中の毒草を引き摺りだしてくる。

「簡単に自分を犠牲にしようとするな」

「……はい」

どうせ治るのだから火傷ぐらい構わないだろう。火は熱いだとか火傷は痛いだとか考えるより先に、そう思ってしまっていた。

いつの間にか、アスターは自分の身体を投げ出すことを何より簡単に考えてしまうようになっていた。そのことに、エルに窘（たしな）められてようやく気づいたのだった。

「これで、毒が回るのを止められたはずだ」

「毒の煙を吸い込んでいませんか？」

ハンマーでかき回したせいで、部屋には煙の気配が残っている。アスターの喉が少しぴりつく程度ということは、普通の人間にとってはそれなりの影響があるはずだ。

「俺は、毒に耐性があるんだ」

「……だから、毒の中を歩けたんですか」

「ああ。完全に、とはいかないから、看守の攻撃を避け切れなかったが」

傷ができていたはずの場所にエルの手が触れる。そこにはもう傷の痕跡（こんせき）すらない。

「あの……僕の権能のことは……」

「分かっている。誰にも言わない」

二人だけの秘密だな。そう言って真面目な顔で頷くエルが恰好（かっこ）よすぎて、くらりとした。

口元だけでも恰好よかったのに、これは反則だ。

「確かに国が傾く破壊力ですね……」

これほどの美貌なら、さぞかし苦労をしただろう。勿体（もったい）ないとは思うが、治したくないと思うのも無理はなかった。

「すみません……治したくなかったでしょうに、こんなことになってしまって」

「気にするな。仮面をしていれば、気づかれることはないだろう」

これも、二人だけの秘密にしてくれ。エルが口元に指を当てる。

「うわあ……」

「どうした？」

「今すぐ仮面をしてください」

「何故？」

「恰好よすぎて、心臓が持ちませんよ」

エルは不思議そうにした後で、ずいっと顔を寄せてきた。

「この顔が、好きなのか？」

「むしろ、この顔を好きじゃない人なんかいるんですか？」

「君が好きかどうかを聞いている」

「そりゃあ、好きですよ。決まってるじゃないですか、こんなに綺麗な顔を、嘘でも嫌いなんて言えるもんですか」

「そうか」

エルの表情が緩む。それだけでもう、間違いなく国が傾く。

「早く仮面をつけてくださいってば」

「嫌だ」

「困らせないでくださいよ」

「ははは」

エルが楽しそうに笑い声を上げるから、アスターは「反則ですよ」と呟いた。

「いつも仏頂面をしているとばかり思っていたのに、こんなに表情が豊かだなんて」

「初めて言われたな」

治したくないと言っていたのに勝手に治療されたことを怒っていいのに。エルはアスターを責めることもなく、機嫌よさげに笑うだけだ。

「あの……僕が流血の神子だってこと、本当に言わなくていいんですか？」

戦いに勝ちたいなら、この力を利用するべきじゃないのか。利用されたくなんかないのに、口から勝手に試すような言葉が零れ落ちる。

「言わない」

エルは首を振って、「それより」と話を変えてきた。

「覚悟を決めなくてはならない」

エルの目が、倒れている看守に向く。胸を一突きにされた看守は、もう身動き一つしなかった。

「……僕のせいで、エルに殺させてしまったんですよね……」

アスターがもっと上手く立ち回れていれば、エルはこの男を殺さずに済んだはずだ。だがエルはそれを「違う」と否定した。

「この男にはここで確実に死んでおいてもらわなければならなかった。ここでこの男に逃げられていたら、二度とここには入れなかったはずだ。それ以前に、君は捕まって、間違いなく殺されかけて、死なないことがバレて、今よりずっとひどい目に遭っていたはずだ。もちろん、他の囚人達も」

確かに、もしあそこで逃げられていたら大変なことになっただろう。ここは戦場と同じだ。油断は大きな損失を生む。

死んだ男に視線を落とす。恨むなら、僕を恨んでください。

「だが、この男が戻ってこないことに看守達もいずれ気づく。そうなる前に、行動を起こさなければならない。……そろそろいいだろう」

「え？」

エルが、落ちていた仮面を拾ってつける。それから並べられている武器の中から小振りの剣を掴んでアスターに手渡し、「行くぞ」と走り出した。

「行くって、どこへ⁉」

剣を持って慌てて追いかける。エルは息一つ乱さず階段を駆け下りながら、「まずは全員を集める」と言った。

「集めるって言っても、まだ皆毒から解放されたばかりで――」

「それでも、だ」

中庭に戻って、監獄内に入る。まだ少し煙の気配は残るものの毒の影響はかなり薄れたようで、倒れていた囚人達が、何とか身体を起こしている姿が確認できた。

顔馴染み(かおなじ)みの囚人に手を貸す。まだ息は苦しそうで、手も震えている。それなのに、エルはそんなことともお構いなしで言うのだ。

「おい！　動ける者は今すぐ中庭に集まれ！　緊急事態だ！」

「エル、無理ですよ」

アスターはそう言ったが、アスターに介助されながら起き上がった囚人は「今すぐ、行くぞ！」と他の囚人達に声をかける。

「いや、少し休憩してからじゃないと――」

「アスター、エルが緊急事態だと言うからには、行かないと」

他の囚人達も、重い身体を引き摺るようにして中庭に向かい始める。

「アスター、早く来い！」

走っていくエルにそう呼びかけられ、アスターも仕方なく走り始めた。エルはあちこちで同じように呼びかけ、そのまま中庭に飛び出していった。その後ろをついて走ったアスターは、中庭にバウンスとルークを見つけて駆け寄る。

「ルーク！　大丈夫ですか!?」

「だい、じょ……ぶ」

どうやら、ルークもバウンスも無事らしい。看守が走り出した時にエルが他の囚人達にも逃げろと呼びかけていたらしく、屋上に逃げることに成功していた他の囚人達も中庭に集まってきていた。

「エル、そんなに慌ててどうしたんだ？」

囚人達をかき分けてやってきたのはヘクトルだった。

「看守を殺した」

「……！　さっきの毒か」

「そうだ。他の看守達に気づかれる前に、動き出す必要がある」

「向こうにこちらの動きを悟られたら終わりだ。毒の装置の在処(ありか)は分かったのか？」

「ああ。中庭に隠し通路があった」

「そうか。……聞いたか、皆！　時間がない、毒から逃れた者を中心に、今すぐ動き出すぞ！　エルはセドリックと何人かを毒の装置のある場所に連れていってくれ。相手に押さえられる前に、守りを固めるぞ。それから中で騒ぎを起こして門を開けさせ、一気に看守小屋まで突っ込む」

「あ、あの、僕は？」

「アスターは、バウンス様とルークとさっきの毒にやられた重症者を頼む」

「分かりました。……皆さん、ご無事で」

「ああ。アスター、必ず皆で美味(うま)いものを食おうな」

「はい！」

囚人達が口々に「行ってくるぜ、アスター！」とこちらに向かって手を振りながら去っていく。それを見送って、アスターは重症者の看護に当たった。

「アスター、症状の重い者には水を飲ませるとよい」

「はい。バウンス様はルークをお願いします」

背中にひどい傷を受けているバウンスは、あまり動かないほうがいい。中庭の奥には植物に撒くために水瓶を隠してある。そこから水を汲んでは皆に配っていると、監獄内のどこかでどん！　と大きな音が響いた。

「始まったようだな」

監獄の入口の辺りが騒がしくなる。音を聞きつけた看守達が様子を見にやってきたのだ。

「貴様ら、一体何の騒ぎだ！」

ハンマーや鞭を持った看守達が中に入ってくる。中庭にいるアスター達に気づいて、こちらに足を向けようとした時、武器を携えて監獄の中に隠れていた囚人達が、一斉に飛び出してきた。

「まずは入口を確保しろ！　看守小屋から更に十人出てきたから前方に注意！」

上から降ってきた声に頭を上げれば、屋上からヘクトルが指示を出していた。

「おおおおお！」

囚人達が開いた扉の向こうへ消えていく。

「すごい！　やりましたよ、バウンス様！　監獄の外に出ていきました！」

「喜ぶのはまだ早い。問題はここからだ」

「どうしてですか？　看守はそんなに多くありません。外にさえ出られたら、看守達を追い出すのは簡単なのでは？」

「看守小屋にどれほどの武器があるのか分からぬ以上、楽観はできぬな」

看守小屋に入った囚人は一人もいないため、中がどのようになっているかは誰も知らないのだ。

「中には本国との連絡手段もあるはずだ。もし制圧が完了する前に助けを呼ばれたら、面倒なことになる」

「時間との勝負、ということですか」

「一番拙(まず)いのは——」

どん！　という凄(すさ)まじい音と共に、監獄全体が揺れた。

「ヘクトル！　今のは何だ！」

「くそ！　大砲だ！　やっぱり持ってやがった！」

「一番避けたい展開になったか。これは拙い」

バウンスが髭を撫でて考え込む。

「アスター、すまないがセドリック達のもとへ行って――」

どん！

再度、大砲が撃ち込まれ、ほとんど同時に呻き声と共に何かがどさりと落ちてきた。

「ヘクトル！」

落ちてきたのはヘクトルだった。大砲で狙い撃ちにされたらしく、肩の辺りから血が噴き出している。慌てて両手で押さえつけたが、出血は止められない。

「へ、ヘクトル！　おい、ヘクトルが……！」

囚人達の動揺は激しく、外で戦っていた者の何人かも、慌てた様子で戻ってきてしまった。駄目だ。このままでは押し戻される。

戦場では、動揺したほうが負けだ。隙を見せればやられる。そう思うのに、アスター自身にも動揺が走って、どうするべきなのか分からなかった。

その時である。

「動揺するな！　大砲は動作が遅いから、避けるのは容易い！　怯（ひる）まず突っ込め！」

鋭い声が周囲に響き、アスターを含めた全員がはっと顔を上げた。

そこには、剣を携えたエルが立っていた。

「そこで見ていれば、ヘクトルは助かるのか？　無駄な時間を過ごすより、今この瞬間、できることをやれ！　ヘクトルの望みは何だ！　皆でここで死ぬことか!?　違う！　皆でここを出ることだ！」

「おおおおおおおおおお!!」

びりびりとするぐらいの声。雄叫び（おたけび）を上げた囚人達が、我先にと門の外へ飛び出していく。

すごい。アスターはエルを見上げた。

戦場にも何人か、こういう人がいた。だがエルは、その中でも圧倒的なカリスマ性を持っている。

エルの一声で、皆が彼に注目する。彼の言葉に、皆が奮起する。

「は、は……さすが、だな……」

「ヘクトル！」

息も絶え絶えのヘクトルが起き上がろうとするのを制する。

「駄目です。動けば出血がひどくなります」

「俺だけ……ここで寝ている訳には……」

アスターは、そうだ、と放り出していた剣を手繰り寄せた。それを止めたのはエルだ。

「アスター」

腕を引かれ、中庭の隅に連れていかれる。

「いいのか？　そんなことをすれば、君が神子だとバレてしまう」

「よくない、ですけど……そうだ！　エル、何か瓶を持っていませんか？」

「瓶？　瓶はないが、これでは駄目か？」

エルが出してきたのは、水を入れて持ち歩くために腰から下げていた水袋だった。

「それでいいです！　貸してください！」

ひったくるように水袋を手にして、エルの背を壁にして隠れる。

「アスター？」

「動かないでください、時間がないんです」

ぐっと剣で手のひらに傷を入れた。

「アスター、君は――」

「黙って」

痛みに漏れた声を聞きつけられたのだろう。エルが咎めるような声を出したが、そんなことを言っている場合ではない。

水袋に血を溜める。そうしている間も、倒れているヘクトルを何度も確認した。囚人達が介抱しているが、その表情は絶望的だ。

「よし！」

水袋にある程度血液が溜まるのを待って、すぐにヘクトルのもとに戻る。

「ヘクトル、少しだけ我慢してください」

水袋からどぼどぼと血液が出てきたことに囚人達が驚いた声を上げたが、アスターは気にせずヘクトルの傷口に重点的にかけた。

「ヘクトル、どうですか？」

「……どうって……痛みが、消えた気が……あれ？」

ヘクトルが左手を地面について起き上がる。それから、不思議そうな顔をして、左手を開いたり閉じたりし始めた。

「どうして……動くんだ？」

今度は肩を上げ、驚愕した顔をする。

「傷も、完全に治ってるぞ……！」

「実は、さっき毒の装置を見つけた時に、武器と一緒にこれを見つけたんです。看守が言うには、神子の血液だって――」

「神子の血液だって!?」

囚人達も驚きの声を上げた。かなり苦しい言い訳だと思ったが、神子の血液という言葉は、そんな不自然さを吹き飛ばすぐらいのインパクトがあったらしい。

「……これで、戦える」

ヘクトルが立ち上がると、エルが彼に剣を渡した。

「これまでの鬱憤（うっぷん）を晴らしたいだろう。存分に暴れてこい」

「はは、御意！」

風のような速さでヘクトルが飛び出していく。アスターはすぐに振り返って、バウンスに駆け寄った。

「バウンス様も、これで傷を治してください」

「……戻ったか」

「……はい」

バウンスの背中に血液をかけながら会話する。多くを語らずとも、互いの言葉を理解し合った。

「あ、すたー」

「ルーク？」

「……たたかい、たい。やりたいこと……ある……」

「分かった」

ルークの胸元に向かって血液をかける。しばらくして、ルークがゆっくりと起き上がった。

「……はは、動く」

それからそうっと立ち上がり、もう一度笑った。

「ははは、本当に動いた」

今度は涙を流しながら。

「言いたいことは山ほどあるけれど、全部後だ！　エル！　大砲があるんだろう？　俺ならそれを止められる！」

ルークは囚人達の何人かに声をかけ、一緒に飛び出していく。バウンスも立ち上がり、囚人達に指示を出し始めた。

「アスター、ここを頼む」

エルもそう言って、外に飛び出していった。

そこからは、あっという間だった。

結論から先に言うと、アスター達は監獄……いや、孤島全体の占領に成功した。追い出した看守達が少ない舟を奪い合って海に飛び込み逃げる様を見送りながら、囚人……だった者達は歓声を上げた。

「勝関を上げろー！」

「おおおおおおお！」

そして今日からここは、アバロン監獄ではなくアバロン城になるのだ。


「かんぱ――――い！」

何度目かの乾杯の音頭が食堂に響き渡る。大盛況の食堂内では、あちこちから笑い声が聞こえた。

孤島の占領に成功したお祝い。……とは言っても当然酒なんてものはないから、皆のコップに入れられているのはただの水である。それでも皆は美味い酒に酔うかの如く、素面とは思えないほどご機嫌で、歌を歌い出す者もいれば芸を始める者もいた。

「はは」

こんなに楽しい気持ちになったのは、生まれて初めてかもしれない。大勢で宴をすることだって初めてで、知らず、アスターの口から笑いが零れた。

「楽しいか？」

隣で黙って皆を眺めていたエルが、アスターの小さな笑い声に気づく。

「エルは、楽しくないんですか？」

　エルはじっとアスターを見つめ、「楽しいな」と呟いた。

「笑顔が見られるのは、いいことだ」

「はい。皆が笑顔になって、よかったですよね」

　ここが監獄であった時は、たとえ笑っている時でもどこか影があった。けれど今は、皆が心から笑っているのが分かる。

「よし、もう一度乾杯だ！　アバロン軍にかんぱ――――い！」

「かんぱ――――い！」

　アバロン軍というのはバウンスがつけた。呼称があったほうが、後々よいということだったが、アスターにはよく分からない。けれど自分がその一員であるということは何となく嬉しい。

「それにしても、セドリックとルークはすごいですよね」

　看守を追い出す際、とどめを刺したのはセドリックとルークだった。

　ルークは海水を真水に換える装置を作る際に、海水を汲み上げてそれで相手を攻撃する装置を思いついていたらしい。まだ試作段階だったそれを持ち出して、大砲に向かって水を放水して攻撃を無効化させた。

　そしてセドリックは、毒の装置が設置された部屋に看守小屋までの連絡用の管がついていることに気づき、何とそこに燻した毒草を放り込んだのだ。管を伝って看守小屋まで到達した毒草が看守達を攻撃し、看守小屋の看守達は壊滅状態。

かくして、あっという間に形勢が逆転。孤島を占領することに成功したのである。

『うおおおおおっ!!』

四人達が歓喜の声を上げた時には、アスターも思わず一緒になって声を上げた。あんなに大声を出したのは生まれて初めてだったが、皆がアスターのことをもみくちゃにしながら喜ぶのが心地よかった。

「だが、君のお陰だ」

「僕は、何もしていません」

「皆を動かしたのは君だろう？　君が、すっかり諦めていた彼らを立ち上がらせたんだ」

「そうだぞ！」

突然、背後から誰かに抱きつかれ、アスターは驚いて「うわ！」と声を上げる。

「ルーク!?」

「そう、俺！」

アスターをぎゅうっと抱きしめて、ルークは頬擦りする勢いで言った。

「アスター、見ーつけた！」

儚(はかな)げに横たわっていたルークしか知らなかったアスターは、その変わりようにまだついていけなくて目をぱちくりさせる。

「一体全体、どうなってるんだ！　こんなでたらめな力があるか!?」

アスターはルークに対して勝手に物静かでおとなしい人というイメージを持っていたが、元気になったルークは正反対だった。ただ単に身体が思い通りにならないからおとなしかっただけで、本来の彼は行動的で衝動的な性格らしい。

「おい、アスター！」

ルークが顔を覗き込んでくる。その顔が怒っているように見えて、アスターは身構えた。

『この、悪魔が……っ！』

条件反射のように頭に浮かんだのは、いつもの罵りだ。だが次の瞬間、アスターの身体はルークによってぐらぐらと揺さぶられる。

「お前のお陰だ！　俺、もう駄目だと思ってたのに！　見ろよ！　こんなの奇跡だろ!?」

身を離したルークの両手ががしっとアスターの頭を摑み、目の前でルークの笑顔が弾けた。

「ありがとう、アスター！」

「あ……いや、その……うん」

それは不意の一撃だった。身構える暇もなくぶつけられた素直な思い。

ルークのありがとうという言葉が、アスターの胸をぐわりと揺さぶった。

こんな風に誰かに真正面から感謝されたのは、一体いつ以来だろう。

感謝されることに慣れていなくて、どんな顔をしていいのか分からなくなった。ただ、耳がかあっと熱くなっていくのが、自分でも嫌というほど分かる。

「アスター！」

ヘクトルとセドリックもアスターのもとまでやってきて、ルークごと抱きしめてくる。

「俺達を助けてくれたのはお前だ！　本当にありがとうな！」

「本当にありがとうございます、アスター。この恩は生涯忘れません」

戦いが終わった後、セドリックの喉も治すことができた。初めて聞いたセドリックの声は声帯が衰えていたせいか掠れていたが、今ではすっかり気にならない。

「僕は、見つけただけですから」

「それでも、です」

ぎゅっと抱きしめ直され、その温もりに顔を埋める。

リスクを考えるなら、絶対に彼らを助けるべきじゃなかった。だけど自分の行動を後悔はしていない。

「そうだそうだ！　お前がすごいものを見つけてくれたお陰だ！」

成り行きを見守っていた囚人達も一緒になって歓喜の声を上げて突進してきたから、皆にもみくちゃにされながら、アスターは不格好に顔を歪めて笑った。

ああ、よかった。

誰かを助けられたことを嬉しいと思った。自分に回復の権能があってよかったと思えた。

「あは、はは……」

頭がくらりとする。皆に抱きしめられたままだったから倒れることはなかったが、そう言えば、今日は二度も血を流している。戦いの最中は興奮してそれどころではなかったが、血を流しすぎたのかもしれない。そう思った次の瞬間、誰かの手が強引にアスターの腕を引いた。

「離せ」

声に驚いて振り向くと、そこには険しい顔のエルがいて。

「はあ!? 一番の功労者だぞ、離す訳ないだろ！」

すっかりテンションが上がったルークはそう言って更にアスターを抱きしめる腕に力を込めようとしたが、その前にエルが首元を掴んで引き離し、そのまま後ろに放り投げた。

「おい！ 何するんだ！」

がしゃん！ と大きな音を出して後ろにひっくり返ったルークが怒りの声を上げたが、エルはそれを見もせずにアスターを抱き上げる。

「うわっ、何ですか？」

「今、ふらついていた」

エルの言葉にどきりとした。この男は、驚くほど鋭い。

「いや、さすがにちょっと疲れちゃったかなあ、なんて、ははは」

血を流しすぎて、なんてことは言えないからアスターは嘘を吐いたが、周囲にいた皆が途端にあれこれと言い出した。

「気づいてやれなくて悪かったな、大丈夫か？」

そう言ってヘクトルが顔を覗き込んでくれば、「すぐに水分を摂って横になったほうがいい」とセドリックがアスターの額に手を当てた。

放り投げられて怒っていたルークまですっ飛んで戻ってきて、「俺が看病しようか？」と声をかけてきたが、アスターがそれに何かを言う前に、エルが「必要ない」と言って勝手に歩き出した。

「必要ないって何だよ！　俺にだって看病ぐらい――」

「こらルーク、邪魔をしてやるな」

「はあ？　俺はただアスターへの感謝の気持ちで――」

ヘクトルとルークの会話が遠のいていく。アスターを横抱きにしたまま危なげなく歩くエルに問答無用で連れていかれるアスターの耳に最後に届いたのは――

「ええええええ!?　そうなの!?」

まただ。一体何がそうなのか。疑問は深まるばかりである。


そこからは監獄……もとい、アバロン城の改革が本格的に始まった。

城の外に出られるようになったのは大きな収穫だった。船着き場と看守小屋がある辺りには草が生い茂った場所があり、看守達はそこでいくつかの作物を作っていた。肥料を持ち込んでいたようで、根菜類や豆類などが収穫できたし、種や苗もいくつか確保することができた。船着き場の辺りで釣りができるようになったので食事に魚が並ぶようにもなって、何と今は食事が日に二回ある。

「目指せ、一日三回！」

中庭で水を撒くための柄杓(ひしゃく)を握りしめてアスターが決意表明をしていると、背後から話しかけられた。

「何が三回なんだ？」

驚いて振り向くと、そこに立っていたのはエルで。

「気配を殺して近づくのはやめてくださいよ」

「悪かった」

ちっとも悪いと思っていない口調で言ったエルは、「で？」とアスターの顔を覗き込んでくる。

「何が三回なんだ？」

すでに仮面の下の素顔を知ってしまっている以上、たとえ仮面越しであっても近距離でエルと目を合わせると顔が赤くなりそうになった。性質(たち)が悪いのは、エルがアスターが自分の顔を好きだと認識した上でやっているということである。これだから傾国の美男子は。

「一日三回は食事ができるようになりたいって思っただけです。……どうせ食いしん坊ですよ」

アスターが話している途中でエルの口元が緩んだのに気づいて、思わず唇を尖(とが)らせる。おかしい。別に食いしん坊キャラじゃなかったはずなのに。

不満から目を逸らすついでにエルからも視線を逸らし、柄杓で水を掬って畑に撒く。実は、水に自分の血液をこっそり混ぜている。回復の権能は土も回復させるのではないかと思いついてのことだったが、何とそれが大正解。あっという間に土の状態が良くなって、作物が元気に育ち始めた。

「会議は終わったんですか？」

自由というのも大変だ。これからは何もかも自分達で決めなくてはならないため、連日会議会議また会議と、囚人……もといアバロン城の住人達は大忙しだ。

今日は軍事部門の会議だということで、農業部門の責任者として畑の管理に忙しいアスターは免除されたが、エルは朝から会議に出たきりだった。

「ああ。城に元々あった監視塔を利用して、敵が渡ってこられないように遠距離攻撃用の見張り台を作る」

「ルークは石を落とすと言っていましたね」

「ここには石炭が豊富にある。ここに来るためには舟を使うしかないから、いっそ燃やして沈めたほうがいいという話になった」

燃やして沈めるなんて穏やかじゃない。意外と好戦的なルークの発案だろうか。

「たぶん向こうは、本気で戦を仕掛けてくることはないと思うんですよ」

そこまでしなくてもいいのではないか、とアスターは思ったが、エルの考えは違った。

「放っておいても自滅すると思うだろうからな。だが、石炭は重要な資源だ。最初はそうでも、長引けば放っておいてはくれなくなる」

確かに、ここはタルーガ王国で一番石炭が採れる場所だ。石炭は生活に不可欠だから、そう簡単に諦めてはもらえないかもしれない。

水を撒く手が止まる。ここで暮らそうなんて簡単に言ってはみたものの、今更ながらその難しさに直面した気持ちだ。

「大丈夫だ」

エルの手が、アスターの手に触れる。温かい手だ。この手に触れられると、無意識に息を吐いてしまう。かちんこちんだった身体から、力が抜ける。自分の身体なのにこの反応の理由が分からない。

「でも、籠城戦は不利だとセドリックが言っていました」

セドリックとバウンスは、ここのところずっとそのことで話し合っている。

「肝は、アンリ・クライスラー辺境伯だ」

「辺境伯？」

「この孤島のすぐそばの防衛を担っているから、鎮圧にはまずそいつがやってくるだろう」

「強いんですか？」

「辺境伯というのは、この国と他国の境界線を守る。この国で一番と言えるほどの軍備を整えているはずだ。」

この国で一番？　それを聞いた途端、アスターの眉が上がった。

「そんなに強いなら、どうして戦場に来なかったんです？」

「今回の戦場になっている国境とはちょうど反対側に当たる。戦争にかまけている間に、いつ隣国から攻め入られてもおかしくない。辺境伯が守っているからこそ、戦争ができる」

「何ですか、それ。戦争なんかできなくていいのに」

辺境伯なんかいなければよかったのに。むっとした気持ちのままに、柄杓で土を叩く。

「……かといって何もしなければ、自分の領地が他国に奪われる。それを黙って見ているような男に、辺境伯は務まらないだろうな」

「あ……」

アスターは戦争が嫌いだ。だが、だからといって攻められているのに何もしないでいたら殺されることは分かり切っている。

辺境伯に戦えなくていいのにと言うことは、そこの領民達に黙って殺されればいいのにと言っているに等しい。

「国って、難しいですね」

アスターがもし辺境伯で、この国のことが大嫌いだったとしても、自分の領地を守るためには戦うしかないのだ。

「辺境伯は、あの屑野郎のことを好きなんでしょうか？」

「屑野郎？」

「ここの王様のことです」

エルの身体が不自然に揺れて、手が口元を隠す。

「ねえエル、今、笑ったでしょう？」

「……いや、別に」

「嘘。絶対に笑いましたよね？　だって、屑野郎は屑野郎でしょう？　本当は一瞬だけ豚に似てるなって思って豚野郎にしてやろうと思ったこともあったんですけど、それはあまりにも豚に失礼だなって気づいたんですよ。だって、豚のほうが遥かに可愛いし美味しいんです。あいつは煮ても焼いても絶対に不味(まず)い」

「ぶっ」

ついに、エルの口から息が漏れた。一気に箍が外れたように、エルが声を上げて笑う。

「は、ははっ、煮ても焼いても不味い……ぶふ、はは、確かにな！」

うわ、と思った。

しゃがんだ体勢で見上げているアスターには、エルの口元がよく見える。その口が大きく開いて笑っている。それだけで後光が差しているみたいに周囲がきらきらして見えた。

「ふふ、エルは笑うと可愛いんですね」

途端にエルの口元がむっと引き結ばれる。どうやら、可愛いは禁句だったらしい。自分に置き換えて考えてみたら、確かに可愛いと言われても嬉しくない。他人との会話に慣れていないから、言っていいことと悪いことの区別もつかなくて申し訳なかった。

アスターがしょんぼりとすると、エルはこほんと咳払いをして、羽織っていたローブをアスターの肩にかけた。

「そんなことより、もうすぐ日が暮れる。寒くなる前に中に入れ」

「そうやってすぐに子供扱いしないでください」

今度はアスターが、むっと口元を引き結ぶ番だった。

エルは何かとアスターの世話を焼く。最初は新参者が生活に慣れるまでフォローしてくれているのだと思っていたが、時が経てば経つほど過保護になっている気がしていた。

力仕事ではあまり役に立たないが、作物を育てるのはアスターの担当で、収穫できれば皆のお腹を満たす手伝いができる。毎日皆にあれこれと頼られて忙しくしているエルほどの活躍はしていなくとも、ここで暮らしても邪魔にならない程度の仕事はできているはずだった。

けれどエルに子供扱いされればされるほど、役に立たない子供だと思われているのだと悔しくなる。

「子供扱いはしていない。体調を崩さないように——」

「あ、アスター！　ここにいたか！」

ルークの声に振り向くと、ほとんど同時にがばっと背後から抱きつかれた。身体が温かく、息も荒い。どうやらここに来るまで走り回っていたらしい。

「ルーク、どうしたんです？」

「なあ、聞いてくれよ！　炭鉱の奥から、魔石が出たんだ！」

「魔石？」

「ああ！　どうやら魔獣の死骸（しがい）や骨が長い時間かけて結晶化してできているらしいってこと以外はよく分かっていないんだけど、とにかく便利な石なんだ！　石によっては火や水や氷、風の力なんかも使えたりするんだぜ！」

「それはありがたいですね」

火や水が自在に使えたら、城内の生活が一変する。ルークの発明のお陰で水は自由に使えるようになったが、やはり運ぶのは大変だ。火も絶やさないように交代で見張りを立てていたが、その手間もいらなくなる。

「だろ!?　ものすごく貴重な石で、大国に一つあるかないかなのに、何とそれが二つも出たんだぞ！　しかも俺の顔ぐらいある大きなやつだ！　もっと掘れば、もしかしたらまだまだ出るかもしれない！」

戦場でもお目にかかったことがないほど貴重な魔石が、同時に二つも出るとは。

このタイミングでそんなものが採れるなんて、なんて幸運なのか。

ルークの顔は煤だらけだ。どうやら炭鉱に降りていたらしい。元気になってからのルークは精力的だ。これまで動けなかった時間を取り戻すかのように、城内を走り回っている。

「エル、お前の言った通りに掘り続けてよかった！」

「え、エルが見つけたんですか？」

「……もう少し掘るべきだと言っただけだ」

「おかしな地層にぶち当たって、どうするか揉めてたんだ。これ以上掘り進めても石炭は出ないんじゃないかって。だけど、エルが掘り進めるべきだって言うから掘ってたら、これが大当たり！　火の魔石と氷の魔石だぞ！　俺は今すぐエルを抱きしめてキスしたい！」

「やめろ」

今にも飛び掛かってきそうなルークに、エルが冷たく言った。ご機嫌なルークはそれにもめげず、「それなら代わりにアスターを抱きしめとく！」とアスターの身体を更にぎゅうぎゅうと抱きしめてくる。

「ルーク、重いですって……っ」

全体重をかけてくるルークごと倒れそうになったら、ふっと体が軽くなった。エルがルークの襟元を掴んで引き離してくれたのだ。

「おい！　俺を猫扱いするなよ！」

「猫のほうが無害だ」

「俺のほうが百倍可愛いに決まってるだろ！」

まったく！　とぷんぷんして襟元を整えたルークを、まあまあと落ち着かせる。

「手に入れた魔石で、何を作るつもりなんです？」

途端にルークは、よくぞ聞いてくれましたとばかりに捲し立てた。

「そりゃあやっぱり武器だろ？　斬った相手を凍らせる剣とか恰好よくないか!?　それから、工具なんかに使うのもいいな。いや待てよ？　いっそ食べ物を冷やすための貯蔵庫に応用しても……」

ルークはぶつぶつと考え事を始めたが、すぐに「ああ、試してみたいことがいっぱいだ！」と笑顔を弾けさせた。

玩具(おもちゃ)を手に入れた子供みたいにはしゃぐルークにつられてアスターも笑って、「それをエルに報告に来たんですか？」と尋ねたが、途端にルークに「違うよ、馬鹿！」と怒鳴られてしまう。

「友達だから、お前に一番に報告に来たんだろ！　エルは二番目！」

「え……友達？」

まさかそんな返答が来るとは思わず、アスターはぽかんと口を開けた。

友達？　誰が？　エル？

エルに視線を向けると、静かに首を振られた。

「君のことだ、アスター」

「僕……？」

ぱちぱちと瞬きをしてゆっくりとルークに視線を向けると、「おい」と睨まれる。

「お前まさか、俺のことを友達だと思ってないとか言うんじゃないだろうな？」

「え、え、いや、あの、その……っ」

これはたぶんあれだ。思ってなかったなんて言ったら怒られるやつだ。

上手く誤魔化すなんて高度な技術は当然持っていないアスターは、おろおろと視線を右往左往させるしかなく、どかんと爆発したルークに怒鳴りつけられた。

「はあ!? 何だよ！ 冷たいやつだな！ 俺はお前のことが大好きだったのに！」

「え!?」

大好き!? 僕のことが!? 誰が!? ルークが!?

「信じられない！ ばーか！」

驚きすぎて固まっているうちに、足取りも荒くルークが去っていってしまう。

「え、いや、え？ 友達？ 大好き？」

「正確には、だった、だな」

エルの言葉に、うっ、となった。

いや、でも、過去形だとしてもだ。自分に対して大好きなんて言葉を使う者が、母を亡くしたこの世の中にいるなんて、そんなことが……。

いやいや、その前に友達？ 友達って言ったのか？ 誰が？ 僕が？ 友達？

「えええええええええ!?」

時間差で驚きが身体中を突き抜け、堪らず声を上げた。あまり物事に動じないエルが、思わずびくりと身体を震わせたほどの大声で。

だって、だって……。

「る、ルークが、僕のことを友達って……!」

「言ったな」

「だ、大好きだって……」

「すでに過去形だがな」

鼻に皺を寄せて不機嫌そうに言うエルを無視して、アスターはぎゅっと胸元を摑む。

「どうしよう……友達なんて言われたの……初めてです……」

エルが息を呑んだ音が聞こえた。友達がいないなんて信じられないとでも思われたのだろうか。でも、本当のことだ。

幼い頃からずっと戦場にいた。戦場には当然、小さな子供など来ない。アスターが大きくなる頃には、流血の神子と話したい者などいなかった。友達という存在ができるなんて、考えたこともない。

「嘘を吐くな」

「ほ、本当ですっ」

「あるはずだ」

「ないですって!」

ルークが言った『友達』という言葉に胸が高鳴る。

友達。ほんの一瞬でも、友達だと言ってくれた。ほんの一瞬でも、誰かの友達になれた。それがこんなにも胸をどきどきさせるなんて。痛いぐらいに高鳴りすぎて、死んじゃいそう。あ、僕、死なないんだった。

「す、すごくないですか？　僕、今さっきまで、ルークの友達だったんですよね？」

「君には友達が……」

何かを言いかけて、エルは急に言葉を飲み込んだ。

「君は、それでいいのか？」

「え、何がですか？」

「さっきまで、でいいのかと聞いている。これからも、あいつの友達でいなくていいのか？」

「そ、そりゃあ、そうなれたらよかったですけど、ルークにとってはもう過去形でしたし」

「たった今、君のせいで過去形になったんだ。……行って、謝ってこい」

「……謝る？　それに、意味ってありますか？」

「はあ？」

エルからこんな呆れた声を聞いたのは初めてかもしれない。だが、それはアスターにとって素朴な疑問だった。

「えっと、だって……僕のことを過去にするというのは、ルークが自分で決めたことでしょう？」

「君があいつのことを友達だと思っていないことに腹を立てたからだ」

「でも、僕がルークのことを友達だと思っていなかったのは本当のことですし」

誰かのことを友達だと思える権利があるなんて、思ったことがなかったから。

「友達だと言ってもらえて嬉しかったんだろう？」

「でも、友達だと思っていなかったのは本当のことでしょう？」

「…………」

エルの指先が仮面に触れる。正確には、鼻に触れようとしたのだと思う。もしかしたら、考える時の癖なのかもしれない。

「本当のことだから謝らないのか？」

「本当のことなのに、謝って意味があるんですか？」

「…………」

アスターはエルの反応に首を傾げる。

ごめんなさい、すみません、もうしません。こんな言葉に意味があるとは思えない。

たとえば戦場でアスターが血を流しすぎて気を失った時。目を覚ましたアスターがそのことを謝罪したところで、その間に失われた命は戻ってこない。

たとえば戦場で誰かに謝罪された時。相手はアスターの返事など求めておらず、謝罪したという事実を手に入れるためだけのただの言葉の羅列だった。

子供の頃からずっと、アスターはそういう世界で生きていた。自分の言葉が誰かに影響を与えることのない世界。

誰もアスターの話に耳を傾けない。王に何かを訴えても、叶えられたことは一度もなかった。

エルはしばらく考える仕草をして、それから息を一つ吐いた。

「ルークと友達に戻りたいとは思わないのか？」

「それは……ルークがそう思ってくれたら嬉しいですけど」

「だったら、君の気持ちを正直に伝えるべきだ」

「ルークのことを友達だと思っていませんでしたって？」

「……どうして、友達だと思っていなかったんだ？」

「だって、僕が誰かの友達になれるなんて、そんなこと考えたこともなかったから」

アスターが下を向いてぽつりと呟くと、エルの手がアスターの頭を撫でた。

「それを、そのままルークに言ってやれ」

「え？　だって──」

「いいから」

分かったらさっさと行け。アスターの髪をぐしゃぐしゃかき回してから、エルの手がアスターの腕を引く。ほとんど無理やりにアスターを立たせて、ぽんと背中を押してきた。

「また怒らせるだけなのに」

どうしてわざわざ蒸し返しに行く必要があるのかと目で訴えたが、エルはしっしっと犬猫を追い払うみたいに邪険にしてくる。

「もう」

仕方なくルークを探して歩き出せば、背中越しにエルのうんざりした声が聞こえた。

「どうして俺が橋渡しなんか」

それは小さくくぐもった声で、何を言ったのかはよく分からなかった。ただ不満げなことだけは伝わって、アスターは首を傾げた。


結果から言うと、ルークへの謝罪は正解だった。

あの後エルに言われた通りに謝罪したら、ルークはアスターを思いきり抱きしめてくれた。

『これからは俺がお前の親友だからな！』

そうしてアスターは、生まれて初めて親友を得たのである。

「えへへへ」

親友。親友だって。親友ができちゃった。

嬉しくてそのことばかり考えていたら、隣でごそりと寝返りを打ったエルがぼそりと言った。

「気持ち悪い」

「だって、親友ができたんですよ。この僕に！　初めての！」

「早く寝ろ」

アスターの機嫌の良さとは裏腹に、エルの機嫌は相当悪い。寝床に戻るぎりぎりまで親友であるルークとあれこれ話していたのだが、戻ってきたらエルの機嫌はもう今の状態だった。

「エルのお陰で僕に親友ができたのに、どうしてそんなに不機嫌なんですか？」

「別に」

エルが毛布ごとそっぽを向くと、アスターの分の毛布まで持っていかれてしまう。慌ててごそごそエルに引っ付きに行く。石造りの城内は結構冷えるのだ。

「ねえねえエル、親友ってどういうことをすると思います？」

「早く寝ろって言っただろ」

「実は、ルークと内緒話をしたんです。親友だから特別に教えてやるって」

ルークはバウンスのことが大好きなのだそうだ。

『愛に性別も年齢も関係ないんだぞ』

ルークは大人ぶってそう言っていた。看守から助けてもらったから好きなのかと思ったが、もっとずっと前からバウンスに憧れていたらしい。

確かにバウンスは落ち着きがあって物知りで優しい。アスターも好きか嫌いかで言えば好きだ。そう言ったら、ルークに鼻で笑われた。

『アスターはまだまだおこちゃまだなあ。エルが苦労する訳だわ』

そこでどうしてエルが出てくるのか分からなかったが、何度聞いてもルークは教えてくれなかった。代わりに、俺が思うバウンス様の恰好いいところ、を山ほど聞かせてくれて、『ちゃんと俺のことを応援しろよ！』と親友としての約束を交わしてからここに戻ってきたのだった。

「あ、もちろん内緒話の内容は言えませんよ？　だって親友の僕しか知らないことですから」

「…………」

「昔、戦場で見た親友同士の人は、一緒に湯を浴びたりしてました。裸の付き合いって言うらしいですよ？　そういうことも、したりするのかな？」

寒さにぶるっと震えたら、ため息を吐いたエルがこちらに向きを変えて抱き込んでくれる。エルの体温は高いから、こうして寝るととても温かい。疲れていたのか、途端に眠気が襲ってきたが、勿体なくてまだ話していたい。

「こうやって、一緒に寝たりも……する、のかな……？」

すう、と眠りの世界に引き摺り込まれていく。ああ、もっと聞いて欲しいのに。だって、初めて親友ができたんだから。

「……だったら、俺は何なんだ」

意識が途切れる寸前、エルが何かを言った気がしたが、言葉の意味を掴み損ねたまま、意識が沈んでいった。

その日のアスターは、朝から調子が悪かった。

幸いだったのは、エルが先に炭鉱に降りていて不在だったことだ。もしエルがいたら、他の人達にも気づかれてしまっていただろう。

城内から看守達を追い出して以降、炭鉱での労働は劇的に減っていた。ここに住む者達の生活に必要な分だけでいいのだから、無理をする必要がなくなったからである。

エルが炭鉱に降りているのは、魔石の採掘のためだ。見つかった魔石を掘り出す作業がまだ完全には終わっていないらしい。ルークは氷の魔石を使って貯蔵庫を作ると張り切っているし、ヘクトルとセドリックも魔石で武器を作るのに協力していて、バウンスは他の者達と情報交換やら城内の探索やらに勤(いそ)しんでいる。皆が忙しそうだ。

けれど幸いにもアスターの畑は順調で、差し迫ってしなければならない作業もない。一日ぐらい寝ていても何とかなるはずだ。

そんな風に考えて横になったまま過ごしていたが、次第に焦りが生まれてくる。身体の中をぞわぞわと何かが這うような感覚があって、アスターは自らの身体をぎゅっと抱きしめ、頭からすっぽり毛布を被った状態で丸くなった。

この感覚を知っている。

初めて回復の権能を使った時と同じだ。あの時も、数日してから具合が悪くなった。すでにリア教に保護されていた時だったので、人の身体に見合わぬ力が馴染(なじ)むまで続くと、リア教の大司教が説明してくれたのを思い出す。その後すぐにポルクに連れ去られたから対処法など分からぬままで、ただじっと時が過ぎるのを耐え忍んだ覚えがある。

一度失った権能が戻ってきたから、あの苦痛をもう一度ということなのだろう。

理由が分かっていれば、耐えるだけだ。問題は、これがいつまで続くかということ。

あの時は、どれぐらい耐えたんだったたか。

二日か、三日か、それとも一週間だったか。

身体が熱くなり、節々が痛む。身体がまるで自分のものではないみたいに重く、目を瞑っていてもぐるぐると目が回るようで落ち着かない。

小さな子供の頃のことなので、前回のことを正確には覚えていない。初めての独りぼっち。無理やりに連れられてきた城の一室に一人で閉じ込められて不安と苦痛で苦しんだ日々を思い出すと、ひどくうんざりとした。

二度目だし、できれば一日で治まって欲しい。長引けば長引くほど、何もできない役立たずだと思われてしまう。

「……ふ、ぅ」

気だるい身体を起こす。長引くことを考えたら、ここにいる訳にはいかない。エルは鋭いので、今の状態を見られてしまったら誤魔化そうとしてもすぐにバレるだろう。せっかくここで親友ができて、居場所もできたのだ。役に立たない自分を見られて放り出されたくなかった。

くらくらとする視界で、何とか壁に凭れて立ち上がる。どこに身を隠そうか。誰にもバレない場所が、どこかにあ——

「アスター！」

ぐらりと傾いて倒れかけた身体を、誰かの腕が力強く支えた。

「え、る……？」

しまった。もう戻ってきてしまったのか。

何とか平静を装おうとしたが、すぐに諦めた。身体に力が入らない。ぐったりとエルに身体を凭せ掛けている状態で、何でもないと言ったところで無駄だ。

エルはアスターの額に手を当てて熱を確認すると舌打ちをし、すぐさま抱き上げて元の寝床に横たえた。

「こんなにひどい熱でどこに行くつもりだった」

「すぐに、治り……ますから」

「答えになっていない」

アスターの服の襟元を寛げ、エルは不機嫌そうに吐き捨てる。

「だから、身体を冷やすなと言ったんだ」

違う、と言おうとして、言葉を飲み込んだ。理由など意味がない。今現在、アスターが役に立たないことが全てだ。

「いいか、ここから出るな」

エルはそう言い置いて、足早に部屋を出ていった。きっと風邪だと思ったのだろう。感染るのが嫌で、別の部屋に行ったのかもしれない。

失敗したなあ、と思う。これで、また役立たずだと思われてしまった。早く治して今以上に役に立たなくては。

そんなことを考えているうちに、意識が朦朧としてくる。気がつけば、少し寝てしまっていたらしい。次に目を開けると、そこにはセドリックがいた。

「ああ、目を覚ましましたか」

セドリックの手が、アスターの額に触れる。ひんやりとした手が気持ちよくて目を細めれば、「やはり冷やしたほうがよさそうですね」と言った後、更に冷たいものが額に乗せられた。

「氷です。少しは楽ですか？」

素直にこくりと頷く。セドリックはふっと表情を緩め、「感謝ならエルにしなさい」と言った。

「魔石について話し合っていたら、エルが血相を変えて飛び込んできたんですよ。今すぐ氷を寄越せって」

「える、が……？」

「ええ。あの仏頂面があんなに焦った顔をするのが見られるなんて、アスターはすごいですね」

セドリックはそう言ってくすくすと笑ったが、仮面をしているのにどうして焦っているのが分かるのか、とアスターは思った。

「仮面をしていても分かるぐらいの焦りようだったということですよ」

アスターの心を読んだみたいに答えをくれて、セドリックはアスターの瞼(まぶた)の上に手を乗せる。

「目を瞑りなさい。今、必要なのは休息です。部屋の外で熊みたいにうろうろしているエルのためにも、早く治してあげなさい」

「くま、みたい？　どう、して……？」

「決まっているでしょう？　君を心配しているからですよ」

「しん、ぱい？」

意味が分からない。心配？　どうしてエルがアスターのことなど心配するのか。

言葉の意味は知っている。相手を気に掛けること。だが、エルがアスターの心配をする理由がない。アスターはエルの役には全然立てていないのだ。

「僕、役に立ってない、のに」

「……役に立たない？　アスターはここにいてくれるだけで、充分価値があるんです」

「……あ」

『僕が決めていいんだったら、ルークには今、価値がありますよ』

ルークが自分自身を役立たずだと言った時にはあんなに腹を立てたのに、自分が同じ思考になっているのに気づいていなかった。

自由になれたと思ったのに、何もかも終わりにして新しく始めたつもりだったのに、結局はあの戦場にいた時からちっとも変われていない。

「すぐにアスターを診てくれと頼まれました。知識はある程度ありますが、私は医者ではないと言ったんですがね。……病気ではないようですし、身体とのバランスが取れていないのかもしれません」

その言葉にどきりとした。もしかして、権能のことがバレたのか。

けれど、セドリックが言ったのは別のことだった。

「君はとてもちぐはぐです。ひどく大人びて見える時もあれば、子供のように見える時もある。……いえ、落ち着いて見えるのは、何かに期待していないからなのでしょうね。今、エルが心配していると聞いて驚いたように。君の心が、今の環境の変化についていけていないのかも」

「…………」

心。そんなもののせいで体調を崩すなんて信じられない。だって、アスターにとっては心なんて一番どうでもいいものだった。持っていても仕方がないもの。

セドリックは勘違いしている。けれど、それはアスターの回復の権能について知らない以上、仕方のないことだ。

「今は、難しいことは考えずに休養を取りましょう。大丈夫、エルが看病するそうですから」

「一人で、だいじょ、ぶ」

「そうしたらエルは、ずっと外で熊みたいにうろうろすることになります。それは可哀想なので、看病させてやりなさい」

優しい声で諭されて、とんとんと胸元を規則的に叩かれる。どろりと溶けるように意識が朧げになって、次に気がついたら規則的な音に包まれていた。

「……ん……」

それはひどく心地よい。心地よいから、ここから抜け出さなければと思った。一時の心地よさなど、知らないほうが幸せなのだ。だが、何かにぎゅっと巻きつかれていて、満足に身体を動かすことができない。

「いいから、まだ起きるな」

囁くような声がした。それに合わせて、規則的に刻まれていた音が、少しだけ速くなる。

嫌だ。起きたい。だって。

「……怖い」

この心地よさはただの夢だ。夢が幸せであればあるほど、目が覚めるのが怖くなる。現実に戻りたくなくなる。どんなに幸せな夢を見ても、目が覚めたら独りぼっちで戦場にいる。それが常だったから。

熱のせいか、思考がどんどん暗くなる。全てが夢だったらどうしよう。看守を追い出したのも、親友ができたのも、エルに心配されたのも、それどころか、ここに来たこと自体がただの夢で、今も自分は戦場にいたらどうしよう。

「そばにいる」

「うそ」

「嘘じゃない」

アスターに巻きつく力が強くなった。温かい何かに包み込まれ、ああ、怖い、と思った。

この温もりがただの夢だと知るのが怖い。

「ずっとそばにいるから、安心して眠れ」

何かが額に触れる。聞こえてくる声はエルの声に似ていたが、こんなに優しい声がエルであるはずがない。そう思いながら、また意識が沈んでいく。

「怖いのは、俺のほうだ」

意識が途切れる瞬間、悲痛な声を聞いた。

「君を失うのが、何より怖い」

「……ん……んぅ……？」

何かが額に触れる感触がして、アスターは目を覚ます。ゆっくりと目を開けると、鼻先が触れ合いそうな距離にエルの顔があって。

「……へ……？」

まだぼんやりとした頭でどこから出したか分からないような声を出せば、エルの目がすっと細められる。

「熱は下がったようだが、体調はどうだ」

どうやら、自分の額をアスターの額にぶつけて熱を測っていたらしい。言われて、身体がやけにすっきりしていることに気づいた。

「よく、なったみたい、です……？」

「どうして自信なげなんだ。体調が悪いなら隠すな」

「いえ、本当によくなったみたいです、けど」

「けど？」

エルはいちいちアスターの言葉尻を気にして、何だかずっとむっとした顔をしていた。それがいつもより分かるのは、エルが仮面をしていなかったから。

じっと自分を見るアスターの視線で気づいたのだろう。エルがはっとしたように顔に手を置いた。

「ああ、寝ている間に外れていたか」

すぐに仮面を探してつけようとしたエルの手を、咄嗟に止める。

「アスター？」

「今は二人きりだから、その……」

もう少しその顔を見ていたいだなんて、自分勝手なことを言おうとしていることに気づいて言葉尻が消えていく。

エルはそれにくすりと笑って、「アスターは本当に俺の顔が好きなんだな」と言った。

「ああ、すみません。ヘクトルから自分の顔にうんざりしていると聞きました。それなのに顔をじろじろ見られたら嫌ですよね」

「……いや。アスターなら構わない」

「そうなんですか？」

「ああ。だが、今はまずいな。いつ誰が入ってくるかも分からない」

そう言って、エルは仮面をつけ直してしまった。

「俺の顔より、君の体調のことを考えろ」

勿体ないと思ってしまったが、エルの言う通り、いつ誰が入ってきてもおかしくはない。すぐに気持ちを切り替えて、アスターは代わりに気になっていたことを口にした。

「体調は本当によくなったと思うんですけど、もしかしてエル、ずっとここにいてくれたんですか？」

アスターが目を覚ましたのは、エルの腕の中である。

RUBY INFORMATION 4

April 2025

イラスト／みずかねりょう

公式HP https://ruby.kadokawa.co.jp/　X(Twitter) https://x.com/rubybunko
〒102-8177 東京都千代田区富士見2-13-3　発行:株式会社KADOKAWA

嫌われ転生王子だけど、つれない騎士様と恋を始めたい

chi-co（ちーこ） イラスト／みずかねりょう

前世で自分に告白してくれた幼馴染に答えを返せないまま死別してしまった後悔を抱える第3王子アンジュ。第2王子の近衛騎士に早世した幼馴染の面影が過り心が騒めくが、美貌ゆえに悪名高いアンジュに彼は冷たくて?

好評既刊 『クールな勇者は、転生魔王を甘やかしたい』イラスト／みずかねりょう
『モブなのに推しから愛されルートに入りました』イラスト／kivvi
『やり直しの世界で騎士団長と恋を知る』イラスト／睦月ムンク

ジーBL小説単行本

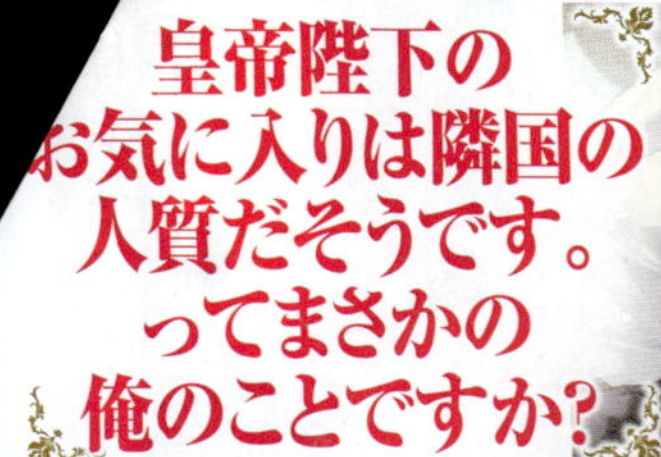

MINORI（みのり） イラスト／夕城（ゆうき）

悩み多き若き皇帝×剣聖と崇められる妹の代わりに隣国に突撃した学者の兄

隣国の皇帝に一目ぼれされた双子の妹の代わりに捕虜として単独で隣国に乗り込んだ学者のグレイは、生き残るための交換条件としてある仕事を課せられた。その仕事は――皇帝の抱き枕!?

単行本／B6判／
定価1,540円（本体1,400円+税）
※2025年4月現在の定価です。

攻：エル
仮面をかぶった美貌の男。王の不興を買った囚人たちが収監された監獄を統率している。

受：グレイ
将軍である双子の妹の代わりに捕虜として隣国に乗り込んできた変わり者の学者。実は前世の記憶があって…？

攻：アルベルト
実力主義の冷徹な皇帝。重度の不眠症に悩んでいたが、なぜかグレイが傍にいると眠れるようになって？

日発売の新刊

イラスト／淡江ヨフネ

里離れた場所で暮ら
に昇仙する資格を争う

ラスト／明神 翼

隷属させられた元従僕×
元貴族の神子の、主従下克上BL!
薄幸の神子は元
溺愛されていま
神子であるロベルトは名門貴
れてしまう。復讐のために現
呼び、かいがいしく仕え?
好評既刊 『ご主人様の唯一の猫
本格ファンタ
文庫発!
Ruby collection
するようです
佐倉温
イラスト/高世ナオキ
「極道さん」シリーズ
佐倉温先生の書き下ろし
単行本作品第二弾!
血に癒しの力を持つアスターは暴君に人質に取られていた母親が亡くなっていたことを知り、王に反抗したため、孤島の監獄に追放される。監獄では囚人を統率する仮面の男エルと出会い、ともに反逆を企てるが…?
単行本/B6判/
定価1,540円(本体1,400円+税)
※2025年4月現在の定価です。
受:アスター
流血の神子。戦場で能力をふるうが、人質だった母親がすでに亡くなっていることを知り、暴君に歯向かう。

あれだけ辛かった症状が、全て治まっていた。ずっとぽかぽかと温かい温もりの中でうとうとしていたことは覚えていたが、あれはもしかしてエルの温もりだったのか。

エルはアスターの質問には答えず、「本当によくなったのか？」と不審そうな声を出す。

「本当ですよ。ほら、この通り！　もうすっかり……うわっ！」

元気だとアピールしようと身体を起こしたら、毛布に絡まってしまって無様にエルの胸に戻ることになった。

「どこが元通りだ」

「今のは、毛布のせいですって」

もう一度、今度は毛布を退けてから起き上がる。うん、大丈夫。やっぱりどこも何ともない。

「あの、僕はどれぐらい寝てましたか？」

「三日」

「それは……その、すみませんでした」

「どうして謝る」

「だって三日も、何の役にも立てなかった訳ですし」

「そこじゃない」

「え？」

「謝るなら、そこじゃない」

「寝込んでる間に、作物が枯れたりしましたか？」

「違う」

「何か問題が起こったとか？」

はあ、とわざとらしくため息を吐かれた。どうしてこんな簡単なことが分からないんだとでも言うように。

「次からは隠すな」

「……はい」

どこかに身を隠そうとしていたことは、すっかりバレているらしい。アスターがしょんぼりすると、エルの手がぽんとアスターの頭を撫でた。

「いつでも、俺が看病するから」

「いつでも、ですか？」

「ああ」

「いつでも」

「そうだ」

「そう、ですか」

体調を崩したことを怒るでもなく、また看病してくれるつもりがあるらしい。

変な人。そう思ったが、勝手に口元が緩んでくる。

そうか。体調を崩したら、看病してくれるんだ。

いつでも。

エルはそう言った。

体調を崩しても、もう独りぼっちにはならない。

「じゃあ、エルが体調を崩したら、僕が看病しますね」

「いい」

「どうして！」

「おちおち寝ていられない」

「僕のことを何だと思ってるんですか！　僕だって看病ぐらいちゃんとできます！」

回復の権能だって持っているんですよ！　むしろ看病のエキスパート！　僕にかかればすぐに治るのに！　と言ってしまいたいぐらいだったが、権能頼みだと思われるのも癪（しゃく）だから我慢して唇を尖らせると、エルがぷっと噴き出した。

「分かった分かった。君に任せる」

「絶対ですからね！」

エルに看病が必要になった時は、絶対にアスターが看病してあげるのだ。


すっかり体調が回復したアスターだったが、寝込んだことで一つ弊害が残った。

「ここにいたか」

回復してから数日後。その日は朝から炭鉱に降りて作業する日だったので、その前に食堂でヘクトルとセドリックと朝食を食べていたら、入れ替わりで作業を終えるはずのエルがやってきてアスターの肩にローブをかけてきた。

「身体を冷やすなと言っただろう」

「冷やしてませんよ。温かいスープも飲んでいるし、僕はぽかぽかです」

「まだ病み上がりなんだぞ」

「すっかり元気になったから大丈夫だって、何度も言ってるじゃないですか」

「また熱を出したらどうする」

ローブを返そうとしたのに、その手を払ったエルがローブの前をきっちり閉めてくる。それを見ていたヘクトルが、わざとらしくセドリックに声をかけた。

「熱があるのはエルのほうじゃないのか？」

「ヘクトル、からかうのはおやめなさい」

セドリックが窘めるとヘクトルは肩を竦めたが、面白そうにこっちを見ている。だがエルはそんな視線に構うこともなく、アスターの額に手を当てて熱を確認してくるから、とうとうアスターはエルの手を叩き落として「もう！」と腹を立てた。

「大丈夫だって何度も言ってるのに！」

エルときたら、本当にしつこいのだ。もう熱もないしふらつきもしないしすっかり元気だと何度も言っているのに、ちっともアスターの言葉を信用しない。

「ほらほらお父さん、あんまりしつこいと息子が反抗期になっちゃうぞ？」

「誰がお父さんだ」

「誰が息子ですか」

ほとんど同時にヘクトルを睨むと、「おお、仲がいいなあ」とからかわれた。

「そもそも、お父さんってこんなにうるさいものなんですか？」

「アスターの父親はそうじゃなかったのか？」

「僕が生まれる前に亡くなったので、どんな人かは知らないんです」

アスターがそう答えると、セドリックがヘクトルの後頭部をガツンと殴った。

「これだから無神経が服を着て歩いている輩は」

「いってぇ……けど、まあ、悲しいことを思い出させて悪かったよ」

殴られた頭を撫でながら、ヘクトルが神妙な顔をしたが、アスターはそれが不思議だった。

「別に悲しくありませんけど？」

「へ？」

「会ったこともない人なので、思い出すこともないですし」

そもそも顔を知らないのだから、思い浮かべようがない。

「ええっと……会いたいと思ったことはないのか？」

会いたい？　アスターは首を傾げる。

「死んでいるから会えませんよね？」

「それはそうだけどさ、もし父親が生きていたら、とか考えたことないのか？」

「考えたって生き返りませんよね？」

そんな無駄なことをして何になるのか。アスターがまた首を傾げると、セドリックが「なるほど」と頷いた。

「アスターは考えても無駄なことは考えないんですね。とても合理的だと思います」

「……？　皆はそうじゃないんですか？」

「皆がどうかは知りませんが、私は考えてしまいます。もし、自分にもっと力があったら、多くの人を助けられたんじゃないのか、なんて」

「俺もそうだな。後悔だらけの人生だ」

「後悔……」

「エル、お前もそうだろ？」

ヘクトルに話を向けられると、エルの口元が歪んだ。

「……どうしたって他の道はなかったと分かっていても、何とかできなかったのか、後悔することはある」

歪んだ口元の理由が苦笑なのだと分かった時には、その歪みはもう消えていた。

何とかできなかったのか。その言葉に、母を思い出した。

後悔なら、ある。それを思い出したのだ。

「アスターには、うるさいお父さん代わりがいてちょうどいいんだと思いますよ？」

「え？」

「君がどんな人生を歩んできたのかは分かりませんが、きっと君は、感情を学んでいる最中なんです。その先生がエルというのは少し心許(こころもと)ないですけど」

セドリックの言葉にエルが嫌そうに舌打ちをする。アスターのお父さん扱いされるのが、ひどく癪に障るらしい。

「おいエル、そんなに拗(す)ねるなよ」

「……俺はまだ若い」

「そこなんですか？」

てっきり、アスターの父親なんて嫌だと怒っているのかと思ったら、まだアスターのような年齢の息子を持つ年頃ではないと言いたかったらしい。

「父親になる気はないが、世話は焼くから覚悟しろ」

はっきりそう宣言されて、アスターは「どうしてです？」と問いかけた。

「そんなことをしても、僕には返せるものがないですよ？」

「見返りが欲しい訳じゃない」

「だったら、どうして優しくするんです？」

「したいからだ」

それはまた奇特な人がいたものだ。

「見返りもなく誰にでも優しくする人なんているんですね」

「…………」

「お前、報われないな」

「別にそんなんじゃない」

ヘクトルとエルが何やら話していたが、だからエルはいつでも看病してくれるんだな、とアスターは納得した。

「エルが誰彼構わずで良かったです」

お陰で、アスターも優しくしてもらえるのだから。

「俺の胸で泣いてもいいぞ？」

「うるさい」


「朝の話なんですけど」

夜になっていつものようにエルと共に床についたアスターは、もぞもぞとエルの腕の中でいい位置を探す。

「朝の話？」

「後悔することはあるって言っていたでしょう？」

落ち着ける場所を見つけ、ふうと息を吐いた。エルの手が、アスターの長い髪を梳く。風呂に入れるようになってから、ぼさぼさだった髪もすっかり綺麗になった。エルがこうして指で弄んでも引っかからないぐらいに。

「エルはどうして後悔するんですか？」

「したって意味がないのに？」

アスターがエルを見上げて頷くと、仮面の奥の目がすっと細められるのが分かった。

「意味がなかったら、後悔したらいけないのか？」

「だって……」

意味がない、と言おうとして、それでは堂々巡りだと口を噤む。

「アスターは、本当に一度も後悔したことがないのか？」

「……あり、ます」

母が死んだことも知らず、あの屑野郎の言うがままに戦場にいたこと。母が殺されると知っていたら、あんな男の言うことなど絶対に聞かなかった。どんな目に遭っても、母のそばを離れなかった。だってそうしたら、少なくとも母は死なずに済んだ。そんなことを考えた瞬間はあった。

「それを、意味のないことだと思ったか？」

「はい」

どんなに後悔したって、母は戻ってこないのだ。後悔に意味なんてない。

「それでも、後悔したんだろう？」

「……はい」

「それでいいんだ」

「……え？」

それでいい？

「確かに、後悔しても何も取り返せない。起きてしまったことをなかったことにすることはできない。だが、自分の中の悔しい気持ちや悲しい気持ちは、捨てる必要がないだろう？」

「捨てる必要が、ない」

水面に一滴の墨汁が落ちたように、アスターの胸にじんわりとエルの言葉が沁み込んでいく。

考えても仕方のないことだと思っていた。失ったものは戻ってこない。そのことを考えても仕方がない。だからすぐに鍵をかけて、心の奥底に仕舞いこんで、考えないようにしていた。

だけど。

「悲しんでも、いいんですか？」

「ああ。失ったものは戻ってこない。だからこそ、悲しい」

そうだ。失ってしまった。もう戻ってはこない。アスターがどんなに望んでも懇願しても、もう会えない。二度と。絶対に。だからこそ、悲しい。

そう。悲しい。悲しいのだ。本当はずっと悲しかった。鼻の奥がつんと痛んで、頬が引き攣る。

「こんなの、意味なんてないのに」

「意味なんかなくていい。君は悲しんでいい。……恨んで、いいんだ」

「……ふ……」

視界がぼやける。つうっと頬に雫が流れ落ちる感覚。喉からひくりと無様にしゃくりあげる音がするのを止められなかった。

「うっ、う……悲しいっ、どうして……どうしてお母さんに会えないの……！」

いつか会えると思っていた。アスターにとっては唯一の家族だった。母に会えるのを支えにあの戦場で耐えていたのに、すでに死んでいたなんて、自分は何と愚かだったのか。

泣いたのは、どれぐらいぶりだろうか。幼子のように声を上げて泣いた。エルの手が、優しく背中を摩る。

「お母さん……お母さんっ、僕を一人にしないで……！」

アスターには母しかいなかった。それなのに、いなくなってしまった。この世に一人きりだと思うことは、何て寂しいのだろう。

離れていても、同じ空の下に母がいる。それだけでよかったのに。

アスターを抱きしめる腕に力が籠もる。エルの胸元でちゃりっと音がして、布越しにごつごつした何かが頬に触れるのを感じた。ネックレスをしているのだと認識するよりも早く、耳元でエルの声がする。

「俺がいる」

「う、う、うぅ……っ」

「君が幸せになるまで、俺がそばにいる」

「し、幸せなんか……っ」

分からない。幸せって何なんだ。

「大丈夫。君は幸せになる。絶対に。俺がそこまで導いてみせる」

小さな子供に言い聞かせるように、エルが囁く。

どうして、そんなことを言うんだろう。エルはやっぱり奇特な人だ。

でも、エルがそういう人でよかった。その言葉がたとえ嘘だったとしても、今この瞬間、アスターを癒しているのは本当だから。

その後も、エルはずっとアスターの背中を優しく摩り続けた。泣き疲れたアスターが眠るまで、ずっと。


後悔しても失ったものは戻ってこない。……けれど、悲しむことで得られるものもあるのだと、エルのお陰でアスターは知った。

泣いた翌日、目が開かないぐらいに瞼を腫らしたアスターを見た仲間達は、エルに何かされたのかと口々に心配してくれて。

『おいエル、同意もなくやらかしたんじゃないだろうな!?』

ヘクトルがそう言ってエルに詰め寄ったのだけは意味が分からなかったが、皆にあれこれと詰め寄られてもエルは知らん顔で、アスターが代わりに『ちょっと昔のことを思い出して悲しくなっただけです』と説明したら、皆が次々にアスターのことを抱きしめて慰めてくれたのが何だか嬉しかった。

不思議なことに、泣いたことで初めて母の死を受け入れられたような気もした。これまでは見て見ぬふりをして考えないようにしていただけなのだと思い知った。

それもこれも、エルのお陰だ。

『君が幸せになるまで、俺がそばにいる』

エルがそう言ってくれた時から、幸せって何かと考えるようにもなった。今はまだ幸せと思えるには程遠いのかもしれないけれど、いつかそんな日が来ればいいなと思っている。

手始めに、美味しい食事を食べられるようになるところから。

そんな意気込みのお陰で、畑仕事にも精が出る。

だが、平穏な日々は長くは続かない。ほどなくしてそれは破られることになった。

「おい！　来たぞ！」

監視役の仲間からの連絡で、作戦本部に人が集まる。

「やっぱり、放っておいてはくれなかったようだな」

言葉とは裏腹に、ヘクトルは待ってましたとばかりに不敵に笑った。

ここに来る前に海を見てきたが、いくつかの帆船がこちらに向かってくるのが見えていたから、ここに来るまでそう時間はないだろう。

「あの旗は辺境伯の軍だな。帆船も持っているから来るならあそこだとは思っていたが、予想よりも早かったな」

作戦本部のテーブルに広げられた海図の上に、ヘクトルが帆船に見立てた小石を並べる。

「今のところ、視認できている帆船は三隻。数から見ると様子見といったところだろうな」

この監獄に収容されていた囚人の数は三百人ほど。あの帆船には多くとも一隻につき三十人ほどしか乗っていないだろう。

「舐められたもんだ」

「クライスラー辺境伯は来ていると思いますか？」

セドリックの問いに答えたのはバウンスだ。

「来ているであろうな。あの男は戦で先陣を切るのが常だ。たとえ様子見であっても、こちらの隙あらば攻めてやろうという気持ちがあるはずだ。だが、ここにヘクトルとセドリックがいることは知っておるだろうから、無理はせぬだろう」

「もし攻められた場合の準備は万端だぜ！」

ルークが、バウンス城のある位置にいくつかの石を置く。

「城壁沿いに、できた分の新型兵器を全部設置してやった。炎の魔石で作った炎を噴く炎砲と、氷の魔石で作った氷の玉を飛ばす大砲だ。かなりの遠距離を攻撃できるから、帆船の三隻ぐらいすぐに沈めてやるぜ」

「それは最終手段ですよ。まずは対話を」

「けどさあ、ほんとにアンリが――」

「こっちに来てくれ！　もうすぐそばまで来てる！」

飛び込んできた監視役の声に、そこにいた者達が弾かれたように外に飛び出していく。アスターも後ろをついていきながら、放っておいてくれればいいのになあと思っていた。

海に囲まれた断崖(だんがい)絶壁の古城。そのような場所を攻めるのは並大抵のことでは無理だ。無駄な死人を出さずに帰ってくれればいいのに。

アスターは平穏な生活を望んでいるだけで、誰かと争いたい訳ではない。攻撃されれば反撃はやむなしだが、そうならないで帰ってくれるのが一番ありがたい。

「ああ、やっぱりいるな。あの野郎、様子見の割にはやけに物騒な装備で来てるじゃないか」

「大砲を積んでおるな。こちらの返答次第では、このまま開戦の可能性も考えた上でのことであろう。ヘクトルとセドリックがいても勝てると見込まれたか」

「上等だよ。たった三隻で舐められたもんだぜ。大砲ぐらいで攻め落とせると思うなよ？」

「クライスラー辺境伯の武器は大砲だけではありません。彼の率いる軍隊は、接近戦でも最強と言われていますから」

「はは、これは腕が鳴るなあ」

ヘクトルが腕を回すと、それまで黙っていたエルが「ここへは誰も上陸させない」と指をぽきぽきと鳴らした。

「お、エルもやる気だな」

「剣はどこだ」

「エル、いつから君までそんなに好戦的になったんですか？」

「いいから早く出せ」

慌てて誰かが持ってきてくれた剣を受け取ると、それを腰に差す。それにつられて他の者達も武器を手にし始めた。

「やってやろうじゃねえか！」

「アスター、何か掛け声をかけろよ！」

口々に声をかけられ、アスターは「僕ですか？」ときょとんとしたが、「お前しかいねえだろ！」と背中を叩かれた。

「ここで人生終わりって諦めて腐ってた俺達に、夢を見せたのはお前だ。お前が俺達を動かしたんだ、いっちょ派手に頼むぜ」

「いや、派手にって言われても……」

困ったな。全員がアスターを見つめてくるから、とにかく何か言わなければと口を開く。

「えっと……三食昼寝付きの生活を目指して頑張りましょう！」

一瞬の間の後、ぷっと噴き出す音と広がっていく笑い声。

「あははは！　そうだ！　目指せ三食昼寝付き！」

「皆でアスターに腹いっぱい飯を食わせてやるために頑張ろうぜ！」

「アスターに腹いっぱいの食事を！」

「おおおおお!!」

「ややや、やめてくださいよ！　僕はそんなに食いしん坊じゃないですったら！」

アスターの抗議に皆は笑って、それぞれの配置に移動していった。

「ひどい。皆で僕を笑いものにして」

「三食昼寝付きのために、行くぞ」

むっとするアスターの横を通り過ぎながら、エルまでがからかってくる。

「エル！」

エルはひらひらと後ろ手に手を振って、「早く来い」と歩いていった。

その後ろを慌てて追いかけ、アスターは思った。

三食昼寝付きの何がそんなにいけないのか。


「――れは、わが国に対する反逆である！　全員処刑されたくなければ、速やかに投降せよ！」

帆船から、大きな声が聞こえてくる。帆船はすでに船着き場近くまで来ていた。すぐそばで大砲を向けている仲間達と睨み合い状態なのを見て、ルークがふんと鼻を鳴らす。

「拡声器を使ってんのか。俺が作った魔道具を使って偉そうに」

「あれって、ルークが作ったものだったんですか？」

「聞いて驚け。この国で使われている主だった魔道具は、そのほとんどが俺の発明なんだぜ」

「え、そんなすごい人がどうしてここに？」

「すごい人すぎて、目をつけられてしまったんですよねえ。密かに新型兵器を作って王に反旗を翻そうとしたのがバレて」

「うるさいぞ、セドリック。お前だって、内部で王を失脚させようと動いてたのがバレてここに放り込まれたくせに」

「まあまあ、そう喧嘩するなよ」

「他人事みたいな顔してるけど、ヘクトルだって王に散々苦言呈したせいでハメられて罪着せられて放り込まれたんでしょうが。言っとくけど一番ダサいからね？」

「何でだよ！」

こほん！　とバウンスが咳払いをすると、三人は途端に静かになる。

「そのようなことより、声を届けるためにはこちらにも拡声器が必要だ。準備はしてあるのか？」

「もちろん、ここに用意してあるさ！」

ルークが後ろを振り向いて手招きすると、大型の傘のようなものが運ばれてきた。

「炭鉱から新たに出た風の魔石を使って作ったんだ。これなら、ここにいる全員の声だって届くはずだ」

「では、使えるようにしてくれ」

拡声器のそばにいる者達に合図したルークが、どうぞと言うようにバウンスに両手を見せる。

「こちらはアバロン軍である。聞こえるか？」

「……アバロン軍？　ただの反逆者のくせに軍を名乗るとは生意気な」

「ただの辺境伯が宰相にタメ口をきくとは生意気なって言ってやれば？」

「……宰相？　宰相だと？」

どうやら、しっかり相手に聞こえているようである。いや、聞こえすぎている。ルークがぼそっと言ったいやみまでしっかり。

「宰相とは、バウンス宰相のことか!?」

名指しされたバウンスが、船着き場ぎりぎりまで近づいた。

「久しいな、アンリ」

「……っ、あなたが何故このようなところにおられるのです!」

バウンスが監獄に入れられたことは周知されていないのか。そういえば、反省すれば戻してやるとか何とか言っていた。もしかして、監獄に入れればバウンスが音を上げて泣きついてくると本気で思っていたのだろうか。

「王は……王は何を考えておられる!」

「何も考えてないんでしょうねえ」

思わず呟いたアスターの独り言まで、拡声器は綺麗に拾ってしまって。周囲に大きく広がってしまった自分の声に驚いた拍子にくしゃんとくしゃみをすれば、エルが「冷やすなと言っただろう」と自分のマントをかけてきた。

「……バウンス宰相、そこにはあなた以外に誰がいるのですか」

「……聞いてどうするのだ」

「あなた達は本気で、王に逆らうと? そこに、大義名分はあるのですか?」

「王のやっていることにこそ、大義名分などないでしょうに」

その言葉は、あの屑野郎にこそ突きつけるべきだ。自らの欲で大勢を戦場に押し込め、死を願うほどの地獄に追い込んだ。

足を踏み出し、バウンスの隣に立つ。

「君は？」

「僕が首謀者です」

「何だと？」

「ここを占領することを提案したのは僕です。だから、責めるなら僕にしてください」

痛くも痒くもないけど。

「君が、ここの者達を扇動したと？」

「そうです。だって、馬鹿馬鹿しいでしょう？　おかしいのはあの屑野郎なのに、あんな人が玉座でふんぞり返ってるせいで、僕達がこんなところで苦しまなきゃいけないなんて」

「屑野郎……？　ポルク王のことを言っているのか？」

「あなたは、あの屑野郎がやっていることが正しいと思っているんですか？」

アスターの問いに、アンリは黙りこんだ。

「それが本当にあなたの領地に住む人たちのためになると？」

「……王に歯向かうことが、領地に住む人々のためになると？」

「何もしなければ、傷つくこともないと思っているんですか？　あの王がこれから先もずっと、あなたの領地を見逃してくれると本気で思っているのなら、あなたの頭の中はさぞかし綺麗なお花でいっぱいなんでしょうね」

今は偶々、この辺りで戦争が行われていないだけだ。今の戦争が終われば、あの王は必ずまたどこかを攻める。その時に自領が戦場にならないと、何故言い切れるのか。

「ひとたび戦場になれば、王は誰も逃がさない。騎士であろうが民であろうが、分け隔てなく地獄へ送る。あなたの大事な領民は、あの地獄で生き残れるでしょうか？」

アスターが戦場にいなくなった今も、戦場に送られる者は増えているはずだ。

アスターは嫌だ。もうあの地獄には行きたくない。痛い思いをするのも、死にたいと懇願されるのも、誰かの苦しむ声を聞き続けるのも、もう嫌だ。

「アスター」

背後から近づいてきたエルが、アスターの拳に触れた。手のひらに痛みを感じる。いつの間にか、握りしめすぎていたらしい。爪が刺さってずきずきしたが、傷はすぐに治る。そんなことは分かっているだろうに、エルはやめろと言う代わりにそっと拳を包み込んできた。

その温もりに何だかほっとしてしまって、拳から力が抜ける。

やっぱり、エルは変な人だ。こんな時に、僕の拳なんか見てるなんて。

「あの地獄？　まさか、戦場に行ったことが――」

何かを言いかけたアンリの言葉が途切れた。その視線の先にはエルがいて。

「…………」

アンリがエルをじっと見つめている。仮面の男が珍しいのか。そこまで考えて、あ、と思う。辺境伯と言えば、この国ではそれなりに高い地位にいる。もしかしたら、戦場に来たことはなくても流血の神子が仮面をしているということは知っているのかもしれない。

エルのことを、流血の神子と勘違いしているのでは？

「あ、あまりじろじろ見ないであげてください。彼は火傷を隠すために仮面をしているだけです」

「火傷？」

回復の権能を持つ流血の神子の身体に、傷などあるはずがない。これで誤解は解けたはずだと思ったが、アンリの視線はエルから離れることはなかった。

「そこにいる男に聞きたいことがある」

どうしよう。やはり流血の神子だと誤解されているのかもしれない。この人は違うんですと声高らかに言ってあげたかったが、本人でもないのに否定すれば、見たことがあるのかとこっちに火の粉が飛んできそうだ。

アスターがあわあわとしている間に、エルが返事をしてしまう。

「……何だ」

「この国を、変える気があるのか？」

「明日の心配を何もしないで眠れる国に、する」

アスターも、エルと同じ気持ちでいてくれている。そのことが嬉しかった。思わず見上げると、エルはアスターの頭の上にぽんと手を置く。

「彼がそうしたいと願うから」

「……星、なのか？」

「そうだ」

星？　何のことだか分からず、空を見る。まだ日は高く、星なんか見えるはずもない。

「そうか……星を見つけたか。分かった」

いやいや、星なんかどこにも見えないのに、分かったなんておか――

「え、分かった？」

空からアンリに視線を戻したアスターがぽかんとした顔をすると、アンリはこちらを見たままはっきりとそれを口にした。

「君達の仲間になろう」

「仲間……？　いや、僕達はただ見逃してくれればそれで――」

「そうかそうか！　お前ならそう言うと思ってたぜ！」

草むらから飛び出してきたヘクトルが、アンリに向かって大きく手を振る。

「やはりいたか。死にかけていると聞いたが、やけに元気そうで残念だ」

「おいこら、何が残念だ。今すぐその帆船を沈めてやってもいいんだぞ」

「隠れてこそこそして、いざという時に急襲しようとしていたヘタレのくせに偉そうに」

「誰がヘタレだ！　相手の手の内が分からないうちはこちらの手の内も明かさないのが定石だろうが！」

「セドリックの受け売りなんだろうが」

むむっとヘクトルが睨みつけると、アンリがふふんと鼻で笑う。

「もしかしてお二人は、仲がいいんですか？」

「おいアスター、どこをどう見てそういう感想になるんだ！」

「こんな野蛮人と一緒にしてもらっては困るね」

帆船を船着き場に横付けしたアンリが、ひょいと帆船から降りてくる。

「セドリックもいるのかい？」

「ええ。お久しぶりです、クライスラー辺境伯」

セドリックを見つけると、アンリは足早に彼に近づいてそのままぎゅっと抱きしめた。

「君がここにいると聞いた時は驚いたよ。元気そうでよかった」

「ご心配をおかけしました。この度は、仲間になっていただけて心強いです」

「また君と一緒に戦えると思うと腕が鳴るね」

「ちょっと、いちゃいちゃするなら向こうでやってくれない？　あーあ、残念だなあ。せっかくだから新兵器の性能を試したかったのに。ねえアンリ、あそこの帆船、一隻沈めてみてもいい？」

「良い訳がないだろう！　……まさかルークまでいたとは思わなかったね。安易に攻撃しなくてよかった」

「してくれてよかったのに」

どうやら、ルークもアンリの知り合いらしい。世間は狭い。

「それにしてもバウンス宰相、これからどうするおつもりですか？」

「私はもう宰相ではない」

「ここのところ宰相の姿が見えないと噂になっていましたが、まさかあなたがこのような場所にいるとは」

アンリの目がちらりとこちらを見る。

「このことは誰が？」

「誰も知らぬ」

「……分かりました」

アンリがこちらに向かってくる。

「やあ、首謀者くん。君の言葉は、なかなか効いたよ」

「えっと、アスターです。生意気なことを言ってしまってすみません」

手を差し出されたので、その手を握り返した。アンリは隣にいたエルにも、同じように手を差し出す。

「君の夢に乗ることにするよ」

「……彼の夢だ」

エルはアンリの手を取らぬまま、アスターの肩を抱いた。

「では、彼の夢を共に叶えよう」

「……ああ」

アンリはそれに満足そうに頷いて、差し出した手を引っ込めて「よし！」と手を叩く。

「この国を奪うなら、まずは隣のレンス領からだね」

そうそう。やっぱり国を奪うからには隣のレンス領から――

「え⁉」

「彼らは大して軍備を固めていないから、すぐに落とすことができるだろう。王に不満を持っているから、もしかしたら無条件でこちらに味方する可能性もある」

「おお、それはありがたいな」

「ちょ、ちょっと待ってください。国を奪う？　奪うって何の話で――」

聞き捨てならないとアスターは焦ったが、アンリはそんなアスターを気にすることなく腕組みをしながら話を続ける。

「問題はどのルートを進むかだね。ルート次第では王都に辿り着く前にこちらが倒れる。無駄な戦いを避けられるルートで進めればよいのだけれど」

「南部から王都へ入るべきだ」

「エル、君はどうしてそう思うのですか？」

「王都まで進軍する間に、なるべく多くの領地を取り込む必要がある。少し遠回りにはなるが、南部は今年、特に生活が厳しいとバウンスから聞いた。そちらの進路を進めば、無益な戦いを避けられるだろう」

「今年は南部では作物がほとんど育たぬと何度か訴えがあった。王は知らぬと退けたが、不満がかなり溜まっておるはずだ」

バウンスの言葉にアンリが頷いた。

「ええ。水の確保ができずに土地が枯れているそうなので、水を融通してやることができたら、彼らはこちらにつくかもしれません」

「お、じゃあ話は早いじゃん。発掘した氷の魔石を応用すれば、ここを離れても水を融通することはできるぞ。だけどそうすると、兵器に魔石が使えなくなるから――」

「短期的には戦力が落ちるかもしれませんが、そうして南部全てを取り込んで進軍できたら、かなり有利に事が運びますね」

「なるほど。これはかなり現実味がある話だね」

「ちょっと待って！　俺の話を聞いて欲しいんですが!?」

勝手にあれこれと話を進めていく彼らに大声を出すと、「どうしたんだ、そんな大きな声を出して」とヘクトルに不思議そうな顔をされたが、そりゃあ大きな声を出したくもなる。

「話が大きくなってませんか!?　俺はただこの孤島に建国しようと言っただけで――」

「馬鹿なことを申すな。このような孤島に閉じこもって、平穏に暮らせる訳がなかろうが」

「籠城戦は不利だって言っただろう？」

「いや、だからセドリックとバウンス様がいい作戦を考えてるのかなって――」

「だから、これがいい作戦ですよ？　クライスラー辺境伯を仲間にして、王都まで進軍して国を奪う」

「あっさり言ってますけど、国を奪うなんて簡単じゃないですよね!?」

聞いてない。全然聞いてないんですが!?

パニックを起こしかけたアスターの肩をぐっと掴んで、エルが顔を覗き込んでくる。

「君の願いは平穏に生きることだっただろう？　平穏に生きるためには、あの屑野郎が邪魔だ」

　そうですけど！　確かにあの屑野郎は邪魔ですけど！　平穏に生きるためにとんでもなく危ない橋を渡ることになるとは、微塵も思っていなかったんですけど⁉

　だが、混乱しているのはアスターだけで、それ以外の皆は何を今更という顔をしている。

　僕だけ？　僕だけなの？　僕だけが分かってなかったの？

「分かった。選べ」

　エルが優しく諭すように言った。

「ここで消耗して死ぬまで籠城するか、進軍して平穏を手に入れるか」

「何ですか、その二択は！　全然選ばせる気がないでしょう⁉」

　平穏か、死か。その二択なら平穏を取るしかない。アスターは何があっても死なないが、今更独りぼっちは嫌だ。皆で一緒に平穏な生活がしたい。

「ちゃ、ちゃんと多数決を取りましょうよ」

「分かった。進軍を選ぶ者は手を」

　示し合わせたように、そこにいた全員が手を挙げる。

「嘘でしょう⁉」

「アスター、任せろ！　俺達がお前の三食昼寝付きの夢を叶えてやるから！」

「そうだぞ！　皆でお前に腹いっぱい食わせてやるからな！」

　いつの間にか集まっていた仲間達が、口々にそう言って拳を突き上げた。

「だから！　僕はそんなに食いしん坊じゃないですって！」

「アスターに美味いもんを食わせてやろうぜ！」

「おおおお！」

　人の話を聞け！


おかしい。どうしてこんなことになったのか。

どんよりするアスターをよそに、皆はやる気満々だ。作戦会議だ祝勝会だと騒ぐ仲間達から離れ、アスターは腑に落ちない気持ちのまま、とぼとぼと浴場に辿り着いた。

疲れた時は、湯に浸かるに限る。ルークの発明のお陰で、水には困らない。

いつもは常に何人かが入っているはずの浴場はがらんとしていて、アスターはこれ幸いと湯の中でのんびり足を伸ばした。

「戦場から解放されたのに、また戦場に行くことになるなんて」

気が重い。

アスターにとって、戦場は地獄だ。あそこにいる者は皆、死んだ魚のような目をしていた。生気のない目。希望の光のない、虚ろな表情ばかり。

アスターを仲間として受け入れてくれた彼らが、あんな顔をするのを見ることになるのか。

そう考えただけで、石を呑み込まされたみたいに腹の奥が重苦しくなる。

「はあ……」

ここでこうして生活しているだけでは、何故駄目なのか。

誰かが入ってくる音がして、振り返る。

「あまり湯に浸かりすぎるとのぼせるぞ」

逞しい身体を惜しげもなく晒してこちらにやってきたエルが、アスターの隣に腰を下ろした。

元々逞しかったエルの身体は、食糧事情が改善するごとに更に屈強になった。同じように食べているはずなのに貧相な身体を見られるのが嫌で、肩まで湯に沈む。

「何故、暗い顔をしている」

「どうして皆、戦いたがるのか分かりません」

「ずっとここにいれば平穏に暮らせるのに？」

アスターが頷くと、エルが首を振る。

「ここがどんなに居心地がよくても、彼らは平穏に暮らせないだろう。むしろ、ここの居心地がよくなればなるほど、心が乱れる」

「どうして！」

「彼らには家族がいるからな」

「……っ」

「自分がひどい目に遭うのは我慢できる。だが、自分だけが居心地のよい思いをすることには罪悪感を抱く」

「罪悪感……」

彼らの一人一人に家族がいるということを、アスターは想像できていなかった。自分が独りぼっちだったから。

母が生きていた頃、アスターは危険を冒してまで会いたいとは思わなかった。それは、自分のいる戦場が危険だったからだ。母が安全な場所にいてくれるなら、その場所を守れるなら、それでよかった。

けれど、もしアスターが居心地のよい場所にいたら。そう考えると、エルの言いたいことが少し分かった。

「明日の心配を何もしないで眠れる国」

「え？」

「彼らが想像するそれには、自分の家族も含まれている」

「…………」

「皆、そのために一度立ち上がり、ここに押し込められ、絶望してそれを諦めた。だが、君が彼らにまた夢を思い出させたんだ」

「……でも、戦場は地獄です。そんな思いをしてまで、自分だけじゃない誰かのために頑張るんですか？」

彼らは戦場の過酷さを知らないから、そんな風に思えるんじゃないのか。いや、そうじゃない。アスターが、知っているから。自分はあの地獄を知っているから、彼らにあんな思いをさせたくなかった。

「だが、ここにいても平穏は長く続かない」

「…………」

これは駄々を捏ねているのと一緒だと、自分でも分かっている。アスターが思っていたほど、ここで籠城して暮らすのは簡単ではないことも。

食糧事情が改善してきたとは言っても、この孤島だけで全てを賄うのには限界がある。

それに、人には寿命というものがある。ここにいる者が全員男である以上、人数が増えることはあり得ない。今は充分な労働力があっても、人は確実に減っていく。最後の一人がどれだけ辛いか、考えないようにしていたことを認めるしかない。

そもそもとして、そうなる前にポルクが軍隊を送り込んでくるだろう。物資が尽きれば、戦うことすらできない。

分かっていた。分かっていたけれど、見て見ぬふりをしていた。今の生活を守りたかったから。皆と一緒にいたかったから。

だけど。

「やるしか、ないんですよね」

「ここで止まれば、全員死ぬことになる」

今更後には引けない。やるしかないのだ。

「皆は、ちゃんと分かっていたんですよね」

呑気にここで籠城して暮らすなんて無理だと分かっていた。皆はちゃんと、その先を見ていた。

「国を相手に勝てると思いますか？」

「勝つ」

エルの顎を伝った雫が、ぱちゃんと一滴湯に落ちる。

「最初は蝶の羽ばたき程度の風しか起こせなくても、数が増えれば嵐にだってなれる」

湯に落ちた雫が、大きな波紋を広げたように。

「エルがそんなにやる気だなんて知りませんでした」

「明日の心配を何もしないで眠れる国を作るためだ」

エルの声には説得力がある。彼の言葉を聞いていると、簡単にできるような気がしてしまうから不思議だ。

「そうしたら、一緒に丸一日ごろごろしましょう」

「ごろごろするだけで、何もしないのか？」

「贅沢でしょう？」

アスターがおどけてみせると、エルは肩を揺らして笑いながら濡れた髪をかきあげる。

「お風呂の時ぐらい、仮面を外せばいいのに」

「いつ誰が来るか分からないからな」

「今夜はもう、誰も来ませんよ」

夜も遅いというのに、皆はまだまだ大騒ぎしている最中だ。

「ずっと仮面をしているのも疲れるでしょう？　今は僕しかいないから、今のうちに顔を洗って一息ついたほうがいいです」

アスター自身、人前では仮面をつけて生活していた身だ。それがどれだけ邪魔で鬱陶（うっとう）しいか、嫌というほど知っている。

「俺の顔が見たい訳ではなく？」

からかうような口調にかっと頬が赤くなった気がしたが、すでに湯に浸かって身体が温まっているので、エルには気づかれていないはずだ。たぶん。

「そりゃあ、エルの顔は綺麗ですからね」

「見たいのか？」

「エルが嫌じゃないなら」

これはあくまでも、エルのためだ。ずっと仮面をつけているなんて大変だから。別に本当に見たい訳じゃないけど。エルのためだ、うん。

「分かった」

エルの手が、仮面を外す。露わになった顔は相変わらずの美しさだった。思わず、その頬に手を伸ばす。

「こんなに綺麗なのに、僕しか見られないなんて勿体ないですね」

「充分だ」

傷一つない綺麗な肌。だが、実際にはそこに焼け爛れた肌があったことを知っている。

「痛かったでしょうね」

火傷があった場所に指先を滑らせてぽつりと零せば、聡いエルはすぐにその言葉の意味を理解したらしい。

「……忘れた」

嘘だ。あれだけの火傷を負うほどの痛みを、忘れられるはずがない。でも、言いたくないことを無理に聞くことはしなかった。

「やっぱり、綺麗な目ですね」

黒曜石のような瞳が、こちらを見ている。初めて見た時は母によく似た色だと思ったが、今は違う感想を抱いた。

「まるで夜を閉じ込めたみたい」

「好きか？」

「はい、好きです」

「そうか」

エルの口元が満足げに微笑んだ。エルは、褒められるのが嬉しいのだ。それに気を良くして、もっとエルを褒めてやろうと決める。

「この鼻だってすごく高いですよね。口元だって、憎たらしいぐらいに恰好いいですし」

「好きか？」

「はい、好きです」

アスターの視線が下に降りた。首にはネックレスが下げられていて、何の気なしにそれに触れる。トップには石ではなく小さな小瓶が使われていた。風呂にまでつけたままで入ってくるということは、相当大事な物なんだろうか。たとえば、家族や恋人からの――

「…………」

エルの手が、アスターの手を摑んだ。それ以上、ネックレスに触れるなと言うように。驚いてエルを見ると、不自然に視線を逸らす。どうやら踏み込みすぎたらしいと慌てて話を変えた。

「何をしたら、こんなに筋肉がつくんですか？」

エルの胸板はがっしりと硬いのに弾力がある。服を着ている時にはそこまでむっちりしているようには見えないのに、腕だって、腹だって、無駄なく筋肉に覆われていて、ひょろっとした自分の身体とは比べ物にならない。

以前のように血を流さなくてよくなったのに、アスターの身体には相変わらず大した筋肉がついていない。ここ最近は炭鉱や土いじりで肉体労働をしているはずなのに、どうしてなのか。

男に生まれたからには、アスターだって筋肉質な恰好いい身体を目指したい。

羨ましさにべたべたとエルの身体に触れて確認していると、エルが珍しく気弱な声を出した。

「あまり、触らないでもらえないか？」

「嫌です」

こんなにいい身体をしているのだから、少しぐらい触らせてくれてもいいはずだ。アスターがこんな肉体を持っていたら、嬉しくて自慢して回っただろう。

「触ったって減らないでしょう？」

「減らないが、困る」

「困る？　どうしてですか？」

　こんな立派な身体を持っていて、自慢こそすれ、何を困ることがあるのか。

　やっぱり変な人だな、と思いながら更に下に視線を落としたアスターは、あることに気がついた。

「あれ？」

　アスターは湯の中の異変に気づき、ぱしゃっと手を突っ込む。

「何か、ここが大きくなって……うわ、硬い！」

「……っ」

　エルの腰にぶら下がる性器が、何やら硬くなっている。

「え、もしかしてこんなところまで鍛えられるんですか？　うわ、ふにゃふにゃなのが当たり前だと思ってたのに」

　触れれば触るほど、益々硬くなる。腕や腹筋に力を入れたら硬くなるのと同じか。思わず、自分のものに視線を向けて、またエルのものを見た。色々と違いすぎる。どんなに鍛えたらこんなに硬くなれるのか。

「離してくれ」

「どうやったらこんなに鍛えられるんです？　これだけ硬ければ、ぶつけても痛くなかったりするんですか？　いいなあ、僕も——」

「アスター」

「だって、僕のとあまりに違いすぎてずるいですよ」

「頼むから」

懇願するような声を出されて顔を上げると、エルの耳が赤くなっている。話している間に結構時間が経っていた。アスターも少し頭がぽやんとしてきている。湯に浸かりすぎたのかもしれない。

「……男として、当たり前の生理現象だろう？」

「生理現象？　こんなに硬くなるのが？　僕、一度もこんな風になったことありませんけど」

一度だってこんな風に硬くなっていたら、歩くのだって寝るのだって違和感があるからすぐに分かる。気づかないはずがないと首を傾げれば、何故かエルがごくりと喉を鳴らした。

「一度も、ないのか？」

「ありませんよ。何ですか、自慢ですか？　すみませんね、ふにゃふにゃの貧相な身体で」

思わずむっと唇を尖らせる。そして決意した。これからは本格的に身体を鍛えよう。そしていつかはアスターだって、性器をかちかちに硬くしてみせる。

その時、不意に何かが鼻の下を伝う感触があった。

「あれ？」

咄嗟に指で触れると、指先が赤く染まった。

「アスター!?」

「あ、たぶん、のぼせた、だけ……」

ほんの一瞬くらりと身体が揺れたが、回復の権能はここでも作用する。湯にぼたぼたと落ちる血がアスターからのぼせを奪う間に、慌てた様子でエルがアスターの鼻を摘まんだ。

「大丈夫か？」

「ええ、すみません。もう、だいじょ――」

大丈夫です、と言おうとした言葉が消えたのは、エルの顔が思ったより近くにあったからだ。

「アスター？」

アスターの様子を見て、エルが不審げに眉間に皺を寄せる。その様があまりに美しくて、アスターの胸がどきりと高鳴った。

「おい、どうしたんだ。やっぱりまだ――」

「顔が」

「顔？」

顔が、良すぎる。

「これが傾国の美貌……」

「本当に君は、俺の顔が好きなんだな」

もう何もしなくても充分顔がいいのに、笑うなんて反則じゃないですか？

風呂から上がって、まだやんややんやと酒もないのに宴会をしているざわめきを聞きながら寝床に戻ったアスターだったが、さあ寝るぞ、という時になって今更ながらの疑問を口にした。

「ところで、どうして抱きしめて眠るんですか？」

ここへ来た当初から身体を寄せ合って寝るのが当たり前だったが、アスターが体調を崩して以後は当たり前にエルがアスターを抱き寄せて眠るようになった。

石造りの建物は寒い。寒がりのアスターにとっては体温の高いエルは暖を取るのにちょうどよいが、エルにとってはどうなのか、遅まきながら気になったのだ。

「君に何かあったらすぐに気づけるからな」

「何かって？」

「体調を崩したり、嫌なことがあったり」

「僕に何かあっても、エルには関係ないですよ？」

これまで、そんな風にアスターのことを気にする者はいなかった。アスターは純粋に疑問でそう口にしたのだが、エルは「迷惑か？」とアスターの顔を覗き込んでくる。

風呂から上がった時に仮面をつけたから、もうあの美貌を見ることはできない。それを残念に思いつつ、アスターはふるふると小さく首を振った。

「別に、エルが嫌じゃなければいいです。もし嫌になったら、我慢しないで言ってくださいね」

「分かった」

エルが同意したことにほっとして、ごそごそと定位置に落ち着く。誰かに触れられて眠るなんて、ここに来るまでなかったことだ。いつでも一人が当たり前だった。それなのに、すっかりこの温もりに慣らされてしまっている。

　とくとくとく。

目を瞑っていても、エルの命の音がする。温もりに包まれながらこの音を聞くのが、アスターは好きだった。この音が聞こえる限り、アスターは一人じゃない。誰かに抱きしめられることがこんなにも安心をくれるなんてことも、ここへ来て初めて知った。

「える……」

「何だ？」

「えるは、こわい」

　この腕の中に包まれたら、すぐに眠たくなってしまう。何もかもエルに預けて、眠ってしまえる。そんな風に思う自分が怖い。

「そうか」

　旋毛（つむじ）に、エルが顔を埋める感触がする。

「……それが正しい」

　そんなに優しい声を出すのはずるい。そうやってエルが優しくするから、余計に怖くなるのだ。

……エルがいなくなった時のことを考えるのが。


『アスター』

優しい声と共に、アスターの身体を温もりが包み込む。

それがひどく心地よくて、アスターはその温もりに頬を寄せた。それと同時に匂いに包まれる。よく知る匂い。エルの匂いだ。

もっと嗅いでいたくて、鼻を寄せる。ついでに身体も寄せると、エルの囁く声がした。

『まだ寝ていろ』

何て気持ちがいいんだろう。微睡みの中で、自分の身体を包むエルの身体を思い浮かべる。硬いくせに弾力があって、ずっと触れていたいぐらいに手触りがいい。

エルの身体に手を這わせる。けれどそこはつるりと冷たくて、アスターは眉根を寄せた。

「……んん……？」

求める手触りがないことに気づき、ゆっくりと瞼を開ける。すっかり見慣れた自分の寝床だったが、すぐそばによく知った温もりはなかった。

「あれ？　エル……？」

もそもそと起き上がり、目を擦る。そこにはやっぱりエルの姿がなくて、アスターはふわあと欠伸をした。

寝過ごしてしまったのだろうか。起こしてくれればよかったのに。そう思いながら立ち上がったアスターは、次の瞬間大声を出した。

「うわあああああ!!」

そうして、慌てて寝床を飛び出す。だが他の寝床にも誰もいなくて、アスターは食堂まで走った。

あそこに行けば、誰かがいるはずだ。

勢いのまま食堂に飛び込む。アスターの望んだ通り、そこには大勢……というか、城内のほとんど全員がいた。

「お、アスター、やっと起きたか。ちょうど今、作戦会議を始めたところだ。やっぱりまずはレンス領から攻めようという話になって――」

ヘクトルがへらりと笑って声をかけてきたが、アスターはそれどころではない。

「生理現象です！」

「は？」

「ほら、ここ！」

アスターは起きてすぐに気づいた異変を教えるために指差した。おのれの股間(こかん)を。

「……は？」

「どうしたらいいんですか!?」

そうアスターが叫んだのと、攫(さら)うようにエルに抱き上げられたのは、ほとんど同時だったと思う。

「エル！　僕もエルみたいに……もがっ！」

パンが口に押し込まれる。突然口を塞がれてアスターは目を白黒させたが、エルはそのまま「寝かしつけてくる」と言って食堂を出た。

寝かしつける？　寝ている場合ではない。アスターはもがもがと抗議したが、エルは自分達の寝床に着くまでアスターの腕ごと抱き上げたままだったから、口の中のパンをどうすることもできずに必死に咀嚼(そしゃく)するしかない。

寝床に着く頃になってようやくパンを食べ終えた。床に下ろされたアスターは即座に抗議する。

「寝ている場合じゃないんです！　僕にも生理現象が起こって！」

「落ち着け」

エルはそう言って、アスターを寝床に座らせた。

落ち着け？　これが落ち着いてなどいられるものか。鍛えてもいないのに、ある日突然かちこちになってしまったのだ。羨ましいなんて思っていたが、実際になってみたらとんでもなかった。

「生理現象ではあるが、誰にでも教えるものじゃない」

「だって！　ものすごく痛いんです！　どうやったら治るんですか!?」

じんじんとした痛みは、これまで経験したことがないものだ。転がり回るほど痛い訳ではないが、ひどく落ち着かない。皆こんな状態でいつも生活してるのかな？　僕には到底耐えられそうにないんですけど。

「どうしてそうなったんだ」

「分かりませんよ！　寝て起きたらこうなってたんですから！」

「夢でも見ていたのか？」

「夢!?　……そういえば」

「どんな夢を見ていた？」

「エルの体温がすごく心地よくて、いい匂いがするし、何か気持ちがいいなって……でも、それがどうしたって言うんです?」

「……っ、そうか。とにかく、それを何とかしなければな」

「何とかできるんですか⁉」

だったら早く何とかしてくださいと目で訴えると、エルは一瞬固まったように見えたが、すぐに
「俺に凭れかかれ」とアスターの身体を抱き寄せた。

「下穿きが汚れるから、下を全部脱げ」

エルの胡坐に入り込むように座らされたアスターは、言われるがままに下半身を曝け出す。風呂で見たエルの性器みたいに自分のそこが硬くなっていて、思わずまじまじと見つめてしまった。

「え、エルは、こんなに痛いのを我慢してるんですか?」

道理で、アスターが握り込んだ時に嫌そうにしていた訳だ。

「ずっと、このままなんですか?」

そんなの嫌だと半べそをかいたら、エルは「出してしまえば落ち着くだろう」と訳が分からないことを言った。

「ずっとこのままな訳じゃない」

その言葉を聞いてほっとしたが、すぐに疑問が口を衝いて出る。

「だ、出す? 出すって何を?」

「ここに、自分で触れてみろ」

硬くなった性器を指差され、アスターは言われた通りにそこに触れてみる。けれど、何かが出る気

配はまるでなかった。

「違う。握って擦る」

言葉に従って、ぎゅっと握ってみる。けれどそんなことをしても痛いだけだ。いやいやと首を振るとエルの匂いがして、そうしたら益々痛くなった。

「エル、痛い、痛いです……助けて……」

ナイフでの切り傷にはいくらでも耐えられる。それは慣れ親しんだ痛みだから。だけどこんな未知の痛みは駄目だ。自分の身体がどうなるか分からないから怖い。

ちっと舌打ちをしたエルの指が、アスターの性器に絡む。

「アスター、ちゃんと見て覚えろ。こうして擦るんだ」

「こ、こす……ひぁ……っ！」

エルの指がアスターの性器を握り込んで擦った途端、それまで一度も感じたことのない類の感覚に体が跳ねた。

「ひ、ぁ、あ……っ」

「足を閉じるな」

そんなことを言われたって、身体ががくがく震えてしまってどうにもならない。エルの指が動くたびに腰から突き抜ける痺れのような感覚。

何だこれ。何なんだ、これは。こんなの、知らない。

「待って、待って、あ、あ、これ、あ、待って……！」

勝手に腰が揺れる。そうしたら、尻に当たるエルのものも硬くなっていることに気づいた。

「え、エル、エルも、硬い、エルも」

「俺のことはいい。今はここに集中しろ」

ちゃんと見ていろ、と命令口調で言われ、べそをかきながら必死に自分の性器を見下ろす。

「える、エル、おこ、怒ってる？」

「怒ってない」

言葉ではそう言うけれど、エルの声が硬いから。アスターは顎を上げ、エルの顔を確認しようと仮面を取った。

「アスター、何を――」

「かお、顔が見たい、エル、怒ってないか、顔が、ぁ、あっ」

露わになった顔は、確かに怒ってはいなかったが苦しそうに歪んでいる。あそこが硬くなっているからだ。同じように痛みを抱える今なら、エルの苦しみが分かる。

「分かったから、ちゃんと見て覚えろ」

視線を下に向ければ、硬くなったそこをエルの指が擦っている。先端からぬるぬるしたものが漏れていることに気づいて、腰の震える感覚に狼狽しながらアスターは必死に弁解した。

「あ、違うからっ、も、漏らしてない、あ、あっ」

「分かってる。男なら、誰でもこうなる」

「ほ、ほんと？　あ、あ、普通？」

「ああ、普通だ」

「あ、あ、こわ、怖いっ、ねえ、何で僕の、こんな、こんな……っ」

「怖くない。気持ちいいんだ、アスター」

常より低い声が、アスターの背をぞわりとさせる。

「きもちい……？」

「ああ」

言ってみろ、と促され、痺れるような感覚に襲われるたびにその言葉を口にした。そのたびに、そうか、これが気持ちいいということなんだと、脳に刻み込まれていく。

「きもちい……あ、あ、気持ち、いい……あ、ねえ、何か、あ、あ、だめっ」

「もうすぐか？」

「もう、すぐ？　あ、あ、わか、分かんないっ、あ、でも、でも、何か、あ」

用を足したい訳じゃないのに、性器の先から出てしまいそうな感覚。小さな子供でもあるまいし、他人に見られながら用を足すなんて嫌だ。そう思ったのに、エルはアスターの耳元でほんの少し上擦らせた声で言った。

「我慢するな。出れば終わる」

出れば、終わる。それはすなわち、出なければ終わらないということだ。

「エル、える、あ、出る、出ます、あ、ねえ、いいの？　あ、あ、いいの？」

本当に、いいの？　冷静に何かを判断する余裕はなく、ただ目の前のエルに判断を委ねてしまう。

「ああ。いいから出せ」

その声に許されて、アスターはおのれを解放した。

「ひ、ひ、ぁ、あ、ア……ッ！」

自分のものとは思えないような高い声と一緒に、性器からぶしゅりと何かが噴き出した。それを全部絞り出すみたいにエルの手が動く間、アスターの身体が勝手にびくびくと震え続ける。

こんなの、知らない。

生まれて初めての感覚。全力疾走したみたいにばくばくと胸が音を立てている。先ほどの感覚が気持ちいいというものなら、自分がこれまで感じていた気持ちよさは何だったのか。

自分が知っている『気持ちいい』は、ゆったりと湯に浸かったりした時に感じるような身体をゆったりと弛緩させる感覚だった。だが今さっきのは、あまりにも暴力的に、奪うような勢いでアスターの身体を通り抜けていった。

「落ち着いたみたいだな」

はふはふと息を荒げるアスターの頭の上に顎を置き、エルが疲れたような声を出した。エルの手には粘ついたものがべったりとついていて、青臭いような匂いがする。

「皆、こんなことをしてるんですか？」

「……ここが硬くなったらな」

「エルも？」

「そういうことは他人に聞くべきじゃない」

「どうしてです？　生理現象なんですよね？」

「どうしてもだ」

「説明になってません」

「男なら誰しもこうなるが、本来は一人で処理するものじゃない」

「二人でするんです？」

「……俺に、性教育までさせるのか」

　エルがぼそりと呟く声がしたが、何を言ったのかはよく分からなかった。

「エル？」

「本来、ここが硬くなるのは子供をつくるための行為をする時だけだ。だが、相手のいない者は一人で処理しなければならない」

「なるほど……？」

　要するに、一人で処理をするということは、独り者だと言っているのと同じだから恥ずかしいということ？

「僕は別に、一人で生きることを恥ずかしいとは思いませんけど」

　寂しいと思うことはあるが、恥ずかしいなんて思ったことはない。

「説明が難しいな。トイレに行くことをいちいち報告したりしないだろう？　それと同じだと思っておけばいい」

　エルは明らかに説明を放り投げた気がするが、これ以上聞かれたくないと思っているのがありありと分かったので、アスターは仕方なく「はい」と頷いた。

「誰にも言うんじゃないぞ」

「でも……またこうなったらどうしたらいいんですか？」

「自分で擦ればいいだろう？」

「上手くできる自信がありません」

何かを考える余裕もないほど、嵐のような時間だった。自分が何をしたかも、ほとんど覚えていない。覚えているのは、強烈な感覚だけ。

エルが大きなため息を吐く音が聞こえる。アスターが見上げようとすると、エルはそれを拒否するように顎で押さえつけてきた。

「その時は、俺を呼べ」

「はい」

その答えに満足して、アスターはエルの胸に凭れかかって欠伸をする。呼べばエルが何とかしてくれる。だったら、安心だ。

「エルはいい人ですね」

誰にでも優しいエルは、アスターにも優しくしてくれるから好きだ。

「君のせいで、俺は悪魔に魂を売りそうだ」

またエルが小さく何か呟いた気がしたが、そのぼそぼそと小さな声をアスターが聞き取ることはなかった。

朝、目が覚めると腹の下辺りに違和感がある。

またか、と眠い頭で考えて、アスターは自分を包み込んでいる温もりにそこを擦りつけた。

「える……」

「……ん……また、か……？」

目を開けると、アスターを抱き込んで眠っていたエルの瞼がゆっくりと開くのが見える。視線が絡むと、エルが「おはよう」と掠れた声で言ってアスターの額に唇を寄せた。

最近のエルは眠る時に仮面をしていないから、まだ眠そうにぱちぱちと瞬く睫毛もはっきりと見える。やっぱり、寝る時ぐらいは外すように説得してよかった。もし誰かが入ってきてもすぐに視界に入ったりしないように、部屋にはもう一枚の毛布で仕切りをつけて寝床を見られないようにしてある。

美しいものは寝起きでもやはり美しい。すこしぼんやりとしているのが余計に綺麗で、それを間近で見るたびに、アスターの胸がどきりと主張した。

「エルのも、でしょう？」

どうやらここは、朝に硬くなることが多いようだ。自分だけではなくてエルも仲間にしてしまいたくて、アスターは更にそこを擦りつけた。

「……っ、アスター、どこでそんなことを覚えてきた」

「だって、いつも僕ばっかり」

エルはアスターの処理をしてくれるけど、自分の処理をアスターには絶対にさせてくれない。エルのだって硬いのに、と手を伸ばすと、くるりと身体をひっくり返された。

「悪さをするなら、手伝ってやらないぞ」

「駄目です！　良い子にしますから！」

アスターは、どうにも処理が下手だ。何度か自分で挑戦してみたが、ちっとも気持ちよくなれない。エルの指のように器用に動かせないし、物足りなかった。

「……ふ、ぁ……っ」

エルの手に触れられたら、こんなに簡単に気持ちよくなれるのに。

尻にエルの硬くなった性器が当たっている。絶対に痛いはずなのに、エルは頑固だ。どうして駄目なのかとしつこく食い下がったことがあるが、『君は悪魔か？』と真顔で言われた。どうして。

背中に張りついたエルの胸が温かい。耳元を擽るエルの息にぞわりとして、すぐに終わりを迎えてしまう。

アスターがはふはふと息を荒らげている間に、出たもので汚れた手を手早く拭いてエルが起き上がった。

「手を洗ってくるから、身なりは自分で整えるんだぞ」

「ふぁい」

アスターの処理が終わると、エルはいつもすぐに部屋を出て手を洗いに行く。本当ならアスターも一緒に行って顔を洗いたいのだが、処理した直後は腰が立たなくて起き上がれないので、エルが濡らした手拭きを持って戻ってきて世話を焼いてくれるのが常だった。

「エルは、どうしてあんなに優しいんでしょうねえ」

「は……？」

すっかりエルに世話を焼かれた後、バウンスに呼ばれてどこかへ行ったエルと別れて食堂に行ったアスターが、収穫したばかりのそら豆でできたスープを飲みながらそう言うと、前の席で同じくスープを飲んでいたルークがものすごく低い声を出した。

「今、とんでもない聞き間違いをした気がした。もう一度言ってくれよ」

「だから、エルはどうしてあんなに優しいんでしょうねえって」

「エルが優しい？　お前、何言ってんだ？　俺がこの三日、ほとんど寝ずに作業してるのは誰のせいだと思う？　あいつが水を確保するための魔道具の開発も終わってないのに寝る必要があるのか？　なんて言ってくるからだぞ？」

「それは、これからもっと水が必要になるから、ルークを頼りにしてるってことでしょう？」

「頼りにしてたら、俺から睡眠を奪ってもいいって？　そもそもあいつのどこに優しさを感じてんだよ。いつも仏頂面で、たまに口を開けばこっちの痛いとこしか突いてこないし、この間なんか、炎の魔石が暴走しかけた時に燃えそうになった俺のことを見殺しにしようとしたんだぞ!?」

「まさか。エルだったら真っ先に助けてくれるはずです。他に助けなきゃいけない人がいただけですよ」

「お前、今ほんとにエルの話をしてるのか？　まったく別のやつの話をしてるんだろ？」

「ルークのほうこそ、誰かと勘違いしてませんか？　エルほどお人好しでお節介で優しい人、他にいないのに」

「具体的に、あいつのどういうところがお人好しでお節介で優しいって？」

「外に出れば薄着をするなとローブをかけてきますし、ご飯は食べたか風呂には入ったかって毎日確認されますし――」

「母ちゃんじゃん」

「夜は寒いからって僕を抱き込んで眠ってくれますよ？」

途端にあちこちからぶほっとスープを噴き出す音が聞こえた。

「おい待て、待て待て、アスター、お前エルと一緒に寝てるのか？」

「え、嘘だろ？　あのエルが？　お前を抱きしめて寝てるって？　あのエルが!?」

何だか皆がものすごい顔で驚いているのを見て、アスターはうんうんと頷く。

「ね、変な人ですよね。エルは一人でも充分に温かいのに、僕が寒いだろうからって抱きしめて寝るなんて、お人好しにもほどが――」

「そこじゃなくて！　エルは潔癖なんだぞ!?」

「潔癖？」

ルークの言葉にきょとんとする。エルが潔癖？　そんな風に思ったことは一度もなかった。叫ぶような声を上げたルークは一転、脱力して椅子に凭れながら言った。

「エルは、人に触るのも触られるのも好きじゃないんだ。エルに触ろうとして避けられて転んだやつを何人も知ってる」

「え、でも……」

初対面でエルと握手をしたことを思い出す。あの時も、エルのほうから手を差し出してきたはずだ。

「お前がここに初めて来た時、エルがお前と握手しただろ？　あの時は皆ほんとにびっくりして、悪魔か何かに乗っ取られたのかと思った。それぐらい、珍しいんだよ」

「そう、なんですか」

だからあの時、皆が大騒ぎしていたのだ。でも、どうしてだろう。

「あの野郎……さてはショタコンか」

「しょたこん？」

「……いい度胸だな、ルーク」

「あ、エル」

いつの間にかルークの背後に立っていたエルが、持っていたトレーをルークの頭に置く。

「足りない身長を、更に低くしてやろうか？」

「い、いててて っ、押さえつけるなよ！　ほんとに縮んじゃうだろ！」

「くだらないことを言ってる暇があったら、さっさと作業に戻ったらどうだ」

「何だよ！　アスターには甘いくせに、俺にだけそんなに厳しくするなんて差別だ！　あ、お前もしかしてあれだな？　俺のことが好きだから、構って欲しくてわざと冷たくしてるんだろ！」

「は？」

これまで聞いたエルの声の中で、一番低い音を聞いた。

「好きな子ほどいじめたくなるってやつだろ？　あいにく俺はお前みたいなやつは好みじゃ……いててててて！　折れる！　首が折れるって！　冗談だって！」

「いっそ折れろ」

「エル、ルークのことが好きならいじめちゃ駄目ですよ？」

エルのことを宥めながら、アスターは思った。そうか、エルはルークのことが好きだったのか。好きな子にだけ冷たくしちゃうことがあるだなんて、ちっとも知らなかった。誰にでも優しいエルが一人にだけ冷たくするなら、確かにそれは特別かもしれない。

そっか。エルの特別はルークなんだ。そう考えたら、何故だか胸がちくりとした。

自分には特別と言える誰かがいないから、羨ましく感じたのかも。

そんな気持ちを隠してアスターがエルににこりとしたら、ぴしりと音がして。

「あ……」

トレーにヒビが入っているのに気づいて、エルがちっと舌打ちをした。

「あり得ない」

「え？」

「ルークを好きになるなんてあり得ない」

「おい何だよその言い方！」

「やめなさい、ルーク」

ルークを止めたのは、セドリックだった。エルが大きくて見えなかったが、ずっとエルの後ろにいたらしい。

「馬に蹴り飛ばされたくなかったら、さっさと寝ておいで」

「え、寝ていいの!?」

セドリックが頷くと、ルークは「ひゃっほう！」と立ち上がり、浮かれた調子で食堂から出ていった。

「すまないね、エル。ルークは睡眠不足なんですよ、許してやってください」

「………………」

「それからアスター、エルがルークを好きだなんてあり得ませんから、誤解しないであげてくださいね」

「え、そうなんですか？」

エルを見ると、「ああ」と頷く。

「好きな子ほどいじめるというのは？」

「あれは子供がよくやるという話です。エルは大人ですからね、好きな子は守りたいタイプなんですよ」

なるほど。子供と大人では違うのか。

何はともあれ、エルがルークを好きじゃなくてよかった。そう思ってから、あれ？　と思った。

何でそんなことを思ったんだろう。誰が誰を好きでも、僕には関係ないはずなのに。

「はぁ……」

油断すると、すぐにため息が出る。

とうとう進軍する日が決まったから……というだけではない。この孤城を出てレンス領へ向かえば、もう後戻りはできない。それも確かにアスターにとって楽しい出来事ではないが、今アスターの心を占めているのは別のことだ。

「おいアスター、辛気臭いからため息ばかり吐くなよ。ここで留守番してたいなら、そうしたっていいんだぞ？」

食堂でもそもそと朝食を食べていると、隣で一緒に食べていたルークがうんざりした表情を隠さずに言った。

「僕が始めたことなのに、留守番なんてする訳がないです。そのことじゃなくて……僕って、嫌な人間だなあと思って」

「何だよ、急に。お前が嫌な人間だったら、この城にいるほとんどは相当嫌なやつだと思うぞ？」

「だって……皆が仲がいいのが一番に決まってるのに、誰かが誰かのことを好きじゃないといいな、なんてひどいですよね？」

ふかしたじゃがいもを齧っていたルークが、当たり前の顔で返す。

「ひどくないだろ。俺なんか、バウンス様が俺以外のことを皆嫌いならいいと思ってるけど？」

「え？　皆？」

「当然だろ。まあでも、バウンス様は優しいから、誰かを嫌うなんてことはないんだよ。だからそこは諦める。その代わり、愛するのは俺だけにしてもらうんだ」

「愛……？」

愛。言葉は知っている。だが改めて考えてみると、愛って何だかよく分からない。

「あの……好きと愛って何が違うんですか？」

「はあ？」

声が裏返るほど呆れた声を出されたから、相当おかしなことを言ったのだとは思う。けれど、分からないのだから仕方がない。

ルークは何か言おうとして、少し考えるように黙り込んだ。

「……説明するとなると難しいな」

「何を説明するつもりですか？」

そう言ってルークの隣に座ったのはセドリックだった。トレイをテーブルに置いてふかしたじゃがいもを半分に割ったセドリックは、それを一口齧る。

「アスターが、好きと愛は何が違うのかって聞くんだよ」

「好きと愛。それは確かに説明が難しそうですね」

もぐもぐと咀嚼しながら少し考えて、セドリックは言った。

「好きはたくさんあってもいいけれど、愛は特別な相手にだけ捧げるもの、なんていうのはどうでしょうか？」

「特別な相手に、だけ？」

「アスターは、ここにいる皆のことが好きですか？」

「はい。だって、皆いい人だから」

戦場にいた時、アスターのことを気にかけてくれる人なんていなかった。けれどここで知り合った人達は皆、お節介なぐらいにアスターの世話を焼いてくれる。……特にエル。

「皆、同じ好きですか？」

「え？」

「アスターが皆を同じように好きなら、きっとまだ愛に辿り着いていないんですよ」

「愛に、辿り着いていない……辿り着いたら、分かりますか？」

「分かると思いますよ。愛とは、逃れられないものですから」

ルークがにやにやと笑って、セドリックを肘（ひじ）で突く。

「恰好いいこと言うじゃん」

「ここだけの話にしてください」

二人は何やら話していたが、アスターは今セドリックから聞いたばかりの言葉を頭の中で反芻（はんすう）していた。

皆を同じように好き？

ふと頭に思い浮かんだのはエルだった。皆のことは好きだけど、その中でもエルのことが一番好きだ。だってエルは優しいから。……いや、それだけじゃない。時々アスターをからかったり意地悪をしたりもするけど、そういうところも好きだ。顔だって好きだし、安心できる声も好きだし、いつでも体温が高いからそばにいれば温かいのも好きだ。

だけど、それが愛かと言われたら分からなかった。だったらアスターは、まだ愛に辿り着いていないということなんだろうか。

「この分じゃ、あいつはいつまで経ってもお父さん止まりだな」

「ルークだって、いつまで経っても孫のままだと思いますがね」

「うるさいな、今に見てろ。この俺の可愛さでめろめろにしてやるんだからな」

「そうですね、きっと飴でも買ってくれますよ」

「孫扱いじゃない！　俺はバウンス様の特別になるんだってば！」

二人の会話の前半部分は何を言っているのか分からなかったが、バウンスの特別になるというルークの気合いに反応して、アスターは愛について考えるのをひとまずやめ、別の疑問を口にした。

「ルークは、どうしてそんなにバウンス様が好きなんですか？」

「俺が子供の頃、孤児院でバウンス様に会ったんだ。孤児院なんて不便しかないから、俺は小さな頃からちょっとでも生活が楽になるようにって色々発明をしてて、その噂を聞きつけたポルクの屑野郎がバウンス様を派遣したらしい。たぶん、使えるならすぐに連れてこいとか何とか言われてたんだろう。けど、バウンス様は俺に言ったんだ。『君はここで、皆のためになる発明をするといい』って。あの時、バウンス様に城に連れていかれてたら俺、戦場に送られて今頃はとっくに死んでたと思う」

ルークが孤児院にいたというのは初耳だった。けれど何より、ルークが戦場送りになる可能性があったということに衝撃を受けた。

「あの人は、俺に何も悟らせずにただ守ってくれたんだ。恰好いいだろ？」

「それで、好きになったんですか？」

「それだけじゃない。他にも理由はいっぱいあるさ。でも、それがバウンス様を気にするようになったきっかけではある」

ルークは「同じようなことを言ったやつがいるんだ」とアスターを指差す。

「僕、ですか？　バウンス様みたいに恰好いいことを言った覚えはありませんけど」

「まだ俺が寝たきりだった頃、起きられなくても発明はできるって言ったんだろう？」

「ああ……あの時は、偉そうなことを言ってすみません」

「そうじゃなくて。実は俺、発明をするのが怖かったんだ」

「怖い？　どうしてですか？」

「俺が皆のためだと思って作ったいくつかの魔道具の技術が兵器に転用されてたのを、監獄に入れられてから知ったんだ。俺の発明は皆を殺すんじゃないかって、そう思ったら怖くて、もう発明なんかしないほうがいいって思ってた。だけど、アスターが起きられなくても発明はできるって言ってたって聞いて、思い出した。お前、言ってただろ？　できる時にできることを精一杯やればいいって」

「言いましたっけ？」

「言ってたんだよ。それで、俺が今できることはそれなんだって覚悟を決められた。俺なら、ここの皆を助けられる。それが分かってるのにしないなんて、あり得ないって。俺は発明で皆を助けたかった。その初心を、お前が思い出させてくれた」

そんな大層なことは何も考えていなかったのに、自分の言葉がルークを動かしたなんて。これまでのアスターにとっては言葉とはただの伝達の手段でしかなく、自分の言葉が誰かの人生を変えるなんて想像もつかないことだった。

「だから俺、お前の夢のために頑張るからな」

ルークはにやりと笑った。

「目指せ、三食昼寝付き！」

「ルーク！」

「ふふ、皆で頑張りましょうね」

セドリックにまで笑い声を上げられ、アスターは顔を真っ赤にして思った。

どうして急にそうなった⁉

それがルークの照れ隠しだと気づけなかったのは、アスターだけである。


「うわあ……綺麗な夕焼け」

地平線の向こうに、今にも沈んでいきそうな太陽が見える。こんな光景を見たのは初めてで、アスターは自分が自由であることを改めて実感した。アバロン城を出てから初めて見る夕日は、これまでで一番綺麗だった。アバロン城に残った仲間達にも、この光景を見せてあげられたらいいのに。

「日が暮れると寒くなる」

後ろに立っていたエルが、ローブをかけてくれる。最初の頃はこうして世話を焼かれるのを子供扱いされていると感じて腹が立ったのに、今はちっとも嫌じゃないから不思議だ。

「それにしても、本当にあれを軍旗にするなんて」

風にたなびく軍旗は、出発前にアスターが描いたものだ。何でもいいから絵を描けと言われてじゃがいもを描いたら、気がつけばそれが軍旗になっていた。あんな不格好な絵を軍旗にするなんて、最早いじめじゃないか。

進軍を始めて五日が経つ。進軍とは言ってもまだクライスラー辺境伯領内なので、ポルクには気づかれていないはずだ。

「もうすぐ、辺境伯領の境界ですか？」

「ああ。今夜はここで野宿だ」

野宿か。戦場では常に野宿みたいなものだった。いよいよ戦いが近づいてきている気がして、アスターの気持ちが少し沈む。

「もうすぐ、戦うことになるんですよね？」

「通るルートによっては、ある程度は避けられるかもしれない」

「ルート、ですか？」

「アンリが、レンス領は軍備が整えられていないと言っていただろう？　その先のルートでもそういう領地が多ければ、ある程度戦いになるのを避けられる」

「僕達には、圧倒的に情報が足りませんね」

すでに何人かが諜報活動に出ているらしいが、長年監獄に閉じ込められていた者ばかりのアバロン軍の一番の弱点が情報のなさだった。バウンスがいるのである程度の予測を立てることは可能だったが、それも最新のものとは言えない。監獄にいる間に外の世界がどう変わっているかは未知数だった。

辺境伯であるアンリも、中央の情報には明るくない。一番よいのはすぐに相手が降伏してアバロン軍に加わってくれることだ。じわじわと数を増やしながら中央の情報を集め、王都まで辿り着けるのが最善。最悪は、戦いの中でこちらの数が減り、王都へ辿り着けないこと。

「平穏が欲しいのに、そのために戦わなければならないなんて、皮肉な話ですよね」

「すまない」

「どうしてエルが謝るんですか。おかしな人ですね」

悪いのはポルクだ。ポルクがもっと国のことを考える賢王であったなら、今頃この国は戦争に明け暮れたりしていなかった。アスターだって、リア教の教会で穏やかな日々を過ごしていたに違いない。

「もし、この国を奪い取れたら」

何かを言いかけたエルの言葉が止まった。

「エル？」

「もし、この国を奪い取れたら……もっと綺麗な景色を見に行こう」

「これより綺麗な景色があるんですか？」

「あるはずだ。それを、探しに行こう」

「ふふ、それは楽しみですね」

毎日のんびり同じ場所で暮らすことを考えていたが、エルとなら旅をしても楽しいかもしれない。

綺麗な景色を見て、美味しいご飯を食べて、一緒に眠る。そんな日々を思い浮かべたら、楽しい気持ちになってきた。

その時である。

「大変だ！」

馬に乗って先のほうに偵察に出ていた仲間の一人が、慌てた様子で戻ってきた。

「王都から派遣された部隊がこっちに向かって来てるぞ！」

俄(にわ)かに緊張が走る。バウンスとヘクトルのもとに駆けつけて馬から飛び降りた仲間に水が入ったコップを渡すと、それを一気に飲み干してから言った。

「数はざっと見積もって三百。俺達がここにいることには気づいてない。アバロン城に向かうつもりのようだから、どこかに隠れてやり過ごすか？」

三百とは舐められたものだ。その程度ならアバロン城に残してきた装備で充分に戦えるだろうが、問題は数だけではない。たとえ数が少なくとも送られてきたのが精鋭達なら、ここで彼らを見送ることはアバロン城を見捨てることになりかねない。

「そいつらは王都を守る近衛騎士団なのか？」

「いや、どうやら違うようだ。やけに疲れた顔をしていたな」

それに反応したのはバウンスだ。

「……もしかしたら、戦場で戦っていた者達かもしれぬ」

「いや、でもバウンス様、そんなことをしたら戦場の士気が下がるのでは？　さすがのポルク王もそこまで――」

「僕も、バウンス様と同じ意見です。あの屑野郎にとって王都の騎士団は自分を守るためのものなので、王都から動かしたりはしないはずです」

その証拠に、これまで一度として王都を守る騎士団が戦場に来たことはなかった。ただの一人もだ。

ポルクは、いつだって自分が一番可愛いのだ。自分を守るための騎士団は、絶対に王都から動かさないと言い切れる。

「私もそう思います。愚かな王だからこそ、愚かなことを平気でする」

セドリックも同意したことで、仲間達に動揺が広がった。

「戦場で戦う騎士や兵士を動かしたら、戦場はどうなるんだよ」

もちろん、地獄絵図だ。アスターがいなくなった今、兵士は使い捨てられているに違いない。騎士達とて、無事とはいかないはずだ。アスターがいた時の地獄と、今の地獄。どちらがましか、考えることは無意味だ。

「とにかく、戦いの準備をしろ！」

ヘクトルの呼びかけで皆が動き出す。剣の腕に覚えがある者は前に、その後ろにはルークが作った兵器が並んだ。

とうとう、戦いが始まってしまうのか。そう考えると沈鬱な気持ちになったが、異変を感じたのは鎮圧のための部隊がアスター達の目前にやってきた時だった。

「おい……こんなのが本当に戦場で戦ってる連中だって言うのか？」

ルークが疑うのも無理はない。今目の前にいる者達は皆、見るからに疲弊していた。痩せ細った身体にぼろぼろの武器や防具。だがアスターにとっては、見慣れた光景だった。

ポルクは、アスターがいなくなって以後も兵士達の待遇を変えなかったらしい。アスターがいた頃より一層の地獄が、きっと戦場には広がっている。そう思うと、アスターは初めて彼らに申し訳ないと思った。

対峙しても、彼らのほとんどは剣を持ち上げることすらしなかった。すでに戦意を喪失した彼らは、逃げることもせず、ただ待っている。おそらくは、死という安寧が訪れることを期待して。

そんな彼らにとっては酷かもしれない。また、恨みの籠もった目で睨まれることになるのかも。けれどもう、アスターは彼らを見捨てることができなかった。

彼らは、ついこの間までのアスターなのだ。監獄でエル達に会わなかった頃の自分。

「どうすんだよ、こいつら。こんなのを倒せって言うのか？」

「……捕虜にしましょう」

アスターの言葉に、場が鎮まり返る。捕虜を抱えられるほど食料に余裕がある訳ではない。それなりの人数がいるこの部隊を捕虜にするのはリスクも伴う。けれどそれでも、ここで彼らが死ぬべきだとは思えない。

「後顧の憂いを絶つためには、ここで彼らの息の根を止めるべきです」

セドリックの言葉は、戦術としては正しいのだろう。それを分かっていても、アスターはそれに頷けなかった。

「セドリックは、たとえば彼らがあなたの家族だったとしても、息の根を止めるべきだと言えるんですか？」

「それは……」

「彼らを生かすことには危険が伴う。戦術として彼らの命を絶つべきだと考えるのは分かります。でも、彼らはただの駒じゃない。彼らのことを大事に思っている人がいるかもしれない。それでもセドリックは、ここで彼らを全員殺すべきだと言うんですか？」

「……っ」

「僕は、皆と平穏に暮らしたい。ただそれだけです。あの屑野郎と同じになりたい訳じゃない」

セドリックが、はっとした顔で口を噤む。

「皆が平穏に暮らせる国を作りましょう。……彼らも含めて」

「そう、ですね」

勝手なことを言っているのは分かっている。アスターの行動は、明日仲間達を危険にさらすのかもしれない。

彼らがこちらに挑んでくるのなら、話は違っていた。黙ってやられる訳にはいかないから。けれど、無抵抗な彼らを切り捨ててしまったら、それはあの屑野郎と何も変わらない。

「……何で、こんなことになっているんだ」

ヘクトルが悔しげに騎士達を見つめる。ヘクトルが騎士団長をしていた頃は、ここまでひどい状態ではなかったのかもしれない。

監獄にいた者達は、戦場がどんなところか知る者はほとんどいなかったのだろう。エルでさえ、言葉を失っていた。

アスターはそっとその場を離れ、持ち出してきた大鍋を火にかける。アバロン城でじゃがいもを栽培しておいてよかった。山ほど収穫したそれのお陰で、今のところ食べ物には困らぬ身だ。

無言でじゃがいもの皮を剝いていると、いつの間にか集まってきた仲間が共に調理を始める。皆、今自分が見ているものが信じられず、何かで気を紛らわせようとしていた。そうして出来上がったスープを、アスターは騎士や兵士達に配って回る。

「い、いいんですか？」

スープを受け取った騎士の声が上擦っている。監獄でスープを目にした時の自分を思い出し、アスターは切ない気持ちで「どうぞ」と声をかけた。

たとえこのスープに毒が入っていたとしても、彼らはきっと感謝しただろう。

それを見ていた兵士達が一斉にスープを口にする。その姿を、仲間達がじっと見つめていた。

「ああ……こんなに美味しいものを口にしたのは久しぶりだ」

そう言った騎士の目に涙が浮かぶ。戦場では温かいものなど出てこない。硬いパンをただ嚙むだけの毎日。

あちこちからすすり泣きが聞こえてきた。

「何なんだよ」

ルークが呟く。

「この国は、何なんだよ！」

これが、この国の現状だ。最前線で戦う騎士や兵士達ですら、大事にはされない。

「……屑野郎」

アスターの呟きに、近くにいた騎士が顔を上げた。

戦場にいた者達の顔をいちいち覚えてはいない。彼らが回復の権能によって不条理に死から呼び戻されたことのある者達なのか、それともアスターが去ってから戦場に送られた者達なのかは分からないが、それでも見覚えがある気がしてしまうのは、疲れ切ったその表情が見慣れたものだったからだろうか。

「やっぱり、あんな屑野郎はいないほうがいいです」

ぎゅっと拳を握りしめる。

戦場にいた時は、この光景に慣れてしまっていた。この地獄が自分の日常だと、諦めてしまっていた。けれど、今は分かる。こんなことを受け入れては駄目だ。変えなければ駄目だ。

この国は誰のためのものだ。この国に生きる人達のためのものだ。たった一人の欲望のせいで、これ以上皆が苦しむのはおかしい。

「この国を奪ってやりましょう」

あの屑野郎から。

それはただの自分への決意表明で、誰かに賛同してもらうつもりの言葉ではなかった。

けれど。

「……一緒に、戦います」

「え？」

すぐそばから聞こえた声に驚いて視線を向けると、先ほど顔を上げた騎士が、まっすぐにアスターを見ていた。

「あなたと一緒に、戦います」

それを聞いた他の騎士や兵士達も、口々に声を上げた。

「もう、こんなのまっぴらだ。どうせ死ぬなら、あの王を道連れにしてやる」

「そうだ。どうせ地獄なら、あの王を道連れにしよう」

「これは罰なんだ。あの人をないがしろにした俺達への。だったら、あいつこそが一番罰を受けるべきなんだ」

「神子様は、俺達と共にいてくれたのに……っ、俺達はあの人がいることを当たり前だと思ってたから……だから、皆死んでいくんだ……」

神子、という言葉にどきりとする。

「神子が、どうしたんだよ。神子は、戦場にいるんだろう？」

辺境伯軍の兵の問いに、兵士がぼろぼろと涙を零して首を振った。

「いない。もういない。俺達が大事にしなかったから、神子様はいなくなってしまった……！　皆死んでいくんだ、もう誰も俺達を助けちゃくれない、あの地獄にはもう戻りたくない！」

　悲痛な叫びが、辺りに木霊した。

　エルの手が、そっとアスターの肩に置かれる。今すぐエルに飛びついて泣き出したい気持ちだったが、そんなことをすれば不審に思われる。

　ああ、僕があそこを去ったからだ。だから、あそこは更なる地獄になったのだ。

　アスターがあそこに残っていれば、助けられた命がある。今更ながら、そのことの重さに思い至った。

「悪いのはポルク王だ」

　エルが囁く。

「君は悪くない」

　肩を摑むエルの手に力が籠もる。

「でも――」

「彼らの苦しみを思うなら、前へ進もう。起きたことは変わらないが、未来は変えられる」

「未来は、変えられる」

「ああ」

　エルが、力強く頷いた。

「ここもか……」

枯れ切った大地と、虚ろな目の人達。痩せ細り、病に倒れ、戦うどころか抵抗する気力もない人達を見るのは、もう何度目なのか。

南部の水不足は深刻だった。それこそ雑草すら生えぬほどに枯れた大地に作物が実るはずもなく、その地を治める貴族達も、領民も、戦うことなくアバロン軍を迎え入れた。

「どうか……我々をお助けください」

新たに入った町の町長は、ひび割れた声でそう懇願した。

ここが王都に近い町だなんて信じられない。

「せめて子供達だけでも、殺さないでくだされ。差し出せるものは何もありませんが、この老いぼれの命ならいくらでも――」

アスターに触れようとする震える手を、エルが摑む。そしてすぐに言った。

「……アスター、すぐにここを離れるべきだ」

「エル？」

「ここでのんびりしていたら、王国軍と衝突することになる」

あの王がこのままアスター達を見逃してくれる訳がないことは分かっている。先発として送ってきた戦場の騎士達がこちらに寝返ったことにも、そろそろ気づいているだろう。

エルが正しい。戦わずに済んだのだから、すぐにここを通り抜けて次の地へ行くべきだ。この小さな町には隠れる場所がない。王国軍と戦うには場所が悪すぎる。

これまでも、エルの選択は正しかった。山越えをするより川沿いを進むべきだという進言のお陰で、突然の山崩れに巻き込まれずに済んだし、これまでのいくつかの分岐点も、エルの選択が皆を助けてくれていた。

エルにはカリスマ性がある。エルの言葉は力強く、だからこそ皆は迷いなくここまで進むことができた。

だから今回も、エルに従うべきだ。分かってはいたけれど、すぐに返事ができなかった。

ここをすぐに離れるということは、彼らを見捨てるということだ。町を見回す。遠くからこちらを窺っている町の住民らしき者達はまばらで、道端で倒れている者もいる。

「アスター」

皆がアスターの名を呼ぶが、その声とて苦しそうだ。そうするべきだとアスターに促す彼らにとっても、それは苦渋の決断に違いない。

アスターはぎゅっと目を瞑り、しばらく考えた後で目を開ける。

「ここを離れるべきだというのは分かります。でも……ここで彼らを見捨てたら、僕はたぶん一生後悔します」

以前のアスターなら、自分の平穏が一番大事だった。戦場では、誰もアスターを助けてなどくれなかった。だからアスターも自分勝手に生きるのだ。そう思ったかもしれない。

だが、それではあの屑野郎と同じではないか。自らの欲望のために他者を犠牲にして、第二の自分のような者を生み出すなんて絶対に嫌だった。

「僕は、あの屑野郎と同じにはなりたくない。だから、僕の我儘を聞いてくれますか？」

最初に口を開いたのはアンリだった。

「上に立つ者としては失格だよ。……だけど、個人として言わせてもらえば、私は君についていくことを決めた自分を誇らしく思う」

「そうだな。あんな野郎と同じところまで落ちるのはごめんだ。俺達はこの国を安心して暮らせる国にするんだ。……この国に住む全員がな」

ヘクトルがそう言って笑うと、セドリックが「そうと決まれば、戦略と救助、二手に分かれて迅速に行動しましょう」と賛同した。

「うむ。私とセドリックとルークは、ここで迎え撃つための戦略を立てることにしよう。アスターはその他の者を率いて、町の人達の救助を」

バウンスがてきぱきと指示を出す。アスターはそれに頷いてみせてから、隣のエルを見上げた。

「怒ってますか？」

皆のためを思ってしてくれたエルの提案を、結果的に突っぱねることになってしまった。

「……君がしたいようにすればいい」

「エル」

機嫌を損ねてしまったのかと名を呼べば、エルの指が優しくアスターの前髪を払う。

「俺は、そのためにここにいる」

「……？」

「少し離れるが、無茶はするなよ」

そう言い置いて、エルがマントを翻してアスターから離れていく。

怒らせてしまったんだろうか。そう思いながら、道端で倒れている町の人の背に触れ、何やら話しかけているエルの姿を目で追った。

「アスター！」

だがそうしていられたのはほんの数分で、自分を呼ぶヘクトルの声で我に返り、アスターは町の人達の救助を開始する。

まずは炊き出しだ。この行軍中に何度もやってきたことなので、慣れた手つきでスープを作る。

山ほど持ってきていたじゃがいもは底をつきかけていたが、アバロン城とクライスラー辺境伯領ではルークが開発した装置のお陰で海水を真水に換えることができており、潤沢な水によって今も食物の栽培が行われている。もうすぐ薬物の収穫の時期で、収穫が終わり次第、こちらに送られることになっていた。

じゃがいもと萎(しな)びた葉を混ぜたスープはお世辞にも豪勢と言える食事ではなかったが、出来上がったそれを町の人達に配ると、彼らは涙を流してそれを喜んだ。

彼らは皆一様に薄汚れて、痩せ細り、衛生状態もよくない。そのせいで病気も蔓延(まんえん)しており、町長が井戸の中に隠していた子供達の中にも、ぐったりと生気のない者が多くいた。

仲間達はそんな町の人達の世話をあれこれと焼いていたが、スープを配り終わったアスターは手持(ても)

ち無沙汰でうろうろと歩き回ることしかできない。

正直なところ、何をしてやればよいのか分からなかったからだ。

「温かくしていろと言っただろう？」

背後からローブをかけられて振り向くと、そこには予想した通りエルがいて。

「用は終わったんですか？」

「ああ」

ほっと息を吐くと、エルの指がアスターの頬を擦った。

「泥がついている。何をしていた」

「スープを作った後は、ただうろうろしていただけです。……僕、ちっとも役に立たなくて」

少しでも助けになればと、町の人達の身体を拭くための水に少しだけ血を混ぜたりはしたが、それだけだ。あまり派手にやっては違和感を持つ者がいるから、少し身体の治りが早くなる程度にしか権能は使えない。

戦場でも血を流すだけで、それ以外のことは何もしていなかった。改めて、自分は血を流す以外に能がないのだと苦笑すれば、エルの手がアスターの頭を撫でる。

「皆は町の人達にあれこれしてあげられるのに、僕は何をしたらいいのか全然分からないんです。……役立たずすぎて笑えてきちゃうな」

アスターは人と係わることが上手くない。食事を提供することはできても、治療をするたびに憎々しげに睨まれていたことを思い出せば、自分から積極的に人と係わることに躊躇してしまう。

言ってしまってから、あっと口を押さえる。愚痴めいたことを口にしたことに気づいたからだ。

言っても仕方がないことを、いつから口にするようになっていたのだろう。だがエルはそれを気にした様子もなく、少し考えてから言った。

「君だったら、こういう時にどうしてもらいたい？」

「え？」

「自分が苦しかった時、してもらいたかったことをしてやればいい」

「僕が、苦しかった時……？」

戦場でのアスターは、いつも独りぼっちだった。大した食料もなく、明日に希望もない。

あの時の自分が、して欲しかったこと。

足を踏み出す。壁に凭れかかってぼうっとしている女性に近づく。その女性は、さっきスープを配っていた時に受け取るのを拒否していた。生きることを拒否するようなその態度が、密かに気になっている。アスターは怖がらせないように跪いて、女性と目線を合わせた。

「大丈夫、ですか？」

途端に、女性の目に涙が浮かぶ。

「大丈夫じゃ、ないです……っ、お腹に、子がいるのに……この子の父親はいませんっ、よその町で金を稼いでくると言って出ていったきり……生きてるかどうかも分からない！」

涙をぼろぼろ流して泣く女性の目を見て、アスターは頷く。

「お腹に赤ちゃんがいるんですね。では、まずはその子のために生きましょう。しっかり食べて、ゆつくり休んで、生きるんです」

「い、生きる……？」

「はい。あなたはどん底を見ました。ここから、共に這い上がっていきましょう」

女性の顔がくしゃりと歪んだ。まるで子供みたいに大声を上げて泣き出した女性に、持っていた手拭いを差し出す。

美味しいものが食べたかった。明日への希望が欲しかった。母にも会いたかったし、痛い思いもしたくなかった。

あの苦しかった日々の中、アスターがして欲しかったことは山ほどある。

でも、今アスターにできることの中で一番して欲しかったことと言われたら。

「よく、頑張りましたね」

たぶん、誰かに寄り添って欲しかった。

話を聞いてもらいたかった。この胸に燻る不安や恐怖、諦め、苦しみ。感情の全てを吐き出す場所が欲しかった。

頑張ってるね、と褒めて欲しかった。もう大丈夫だよ、と慰めて欲しかった。

「私、生きられるのね!?　この子も、死ななくていいのね……っ!?」

「ええ。元気な赤ちゃんを産みましょう。だから、そのために食べなくてはいけません」

エルが、気を利かせてスープを運んできてくれた。それを受け取ったアスターが彼女に差し出すと、泣きながら受け取ってくれる。

よかった。ほっとしてエルに視線を向けると、よくやったと言うように頷いてくれた。それだけで自分のしたことが間違っていなかったと感じて、アスターはまた別の人に声をかける。

怒鳴られることもあったし、泣かれることもあった。けれどそうして感情を吐露できるのは希望である。全てを諦めた時、感情がなくなることをアスターは知っているから。

その中の一人がアスターに言った。

「皆が安心して暮らせる国を作る、と言ったのは本当か？」

「えっと……まあ、本当なんですけど」

あの時は監獄を占領して仲間達だけの小さな国を作るだけのつもりだったから言えたことだが、あの屑野郎を玉座から引き摺り下ろすことができたなら、ぜひともそうなって欲しい、いやそうなってくれなければ困る。

「本当に、そんな国にできると思うか？」

「僕はこれまであまり人と付き合うことがなくて、自分のことだけ何とかできればいいと思ってました。でも世の中にはお節介な人がいて、そういう人に優しくしてもらっているうちに、新たな気持ちが湧いてきたんです。今は、一人でできないことでも、皆でやればできるんじゃないかなって、思うようになりました」

「一人でできないことでも、皆でやれば……」

「今のこの国は王様が間違ってます。偉い人だって間違うんですよ。それなのに、偉いから間違っても誰にも咎められないなんておかしいでしょう？　偉い人が間違えたら、罪のない人達はずっと我慢して犠牲になり続けなければならないなんて、それこそ間違ってます。だから、皆で王様にあなたは間違ってるって突きつけてやるんです。それで駄目なら、皆でこんな国は捨てて新しい国を作っちゃえばいいんじゃないかなって思ってます」

「は、はは……あんたは、強いな」

「僕は強くなんかありません。正直なところ、剣もろくに持ったことがないし、戦力にはまるでならないんです。でも……」

そこまで言いかけたところで、いや、自分にはできることがある、と思った。

自分がそうすることを、皆が喜ぶかどうかは分からない。もしかしたら、嫌われるかもしれないし、避けられるようになるかもしれない。

だけど、それでもいい、と思った。

たとえ嫌われても、避けられても、アスターが皆を助けたいのだ。助けられる能力があるのに、出し惜しみして見殺しにしたくない。

「僕は、僕にできることをします」

そう口にすることで、覚悟が決まった。

ルークは、アスターの言葉で覚悟が決まったと言っていた。できることをすればいい。自分がそんな話をした覚えはなかったが、確かにそうだと思った。

自分にできることを精一杯するのだ。そうしなければ、また後悔する。

「そうか。……だったら、俺達も俺達にできることをしないとな」

町の人もまた、覚悟を決めた顔でそう答えた。

覚悟を決めたアスターがそのことを最初に報告したのは、やはりエルだった。

「僕が神子であることを、皆に話そうと思います」

「本当にいいのか?」

「皆を守る、なんて大それたことは言えないけれど、せめて目の前にいる人たちは助けたいです。だって僕には、それができるから」

「……分かった。君が決めたのなら、そうするといい」

エルはいつだって、アスターの行動を否定しない。だから今回も、そう言ってくれると分かっていたような気もする。

エルに背中を押されたような気持ちで、仲間達のもとへ向かった。

「皆に話があるんです」

「どうした、改まって」

地図を広げて作戦会議をしていた仲間達は、神妙な顔のアスターを見て「腹が減ったのか?」と軽口を叩いてくる。

「ずっと皆に黙っていたことがあります」

「アスター」

バウンスが名を呼んだのは、思い留まるように促すためだろう。優しい人だ。エルだけではなく、バウンスもアスターが神子であることを知っているのに、彼は一度もアスターの権能を当てにした作戦を立てることはなかった。

「バウンス様、いいんです。僕がそうしたいんです」

バウンスがちらりとエルに視線を向ける。どうしてそうしたのか分からなかったが、エルと目が合うと、バウンスは諦めたような息を吐いた。

「アスター、別に無理して言う必要なんかないぞ？」

「そうだよ。お前が黙っていたいなら、そうすりゃいいんだよ。内緒事の一つや二つ、皆持ってる」

ヘクトルとルークがそう言えば、セドリックも頷く。

「秘密を持ったままでも、私達は君の仲間ですよ」

アンリだけが、不思議そうに首を傾げた。

「何だい？　皆やけにアスターの秘密を聞きたがらないんだね。私は今後の憂いを払うためにも聞いておいたほうがいいと思うが」

「おい部外者は黙ってろ」

「そうだぞ、口を縫いつけられたくなかったら黙ってろよ」

「空気を読まない者は嫌われますよ？」

皆の当たりの強さにアンリが驚いた顔をする。アスターはそれに苦笑して、「僕が話したいんです」と口火を切った。

「監獄で皆を治療した時、僕は嘘を吐きました」

自分で言うと決めたけれど、それを言葉にするのはやはり勇気が必要だった。ごくりと唾を飲み、唇を舐めて緊張を和らげようとする。いつの間にか背後にいたエルが、優しく背に触れてくれた。それに勇気を得て、ようやくその言葉を口にする。

「僕は、神子です。……流血の、神子です」

しん、と周囲に広がった沈黙が怖くて、視線を地面に落とした。

皆がどんな顔をしているのか、見るのが怖い。ここに来るまで、幸いにも戦になることはなかったが、途中で誰かが体調を崩したり、通ってきた町で怪我をした人に出くわしたりしたことはあった。そのたびに葛藤したが、体調不良はともかく、怪我の治療に権能を使えばすぐにバレる。結果的にアスターは沈黙を選んだ。薄情な男だと罵られても仕方がない。

「え!? み――」

驚いた声を上げかけたアンリの口を、ヘクトルが塞いだ。

「あの……怒るのは当然だと思います。言い訳はしません。でも、ここから先――」

「知ってたよ、ばーか」

「え?」

驚いて顔を上げると、ルークがふんと鼻を鳴らす。

「俺はヘクトルほど間抜けじゃない。あの状況で神子の血液を見つけるなんてあまりに都合が良すぎる。誰かが用意したんだろうって分かってた。……それがたぶんお前だってことも」

「おい、誰が間抜けだって？　俺だって分かってたさ」

ヘクトルはがしがしと頭を掻く。

「だが、黙っておくというお前の選択は正しいと思ったから俺も黙ってた。あの監獄で、美味そうにスープを啜るお前を見てたら、お前が生きてきた地獄の片鱗ぐらいは見えた気がしたからな」

セドリックは、ちらりとバウンスのほうを確認してから、申し訳なさそうに切り出した。

「すみません。私もアスターが神子だと気づいていました。バウンス様を問い詰めて、事の経緯も聞きました。その上で、権能のことは黙っておくべきだと判断したんです。君が権能を取り戻したと知ったら、王はすぐにでもアバロン城を落としに来たでしょうから」

他の仲間達からも、口々に知っていたという言葉が飛び出して、アスターは呆然とする。

「知って、たんですか？」

知っていて、知らんふりしてくれていたのか。

この力を持って生まれてきてから、ポルクに利用し尽くされてきた。だからまさか、アスターの力を知っていて、その上で皆がそんな風に庇ってくれていたなんて、夢にも思わなかった。

「知っていたのに、どうして利用しなかったんですか！　僕のことなんて利用したらよかったのに
……！」

「友達を利用するなんて最低だろ？」

「仲間を利用するほど屑じゃない」

ルークとヘクトルがほとんど同時に発した言葉に、アスターの目からぶわりと涙が浮かんだ。

ああ、何て人達なんだろう。彼らは、アスターの能力を知っても利用しないのだ。

振り返ってエルを見る。エルも、バウンスも、ルークも、ヘクトルも、セドリックも、他の皆も。

アスターのこの力を知っても変わらずにいてくれたなんて。

「どうして、どうして皆そんなに優しいんですか……！」

僕は、自分のことばかりだったのに。保身のために能力を隠すような卑怯者だったのに。

「決まってるだろ。お前のことが好きだからだよ」

前に立ったヘクトルが、ぽんぽんとアスターの頭を叩く。

「そうだぞ、この馬鹿」

ルークの手も、アスターの頭に乗った。

「う、う……うぅ……う、うわあああああっ！」

こんな僕を、好きだと言ってくれた。それがこんなに胸に刺さるとは思わなかった。

子供のように、声を上げて泣く。えぐえぐとしゃくりあげ、アスターは声を震わせながら叫んだ。

「ぼ、僕も、皆の、こ、ことが、大好きっ、なんです……！」

「ははは、そりゃあ俺達、両思いだな」

ヘクトルの言葉で余計に泣けて、更に声を上げて泣きじゃくれば、背後からエルに抱きしめられる。

「目を擦ると、また腫れるぞ」

「う、う、える、えるぅぅぅ」

エルの身体に抱きついてわんわん泣くと、エルの手が優しく背を撫でてくれた。

皆の思いに応えられる人間になりたい。こんな僕を好きだと言ってくれた皆を、全力で助けたい。いや、絶対に助ける。

「あーあ、エルが余計に泣かせたぞ」

「違う、俺じゃない」

「いや、エルのせいだね」

「そうですね、エルのせいです」

珍しくエルが焦った声を出すのを聞きながらも、馬鹿になってしまった涙腺は止まることを知らず、アスターはしばらく泣き続けることになった。

仲間達の楽しげな笑い声を聞きながら。

「結論から言うと、アスターが神子であるということは、やはり口外するべきではないと思います」

ひとしきり泣いたアスターがようやく落ち着き、濡れた布巾を持ってきたエルに顔を拭かれたりして世話を焼かれ始めた頃にセドリックが言った。

「私もそうするべきだと思う。そのことが公になれば、すぐにポルク王はアスターを取り戻そうとするはずだ。少なくとも王都に辿り着くまでは、危険を避けるべきであろうな」

宰相としてそばにいたバウンスの言葉には重みがある。

「でも、それだと権能が使えないままです。権能があれば戦いが有利に――」

「アスター」

　バウンスがアスターを遮った。

「確かに、権能の力があれば戦いは有利になるだろう。だが、だからといってそれに頼り切った戦略を立てるのは愚の骨頂である」

「そうですよ、アスター」

　バウンスとセドリックは、これまでのポルクのやり方を真っ向から否定した。

「アスターの権能は、一度失われておる。一度失われたものが、再び失われることがないと何故言い切れる」

「それは……」

「権能に頼り切った戦略を立て、途中でアスターの権能が失われたら終わりです。おそらく、今王国軍が戦う戦場がそうであるように」

「………」

　戦場から来た騎士達の状況があれなのだから、戦場は更に過酷なものとなっているだろう。

「ただ、君の回復の権能を使わせて欲しい場所はあります」

「どこですか？」

「町の人達や捕虜にした騎士達を、回復させることはできるでしょうか？　彼らが元気になってくれれば、町の再建と戦力として非常に役立つのですが」

「回復の権能は使わせない」

それに否やを唱えたのはエルだった。ひどく不機嫌な声で、「仲間を利用するのか？」とセドリックに詰め寄ろうとするエルの腕を摑んで止め、アスターは「やります」と答える。

「アスター、駄目だ。一度利用したら、歯止めが利かなくなる。最初からないものであるべきだ」

「エル、僕がそうしたいんです」

「…………」

エルはぐっと言葉を飲み込んで、「そうか」とだけ言った。

「エルの言いたいことは分かる。おいセドリック、アスターのことを大事にしなかったら、親友の俺が承知しないからな。大体、一度だけのつもりでも、アスターが権能を使ったらバレるだろうが」

「そこは君の出番ですよ」

「俺？」

「天才発明家の君は、新たな薬を開発するんです」

「いや、俺、薬は専門外なんだけど」

「君という人は何をやらかすか分からない人ではありますが、天才であるということは誰しもが認めるところです」

「あれ、褒めちゃう？　俺、褒められてるの？」

「そんな君が万能薬を開発したと言えば、誰も疑ったりしないでしょう？」

「待て。俺の名声が利用されてない？　アスターを利用するのは駄目だけど、俺を利用するのはいいってことか？　失礼すぎない？」

「ルークが嫌なら、バウンス様にお願いしますけど」

「いや別に嫌とは言ってないけど」

「決まりですね」

セドリックは勝手に話をまとめ、ぱんと手を打った。

「では、できることから順番に片付けていきますよ。もたもたしていたらすぐに王国軍が来ます。彼らと対峙する前に、できるだけ前に進んでおきたいですからね」

やるべきことは山ほどある。立ち止まっている暇はないのだ。


「うわあ、本当に治った！」

「疲れが流れ出ていくようだ！」

町の中央にあったからからに乾いた池に水を張り、そこに薬湯と称してアスターの血を混ぜ込む。血の色を誤魔化すためにその辺の草を煎（せん）じて入れたから何とも毒々しい色になっていたが、胡散臭（うさんくさ）げにそこに浸かった者達の表情が明るくなっているのを見て、アスターに笑顔が零れた。

「エル、まだ怒ってるんですか？」

「別に、怒ってない」

隣で一緒にその光景を眺めているエルは、相変わらず不機嫌なままだ。アスターがナイフで腕を切るのを見ていた時は、もっと機嫌が悪かった。『ほら、すぐに治ったでしょう？』と傷がないことを見せて大したことないとアピールしたが、どうしたってエルの機嫌を直せない。

「僕は利用されていませんよ」

「…………」

「役に立ってるんです」

エルは大きなため息を吐いて、「本当に怒ってない」と言った。

「自分に腹を立てているだけだ」

「どうしてエルが自分に腹を立てる必要があるんですか？」

「この国がこんな状態じゃなかったら、君が利用されることもなかった」

「それこそ、エルのせいじゃないでしょう？」

「…………」

「この国をこんな状態にしたのは、ポルク王ですよ」

アスターの言葉に反応したのは、エルではなくすぐそばにいた町の住民だった。

「もし、王女様が生きていてくれたらねえ」

「王女？」

「あんた、王女様のことを知らないのかい？　この国の第一王女のローズ様だよ」

ローズ、という名前には聞き覚えがあった。

『ゆっくり吸って、吐いて。いち、に、さん』

そう言ってアスターを落ち着かせてくれた綺麗な少女の名前がローズだったはずだ。

あんなに印象的な出会いだったはずなのに、これまですっかり忘れていたことに驚いた。あれこれ考える暇もなく生きてきたせいだろうか。

戦場に送られた後も何度か城に行くことはあったが、それ以後はあの少女に会ったことはなかった。だから偶々城に来ていた貴族の娘だろうと思っていたのだが、まさかあの少女が王女だったのか？

「ローズ様が生きていた頃は、まだあの王様の横暴も多少はましだったんだけどねえ」

「生きていた頃？　彼女はもういないんですか？」

「可哀想に、城で起こった火事に巻き込まれて亡くなったという話だよ。本当は、王が殺したんじゃないかってもっぱらの噂だけどね」

「どうして王が王女を殺すんです？」

「ローズ様は、前王の御子なんだ。王様がこの国を乗っ取ったのは前王の王妃様を手に入れるためで、けれど王様に無理やりに王妃様にされた時にはすでに、前王との間の御子がいたんだ。王妃様はその御子を守るために、今の王様の王妃になったらしいよ」

「そんなことが……」

ポルクらしい悪辣さだ。

「ひどい話さね。前王の隣に立っていた頃の王妃様を知っているが、とても仲睦まじいご夫婦だったんだよ。幼い王女と引き離されて人質にされていたという噂も聞いたことがあるね。……ローズ様は、王妃様が亡くなって人質としての価値がなくなったから殺されたんじゃないかって」

「人質の価値がなくなったから殺された……」

あまりにひどい話だ。

「ああ。王妃様が亡くなったと聞いたのと、ほとんど同じ頃だったからね。ローズ様は聡明な方でねえ。そのせいで王様に煙たがられてはいたが、上手く王様をいなしながらこの国のためにあれこれと心を砕いてくださっていたんだ。あの方が生きていてくださったら、もう少しましな国になっていたかもしれないのに」

それはかなり煙たがられたに違いない。ポルクの性格を思えば、王が殺したという噂が立つのも当然だ。

あの時の可憐な少女が、もうこの世にいないということに胸を痛める。だが、隣からはふんと鼻を鳴らす音が聞こえてきた。

「何が聡明だ。王の横暴を止めることすらできなかったのだから、死んで当然だ」

「エル、そんな言い方……」

冷たく突き放すような物言いにぎょっとする。住民がそれに食ってかかった。

「ローズ様に何てことを言うんだい！　あの方の存在がどれほどあたしらを助けたか――」

「助けた結果がこれか？」

「エル！」

代わりに住民に頭を下げ、離れたところまでエルを引き摺っていく。

「どうしたんですか、エルらしくないです」

「……王女は褒められるような存在じゃない」

「王女様のことを、知っているんですか？」

「……知っている。生まれたことすら罪だ。存在しなければよかった」

エルはそう吐き捨て、止めようとするアスターの手を振り払って足早に去ってしまった。

「エル……」

エルにとってローズの存在は、逆鱗に触れるものであるらしい。二人の間に、一体何があったんだろう。

エルはいつもアスターに優しい。アスターの全てを知った上で、それでもそばにいてくれる。けれどアスターは、エルのことを何も知らないのだと気づいた。

そのことを、ひどく寂しいと思った。

「何だい、あの男は。急に怒りだして」

「すみません。この国の現状が、悔しいだけなんだと思います」

「……あんた達が、本気でこの国を変えようとしてるって聞いたよ。あたしみたいな戦いに出ることもできない役立たずが、あれこれと言って悪かったね」

「役立たずなんてとんでもないですよ。皆さんは、ここで作物を作るために頑張ってくれると聞きました。作物を作ることだって戦争ですよ。作物がなければ、どんな強い騎士だっていつかは飢えて死んじゃうんです。僕達を支えてくれるのは、皆さんですよ」

アスターは思ったままを口にしただけなのに、住民は目に涙を溜めて「そうかい」と頷いた。

「だったら、あたしらもあたしらなりの戦争を頑張るよ。あんたも頑張んな」

「はい」

今はただ、前に進むしかない。

「町を出たら、まっすぐに王都の方角に向かい、まずは王都手前の砦を落としてそこから攻め込もう」

町を出ることになった前日、作戦会議でヘクトルがそう言った。それに否やを唱えたのはやはりエルである。

「相手も当然最短距離で来ると思っているはずだ。このまま進めば待ち伏せに遭う」

「だが、これ以上遠回りをすればするほど、相手に時間を与えることになる。王都の守りをがっちり固められたら終わりだぞ」

「…………」

「時間をかければかけるほど、王都に集められる兵が増えます。それは、それだけ互いの犠牲が増えるということですよ」

セドリックにまでそう諭されても、エルは黙り込んだままだ。

「エルは、遠回りをすれば安全に移動できると考えておるのか？」

「……もう、安全なルートはない」

バウンスはエルの言葉に沈痛な表情を見せる。

「どの道、ここまで来ては戦闘は避けられぬ」

「ここまでが順調すぎたんだよな。どの道戦う必要があるなら、最短ルートを選ぶべきだと俺は思うぞ」

「私もそう思います」

「俺もだ」

ルークの言葉にセドリックとヘクトルが賛同すれば、他の仲間達も口々にそれに続いた。

「……エル」

アスターが名を呼ぶと、エルは大きく息を吐く。

「……分かった」

エルの一言で明日からのルートが決まり、それぞれがこれから先のための準備に散っていった。

関所に辿り着いたのは、翌日の昼だった。驚いたことに砦の守りは薄く、こちらが拍子抜けするほどあっさりと降伏して。お陰で、ほとんど無傷で砦を落とすことができた。

そうして、夜。

ここから先は更に危険と隣り合わせだ。いつ戦闘になってもおかしくない。そんな思いが感情を昂(たかぶ)らせたのか、すぐに寝ることができず、アスターは布団の中からエルに話しかける。

「王都では大勢の兵が守っていると聞きました。勝てるでしょうか？」

「俺達のことが信じられないか？」

エルはこの後火の番があるらしく、布団に入らずにアスターが眠るのを見守ってくれていた。早く眠れるようにと、町の住民から貰(もら)ったらしい香を焚(た)いてくれる。相変わらず子供扱いされているが、それにもすっかり慣れた。

「……信じてはいますが、皆が傷つくのは怖いです」

「自分の血でいくらでも助けてやるから戦え、とは言わないんだな」

「たとえ死ななくても、痛みは痛みでしょう？　死にたくなるほどの痛みは、一生心に残りますから」

「……君は、今も残っているのか？」

「…………」

その言葉に、今日ルークから聞いた話を思い出した。

『なあ、さっき関所にいたリア教のやつに聞いたんだけど、神子の力には限界があるらしい。身体が傷つかなくても、痛みは蓄積する。痛みの許容量を超えると、心が壊れて戻ってこられなくなるんだって言ってた』

『その話、誰かにしました？』

『いや、まだだ。後で食事の時に話そうと――』

『だったら、誰にも言わないで欲しいんです』

『アスター！』

『心配をかけたくないんです。絶対に無茶はしないと誓いますから』

『だったら、もう無闇に力を使うなよ。……俺はお前の心が壊れるところなんて、絶対に見たくないからな！』

その話を聞いた時、まるで他人事みたいになるほどと思った。死ななくとも、痛い。死ぬほどの痛みを味わっても死なない苦しみは、繰り返されれば確かに人をおかしくさせるだろう。

だけど、自分は大丈夫だ。何の根拠もなくそう思っていた。だって、戦場であれほどのたうち回って苦しんでも、大丈夫だったのだから。

痛みにはもう慣れた。どんなに痛くとも、苦しくとも、皆を助けられるならいくらでも耐えられる。

「アスター、聞いているのか？」

「……ああ、すみません。何だか急に眠くなって。明日のためにも早く寝ましょう」

「その前に、一つだけ」

「何ですか？」

「勝てないかもと思っても、諦めないでくれ。アスター、俺を信じろ。どんな時も、俺を信じて待て」

「待てば、必ず来てくれますか？」

「ああ、必ず。君が呼べば、絶対に」

「……分かり、ました」

エルはいつでもアスターが欲しい言葉をくれる。

「よい夢を」

「はい。おやすみなさい」

条件反射とは怖いものだ。こんな気持ちで眠ることなどできないと思っていたのに、エルの声に眠りを促されると、急速に眠気に襲われた。香の匂いが心地よくて、微睡みの中に落ちていく。

ああ、何て心地良いのだろう。眠りの狭間（はざま）にうっとりと身を預ければ、遠くでエルの声が聞こえた。

「この先、何があっても、俺を嫌いにならないでくれ」

変なエル。エルを嫌いになんて、なるはずがないのに。

エルがこんなことを言うなんてあり得ないから、これはきっと夢だ。そんなことを考えていたら、
今度はエルが誰かと話をする声が遠くで聞こえる。

「──必ず、お戻りくだされ。それがあの子のためでも──」

「──と、彼の母から教えられた。もしもの時は──」

ところどころしか聞こえない。それどころか、もっと聞きたいのに意識が更に沈んでいって。

最後に聞こえたのはたった一言。

「必ず守る」


「敵襲だ──!」

砦内に木霊した声に飛び起きる。部屋にはエルが戻った様子がなかったが、それを気にする暇なく
ルークが部屋に飛び込んできた。

「アスター! すぐに天辺へ上がれ!」

「分かりました!」

急いで駆け出し、砦の天辺に上る。そこにはすでにヘクトルとセドリックがいて、苦々しげに砦の下を見下ろしていた。

「まさか、北部の軍を動かすとはな」

「そこまで馬鹿じゃないと思ったのが仇になりましたね」

砦の天辺からは、こちらに進軍してくる軍の全貌が見える。これまで遭遇したことのない数だ。その数、おそらく一万はくだらない。

「どうやら、ここに誘い込まれていたようだな。道理で守りが手薄だった訳だ」

すでに、表では戦いが始まっていた。剣戟の音が響く。以前は日常だったこの音を聞くことが、ひどく嫌だった。

「ここにいるのは捕虜を合わせても精々千人。王都を守る騎士団だけならともかく、北部の軍までいるとなると、まともに相手して勝てる数じゃないぞ」

「そんな……」

「結局、籠城戦をすることになるんですね」

閉ざした砦の門の中で、武器を持って待ち構える仲間達の姿が見える。

「俺も行ってくるわ」

まるで散歩にでも行くような口ぶりでそう言ったヘクトルに、セドリックが笑みを見せた。

「私の駒として、精々頑張ってきなさい」

「はいはい」

強気な言葉を吐いたセドリックの声が、微かに震えている。取り乱さないように堪えているのが分かって、アスターはいても立ってもいられない気持ちになった。

「セドリック、僕を使ってください。僕は何をされても死なないから、どこにでも突っ込んでいけます」

「アスター、駄目です。そんなことをしたら、君が捕まるだけです」

「だけど、このまま見ているなんて嫌です！」

「アスター！」

セドリックの呼び止める声を背に、階段を駆け下りる。下で大砲の準備をしていたルークを捕まえようとした矢先のことだ。

だん！　と凄まじい爆音の後、砦全体が大きく揺れる。

「何事だよ！」

「水路だ！　水路の水をせき止めて、地下から入ってきやがった！」

「何だと！」

弾かれたように走り出したルークの後ろをついて、水路が見える二階のバルコニーへ急ぐ。

そこから見えた光景に、アスターは息を呑んだ。

ルークが言ったように、水路がせき止められ、そこから北部の軍が上がってくるのが見えたからだ。

最初からこのつもりだったから、アスター達をこの砦に招き入れたのだ。

「くそ！　急げ！　大砲で応戦するぞ！」

ルークの呼びかけで、大砲がバルコニーへとやってくる。一発目が水路へ命中して、辺りが凍った。

「よし！　これで入ってこられないだろ！」

「待って、ルーク！　門が……！」

水路が氷に覆われることで確かにそこからの侵入は防げたが、すでに入り込んでいた敵の部隊が中から門を開けようとしているのが見えた。

「駄目です！　あそこが開いてしまったら――」

一気に敵が流れ込んでくる。そうしたら皆、終わりだ。

そう思った時には、身体が勝手に動いていた。

「アスター！　やめろ！」

ルークの制止を無視して、バルコニーから飛び降りる。着地の衝撃で、嫌な音を立てて骨が折れた。痛みは凄まじい。けれど、怪我などすぐに治る。

アスターが立ち上がる頃には、折れた足が修復され、誰かが落とした剣を拾う頃には、すっかり元通り。

「アスター！　どうして来た！」

「ヘクトル！　門です！　門が開いてしまう！」

今まさに、閂（かんぬき）が外されようとしていた。

ヘクトルはすぐにそちらに向かおうとしたが、すでに侵入していた敵の部隊の数は多く、身動きが取れない。

「やめろ！　開けるな！」

アスターは必死に門に駆け寄った。絶対にここを開けさせない。

「邪魔をするな！」

剣を振りかぶったが、所詮は素人。アスターはすぐに切り捨てられた。だが、そんなことで止められるものか。アスターはすぐに立ち上がり、「ここは開けさせない！」と叫ぶ。

「お前……っ、さっさと死ね！」

やれ！　という声があちこちから聞こえ、アスターの身体に次々に剣が刺さった。

だけど、それがどうした。自分が刺される痛みより、仲間達が傷つくのを見ているほうが辛い。

必死に門の前に立ちはだかる。けれど、アスター一人の力など、あまりに小さかった。

「先に門を開けろ！」

剣で突き刺されたまま、地面に放り捨てられる。

ぎぎぎ、という音を立てて、門が開く。開いてしまう。ここに皆がいるのに。

「だ、め……やめろ……！」

死なないと言っても、この程度のことしかできないのか。あまりにも無力で、自分が情けなくて、涙が出た。

「嫌だ、やめて……開けないで……！」

アスターの悲痛な声も虚しく、門が開いた。待ち構えたように敵が雪崩れ込んでこようとする。けれど、そこにヘクトルが立ち塞がった。

「死ぬ覚悟のあるやつから、かかってこい」

押し寄せてくる兵達をものともせず、ヘクトルは剣を振るう。返り血を浴び、自らも傷つきながらも、一歩も引かなかった。それを見た仲間達も、「ヘクトルに続け！」と門の前で立ち塞がる。

多勢に無勢。一人、また一人と仲間達が倒れていく。

このままでは皆死ぬ。アスター以外の全員が死ぬ。それが何より恐ろしい。

自分だけが生き残る。そんなのは絶対に嫌だ。

「皆で安心して眠れる国を作るんです！　邪魔をするな！」

エル、エル、助けて。

どうして、どこにもエルがいないの。

『アスター、俺を信じろ。どんな時も、俺を信じて待て』

そうだ。エルを信じろ。

アスターは立ち上がる。自分の身体に突き刺された剣や槍を抜き、その場に放り捨てていく。

「お、おい、何だこいつ……」

エルは来る。必ず、来る。

だからそれまで、ここで持ちこたえる。

利用されてもいい。この後の自分がどうなってもいい。皆がいない人生を送るぐらいなら、自分なんてどうでもよかった。

アスターは立ち上がり、倒れている仲間のもとへ向かった。

「あす、たー？」

息も絶え絶えだが、まだ生きている。それを確認して、自らの身体に刺さっていた最後の剣を引き抜く。ぼたぼたと傷口から零れた血液が、倒れた仲間を濡らしていく。

そして。

「アスター、お前、駄目だって言ったのに」

起き上がった仲間が、くしゃりと顔を歪める。

「すみません」

これからアスターがやろうとしていることは、彼らに地獄を見せるのと同じことだ。恨まれるかもしれない。二度とそばにいられないかもしれない。それでも、アスターは彼らに生きていて欲しかった。

「僕は皆を死なせません。何度でも、何度でも、生き返らせる」

「何であやまるんだよ、馬鹿」

仲間は言った。

「お前のお陰で何度でも立ち上がって戦える、皆のために。そんなの、感謝しかないだろ！」

「え……？」

唖然(あぜん)とするアスターに破顔して、仲間が飛び出していく。

「何度だって戦ってやるさ！　俺達自身のためにな！」

「は、はは……っ」

何て、何て強い人達なんだろう。心の枷(かせ)が外れた気がして、アスターは笑い声を上げた。

「おい、戦場で笑ってるやつがいるぞ！　あいつはまさか——」

「アバロン軍、全員よく聞きなさい！　僕がいる以上、誰も死なせない！　たとえ死にたくてもね！　負傷者は全員ここに連れてきて！」

それからもう一度大きく息を吸い、仲間達を鼓舞する。

「目指せ、三食昼寝付き！　誰一人欠けさせませんから、そのつもりで！」

戦場のど真ん中、殺伐としているはずの場所のあちこちから、笑い声が聞こえてきた。

「おいおい聞いたか、皆！　アスターに腹いっぱい食わせるために、気合い入れてくぞ！」

「おおおおおおお!!」

絶望的な状況にも臆さず、笑い合える仲間がいることが誇らしかった。

剣戟の音が続く。誰かの悲痛な声も、倒れる音も。けれど、希望は捨てない。

「アスター！　こいつを頼む！」

「はい！」

腕にナイフの刃で傷をつけ、仲間達を回復させる。そうして立ち上がった仲間達の表情には、悲愴感はなかった。

「ありがとうな、アスター！」

「これでまた戦える！」

どれだけの傷を負っても、また立ち上がらされる。そのことを恨むこともなく、彼らは皆アスターに感謝の言葉を残して戦いの中に戻っていく。

「アスター、痛い思いをさせて悪いな」

「助かったよ、アスター」

誰一人、諦めの言葉を口にすることはなかった。

皆が傷つくのを見たくない。何度でも戦場に戻っていく彼らに、もうやめてと言ってしまいたい。

だけど、アスターは彼らのために神子になる。彼らの望む神子として叫ぶ。

「この僕がここにいる以上、数で押せると思うな！」

「神子だ！　神子がいるぞ！」

「流血の神子だ！」

流血の神子の名を戦場で聞けば、敵は震え上がる。神子がいれば、それは不死の軍。何度でも立ち上がる。彼らが全滅するまで。

それはこの国にいる者なら、いや、この国に住む者でなくても、誰でも知っているであろう、流血の神子の噂。

アスターの存在に気づいた敵の部隊に動揺が広がる。反乱軍に流血の神子がいるということは聞いていなかったのだろう。

神子として、顔を晒して前線に立つ。アスターが描いた不格好な絵を使った軍旗を掲げ、仲間達を鼓舞し続ける。

「殺せるものなら、殺してみなさい！　我こそは神に愛されし権能を持つ者！　神に歯向かう度胸のある者は、僕に挑むがいい！」

さあ、畏怖（いふ）しろ。勝てぬ者だと恐れをなして、逃げてくれればいい。震えそうになる足を叱咤（しった）して、アスターはその場に立ち続けた。

エル。エル、どこにいるの。お願いだから、今すぐここへ来て。

怯える気持ちを精一杯隠して、僕はここだと笑ってみせた。

「流血の神子を生け捕りにしろ！」

「やつの血があればこちらに有利になる！」

敵の部隊がアスターに近づいてくる。来るなら来いと身構えたら、アスターの周囲にすっと人垣ができた。

「大事な仲間を連れてぃかせる訳がないだろうが」

「まったく、勝手なことばかりしてくれるよ、俺の親友は」

「子守りのエルはどこへ行ったんですかねえ」

「老いぼれだと油断せぬようにな。こう見えても、剣の腕にはちと自信がある」

「バウンス様、はしゃいで無理なさらないでくださいね」

「皆……！」

ヘクトルにルーク、セドリックとバウンスとアンリまで。全員がアスターを守るように背に庇い、剣を構えて立っていた。

「僕のことなんか庇う必要はありません！　死なないんだから！」

「おいセドリック、アスターが何か馬鹿なこと言ってるぞ」

「とりあえず、お説教は後です。クライスラー辺境伯、期待していますからね」

「セドリックにそんな風に言われたら、張り切ってしまうね。一番張り切っているのはバウンス様みたいだけれど」

「久々に腕がなるわい。ルーク、危なくなったら私の後ろに隠れるのだぞ」

「バウンス様に守られるなんて最高！　でも残念、俺だって戦える！」

一斉にかかってくる者達を、それぞれが切り捨てる。ヘクトルとアンリ、バウンスの強さはさすがだったが、ルークとセドリックも鮮やかな剣捌(さば)きを見せた。

「駄目です！　どうして僕なんか庇うんですか！　死なないって言ってるでしょう!?」

「うるさい！　神子を気取るなら、黙って守られていろ！」

ヘクトルに一喝され、アスターの目に涙が浮かぶ。

そんなつもりじゃなかった。守られるためにここにいる訳じゃない。

助けて。助けてよ。誰か、助けて。誰か……エル！

どん！

突然大地が揺れた。またどこかから侵入されたのか。焦って音のほうに視線を向けたら、敵の部隊の悲鳴が聞こえてくる。

「背後から敵襲だ！　挟み撃ちにされたぞ！」

「何だと！」

敵の部隊の間から、馬に乗った集団が走ってくるのが見えた。その集団の先頭にいたのは――

「エル!!」

アスターが叫ぶと、バウンスがほっとした声を出す。

「どうやら、間に合ったようだな」

馬を片手で器用に操り、敵を切り倒しながらエルがこちらに向かってくる。

「アスター！」

馬から飛び降りたエルが、攫うように片手でアスターを抱きしめた。

「エル……エル……ッ！」

「遅くなってすまない」

言葉が出ずに、エルの胸に顔を埋めてふるふると首を振る。

「エル、助けて……！」

「ああ、承知した」

アスターの身体を離し、エルが剣を構える。そこからのエルは、まるで悪魔の力でも得ているかのような凄まじい活躍を見せた。

「近づく者は全て切る」

瞬きする間に剣筋がいくつも作られていき、一気に敵を押し戻していく。ヘクトルからエルの強さについて聞いてはいたが、まさかここまでとは思わなかった。

圧倒的な強さ。アスターがこれまで見た中でも一番だ。素早い動きと迷いのない剣筋に、仲間達が呼応するように勢いづく。

「殺されたくなければ、今すぐに引け！」

エルが叫ぶ。その覇気に慄（おのの）いたように、敵の戦意が失われていった。怯えた顔で切りかかってくる敵には、剣の柄で当て身を食らわせる。この期に及んでも、殺さずに済む者は助けられるように、エルが心を砕いているのが分かった。

「剣鬼だ……流血の、剣鬼だ……！」

逃げようにも、背後にはエルが連れてきた援軍がいる。退くこともできず、相手の返り血を浴びて立つエルの姿にとうとう敵の一人が声を震わせて剣を捨てれば、それに倣うように次々と剣を捨てる音が辺りに響く。

決着がついた。辺りにはまだ戦いの余韻で荒い息遣いが聞こえていたが、剣戟はあっという間に聞こえなくなる。

「流血の神子に、流血の剣鬼だって」

ふう、と息を吐いて構えを解いたルークが、からかう声で言った。

「お似合いでよかったな、エル」

エルはそれにふんと鼻を鳴らし、アスターのところに戻ってくる。

「大丈夫か？」

「エルが、来てくれたから」

はは、と笑ってしまったのは、自分の手の震えに気づいたからだ。エルはそれを笑うことなく、そっと両手で包み込んでくれた。

「遅くなって、悪かった」

「どこに、行ってたんですか？」

「戦場へ」

「え!?」

包み込まれた手を眺めていたアスターは、戦場と聞いて驚いて顔を上げる。

「戦場で戦っていた者達を、援軍として連れてきた」

「そんなの、どうやって……」

戦場は常に戦いに満ちている。あんなところへ乗り込んでいっても、すぐに巻き込まれるだけだ。

だが、アスターのその疑問よりもっと切実な疑問を口にした者がいた。

「待て。戦場で戦っていた者を連れてきただと？　だったら、戦場はどうなってるんだ!?　あそこから兵が引いたら、すぐに隣国が攻めてくるぞ！」

ヘクトルがエルの胸倉を摑む。

「俺達が助かっても、国が取られたら意味がないだろうが！」

「心配ない」

「心配ないだと!?　そんな訳があるか！　隣国がポルク王よりましだとでも言いたいのか！」

「停戦してきた」

「……何だと？」

「争いをやめさせてきた」

「はあ!?」

大きな声を出したのはルークだ。

「やめさせてきたって何だよ！　そんなことが簡単にできる訳が――」

「リア教の力だ」

ざわついていた者達も、一斉に静まり返る。

「砦にリア教の神父がいただろう？　あの男にリア教との取次ぎを頼んだ」

「リア教って……だってあそこは不可侵が原則で、戦への介入なんてしないはずだろ？」

エルの視線がアスターに向いた。

「リア教には不可侵よりも何よりも、大事なものがある」

「……アスター、か」

「アスターを守るために、戦争を止めるように頼んできた」

「そ、れは……またえらく大胆なことをした、な」

ヘクトルの手が、ようやくエルの胸倉から離れる。乱れた襟元を簡単に整え、エルはアスターに

「すまない」と謝ってきた。

「勝手に、君の名を使った」

「……いえ。僕の名前が役に立つことがあるなんてびっくりですけど、お陰で助かりました」

戦場に送られて以降、係わることは一度もなかったから、リア教の存在なんてすっかり忘れていた。

むしろ、向こうもアスターのことなどとっくに見限っていると思っていたぐらいだ。

「リア教は、ずっとポルクにアスターを返せと要望していた。周辺国にも働きかけていたが、そのせ

いでポルクがあちこちに戦争を仕掛ける始末で、手を出しあぐねていたようだ。アスターが俺達と一緒にいることを話したら、すぐに隣国に使者を送って戦争を止めてくれた」

「じゃあ、戦争は元々僕のせいだったたってことですか……？」

自分の奪い合いが発端だったのかと衝撃を受けたが、バウンスがそれに首を振る。

「それは違う。あの男が周辺国に戦争を仕掛けておったのは、あの男が強欲だったからだ。アスターのことはついででしかない」

だから気に病むな、と言外に言われたが、アスターの心は晴れない。

「隣国には、我が国を抱え込むような余裕は元々ないのだ。ポルクに攻め込まれ、致し方なく戦っていただけだ。停戦を提案されて、今頃は胸を撫で下ろしておるだろう」

「バウンス様が考えたってことですか？」

アスターはさすがバウンスだと思ったが、バウンスは謙遜したのかそれに答えることはなく、「それよりも、こうなれば一刻も早く態勢を立て直して王都に入らねばならぬ」と話を変えた。

「勝手に停戦したことにポルクが気づけば、すぐにでも王都に兵を集めるだろう。守りを固める暇を与えてはならぬ」

そのためには、とバウンスは周囲を見回した。

「まずは怪我人の確認を。共に戦う意思のある者を選別し、王都に入る部隊を編成する」

「全員で行かないんですか？」

「ここの守りも固めねばならぬ。そうでなければ挟み撃ちにされる可能性があるからな」

バウンスはてきぱきと皆に指示を出し、すぐに行動せよと促す。

とにもかくにも、長い戦いの一日が終わったようである。……今日のところは。


「捕虜の数が多すぎるんだよ」

焚火(たきび)のそばに腰を下ろし、ルークが大袈裟(おおげさ)にため息を吐(つ)いた。その隣に座ったアスターは、「まあまあ」とルークを宥(なだ)める。

「仕方がないでしょう？　皆、仲間になりたいって言うんだから」

「あ、あの神子様、よろしければ、こちらをどうぞ！　寒いとお身体によくないので！」

「え？　あ、ああ、ありがとうございます」

「いえ！」

突然毛布を差し出されて困惑しつつも受け取ると、がばっと頭を下げた後、走り去っていった。顔に見覚えがないから、最近捕虜になったばかりの元騎士団の人だろう。

「何なんですか、あれ」

「いや、アスターのせいでしょ。お前が敵まで皆治療しちゃうから、皆が流血の神子様にめろめろになっちゃったんじゃん」

ルークが「ほら、あそこ」と指差した方角に視線を向ければ、こちらを見ている者達が嬉しそうに手を振ってくる。つられて手を振り返せば、より一層手を振られてしまった。

「めろめろって……だって、助けられる命を見殺しにするのは嫌なんですよ」

「まあ、それはそうだけどさ」

ルークの視線が痛い。痛みの許容量を超えたらどうするんだと、目だけで訴えられているのが分かって、アスターは小さく肩を竦める。

どうやらその態度も気に入らなかったらしい。口を尖らせたルークは、「ところで」と八つ当たりするようにアスターの隣を睨みつけた。

「そこの馬鹿はいつまで拗ねてんの？」

「拗ねてない」

つんけんした声でそう答えたのはエルである。戦いの後始末もようやく済み、アバロン城から届けられたばかりの魚の干物を焼いて齧りながらのまったりとした時間。……のはずなのだが、戻ってきてから砦での戦闘の過酷さを聞いたエルの機嫌はこれまでで一番悪い。

「アスターに無理をさせるなと言った」

「俺達だって無理なんかさせたくなかったに決まってるだろ。そもそも、お前がいないのが悪いんだろ？　夜中にいなくなってたなんて、俺は聞いてないんですけど。アスターが心配なら、べったり引っ付いてそばを離れるなよ」

「…………」

「まあまあ、二人共。エルが皆を迎えに行ってくれたから、何とか勝てたんじゃないですか」

「そうだけど、こいつは勝手な行動が多すぎるんだよ」

「でも、バウンス様には伝えていったんですよね？」

仲を取り持とうとアスターがそう言ったのに、エルときたらすぐにルークの神経を逆なでにするから困る。

「ああ。ガキはすっかり寝てたからな」

「ガキって俺のことか？　そうなんだな？　よしその喧嘩買った！　目にもの見せてやる！」

「もう、駄目ですって！　これから王都に向かうんですから、仲良くしてくださいよ！」

喧嘩している場合か。腹が立ったアスターは、エルとルークを交互に睨みつけた。

「仲直りしてください」

「俺は悪くないだろ！」

「俺だって悪くない」

「明日は王都に入るんですよ？　もしかしたら戦うことになるかもしれない。そんな時、喧嘩している人に背中を預けられますか？」

「…………」

二人揃って不満げに黙り込むから、アスターは大袈裟にはあとため息を吐いた。

「すみません、ルーク。君はしっかりしてるなんて、僕が期待しすぎていたんですね」

「ねえ、お前それ本気で謝ってる？　実は馬鹿にしてない？」

「まさか。ルークが精神的には一番大人だなあと思ってた自分を反省してるだけですよ」

「お前、さては喧嘩売ってるんだろ？」

「ああ、すみません。本当のことを言われたら傷つきますよね」

「どこでそんないやみを覚えてきたの？　セドリック？　それともアンリか？　俺の可愛いアスターが汚されていく……」

「エルもルークも、こんなに子供だとは思いませんでしたけど、仕方ないです。大人だったらちゃんと仲直りできるんですけど、子供だから」

子供だから、を強調すると、ルークが嫌そうに唸り声を上げた。ルークは子供と言われるのが嫌なのだ。少しでもバウンスに大人扱いされたいと常日頃思っているだけに、余計に。

「子供じゃない！」

「だったら、仲直りできます？」

笑顔で圧力をかければ、渋々と言った声色ではあったが、エルが「……悪かった」と先に口を開いた。

「うわ、エルが謝った!?」

「うわあ、さすがエルは大人ですねえ。ほら、ルークも何て言うんです？」

「分かったよ、分かった！　俺も馬鹿なんて言って悪かった！」

「よし、じゃあこれで仲直りですね！」

よかったよかった。一件落着。アスターがご機嫌でうんうんと頷くと、ルークは魚の干物を噛みちぎりながらぼやいた。

「何だか、すっかり可愛げがなくなっちゃってさ。……まあでも、アスターに怒られるのも悪くないな。な、エル」

「……そうだな」

そうだな、じゃないんですよ。反省してください。


ここに来る道のりを考えればある程度予想がついていたことではあったが、王都はひどい有様だった。

「これが、この国の中心だというのですか？」

いつも冷静なセドリックとは思えないほどに声が震えているのは、悲しみか、それとも怒りだろうか。

王都と言えば国の中心。あらゆる品が国中から集まる、商業の中心地でもある……はずなのに。

幼い頃、初めてここに連れられてきた時とは何もかもが違っていた。通りにずらりと並んでいた屋台はほとんど消え、町はゴミに溢(あふ)れており、時折すれ違う人達の目も荒(すさ)んでいる。

先発部隊として様子を見るために街に入ったアスターとエルとセドリックの三人は、町の中心にある噴水に腰掛けて周囲を見渡していたが、町に住む人達の数が明らかに少ない。

「あの、すみません」

よろよろと歩いていた男を捕まえて話を聞くと、健康な男は戦場に送られてしまい、それ以外の者達は食べ物を求めて東部の田舎へと去ったと言った。

「どうして、こんなことに」

「王様が、神子様を追い出しちまったんだよ」

「神子様を？」

「そのせいで神の怒りを買っちまったんだ。雨が降らなくなって、作物もできなくなった。そうしたら王様は、戦争で勝てば敵国から食料を取り上げられるって、健康な男を戦争に連れてっちまった。働き手がいなくなってすぐの頃は女達が頑張ってたが、病気が蔓延して、この町を離れる者が増えてな。今はこの有様だよ」

男がぐすっと洟を啜った。

「神様が怒ってんだ。神子様を大事にしなかったから」

助けてくれと祈ってしまったりもするが、アスターは基本的に神様というものを信じられない。本当に神様がいるのなら、真っ先にポルクに罰を与えるはずだと思うからだ。

けれどどうやら、この町の人達はすっかりそう信じ込んでしまっているらしい。

「これが神に歯向かった報いだと？」

話を聞いた男が立ち去った後、セドリックがぼそりと言った。

「……報いを受けるなら、あの馬鹿だけで充分なのに！」

まったくその通りだ。本当にこれが神の報いだと言うのなら、何故真っ先にポルクに鉄槌が下らないのか。国の人達がこれほど苦しんでいても、どうせあの屑野郎は皆の苦しみなど知らぬ顔で、美味いものを食べて贅沢を楽しんでいるに決まっているのだ。

「王都に住む民のほとんどは兵や兵の家族です。神の怒りを買ったとしても、仕方ないのかもしれませんね」

「セドリックまでそんなことを言うんですか？　神様が罰を下すなら、真っ先にあの屑野郎が死なないと嘘なんですよ！」

腹が立って腹が立って仕方がない。

「早く、あの屑野郎をぶん殴りたくてうずうずしてきました」

「アスター、やめろ」

「どうしてですか？　あんなやつ、殴られてしかるべきです」

「君の手が穢（けが）れる。俺が責任を持って殴るから」

「その際は、ぜひ私にも一発殴らせてもらいたいですね」

「じゃあいっそ、皆で殴りましょうよ」

三人が決意を新たにしていると、王都の奥からざわめきが聞こえてきた。どうやら王城のほうから出てきた近衛騎士団が、町への展開を始めたらしい。

「まずいですね。もしかしたら、外で待つ仲間の存在に気づいたのかもしれません」

「早く戻りましょう！」

慌てて仲間のもとに戻り、今見てきたことを報告する。

「王国軍は王都で僕達を迎え撃つつもりのようです。すでに町に展開し始めていました」

「そうか。砦での戦いで捕虜にした者達が共に戦うと申し出てくれた。これまで通った領地の貴族や兵士達も合流し、その数は五万。この国には何十万という兵力があるが、南部以外の領地を治める貴族達に手紙を出したら、皆、動かず静観すると確約してくれておる。王の圧政に苦しんでいる者達も、最早限界なのだろう。とはいえ、王都を守る王国軍の数は五万。数で言えば互角だ」

「僕は、少しでも戦わずに進みたいです。だから、僕を先頭にしてください」

「駄目だ」

即座にエルが拒否したが、アスターは諦めることなく繰り返した。

「お願いです。僕を先頭にしてください。僕は死なないから攻撃されても問題ないし、神子が軍を率いてると知ったら、王国軍も動揺するでしょう。彼らが諦める可能性があるなら、僕はそれに賭(か)けたい」

ルークがもの言いたげな顔をしていることには気づいていたが、それを無視する。砦では確かにかなりの痛みを受けた。本当に痛みが蓄積するのなら、かなり溜まっているのかもしれない。夜ごと魘(うな)されることが増え、エルからも心配そうな視線を向けられることが増えた。

けれど、ここまで来て引くつもりはなかった。

「砦での戦いで、多くの人が僕の顔を知りました。僕が神子であることはどうせもう隠せない。だったら、僕を盾にして真正面から行きましょう」

王都を真っ直ぐ突き抜け、城へと入る。アスターのその提案にセドリックが「条件があります」と言った。

「引きなさいと言ったら、他の者を盾にしてでも引くこと」

「それは……」

「いいですか。君が王国軍に捕まってしまったら、ポルク王は情け容赦なく君の血を使って不死の軍を作るでしょう。そうすれば、私達に勝ち目はありません」

「……分かりました」

セドリックの言い分は正しい。仲間を盾にすることなど考えたくはないが、ここは頷くしかなかった。

改めてアスターが先頭に立ち、城の門を潜る。

「神子が王に会いに来た！　そこを通せ！」

大声で叫んでから、けほっと噎せる。あまり大きな声を出すのは得意ではない。けれど、少しでも王国軍が神子の存在に畏怖を感じるように、居丈高に続ける。

「我の邪魔をする者は、神に刃を向けると同じと心得よ！」

すると、王国軍の隊列がざざっと二つに割れて道ができ、奥から一人の騎士が出てきた。

「神子様、よくお戻りくださいました」

「……あなたは」

はっきりとは分からないが、微かに見覚えがある気がする。ということはおそらく、戦場にいた騎士達の誰かだ。

「我らの行いを、どうかお許しください」

騎士がその場に膝をつく。

「あなたがいなくなって初めて、我らの愚かさに気づきました。何度も何度も生かされ、死ぬことができないのは地獄だと思っておりました。あなたがその地獄を作り出したと、恨みもしました。けれど、仲間が皆死んでいくのを見ていることしかできないことこそが地獄でした……我らは、何と愚かなことをしたのかと、ようやく気づいた」

「戦場から戻っていたのですか？」

「戦場から逃げて、ここへ来たのです。どうせ死ぬならポルク王に一矢報いてやるつもりでしたが、神子様がこちらに向かっていると聞いて、お待ちしておりました」

エルが停戦させるより先に、戦場から逃げた者達がいたのか。驚いて彼らを見回す。顔を見ても分からない自分を薄情だと思った。それほどに、あの地獄で心を無くしていたのだとしても。

「停戦させたことをお聞きしました。我らも、神子様と共に戦いたい。王国軍のほとんども、神子様の到着を知り、共にここにおります。この国の未来のために、この命、如何様にもお使いください」

騎士が言い終わるのを待っていたかのように、並んでいた騎士達が一斉に声を上げた。

「神子様に忠誠を！」

「え？　あの、いや、別に忠誠とかはいらないんですけど」

「黙って受け取っておけ。味方は多いほうがいい」

耳元でエルにそう囁かれて、仕方なく騎士達に向かって手を挙げる。途端に大きな歓声が返ってきて困惑したが、まずは戦わずに済んだことを喜ぶべきだ。

「エルがやったんですか？」

「いや。戦場から連れてきた兵達が、かつての仲間を呼び集めたようだな」

タイミングが悪ければ、彼らはすでに死んでいたかもしれない。彼らはそこまで追いつめられていたのだ。間に合ってよかった。

「王はどこにいるのですか？」

「ご案内します」

先導する騎士の案内で、城内に入る。

城内にいる騎士達は抵抗することなく、アスター達の邪魔にならぬように隅で整列して膝をついた。

通るたびに憂鬱な気分だった廊下を歩き、騎士が立ち止まったのは謁見の間。

「こちらに」

仲間達と共に謁見の間に入ると、そこはこの国の惨状など知らぬと言わんばかりの有様で。

「あははは、ほら、早く注(つ)がぬか」

王の周囲には綺麗に着飾った女性たちが侍っていた。それぞれ、その手にはワインや葡萄(ぶどう)、焼いた豚の肉、チーズなどが乗った皿があって、怒りがふつふつと湧きあがってくる。

「あなたは、国を何だと思っているんですか」

この国に住む人達が飢えて困っているのに、どうして王だけが贅沢をしているのか。

ここに来るまで通ってきた町の姿が目に浮かんだ。閑散とした町もあれば、略奪が横行している町もあった。どの顔も痩せこけ、みすぼらしく、生きることがやっとで。

それなのに、それらが嘘みたいに、ここには山のような食べ物や飲み物があった。この国の中でここだけが、特別かのように。いや、実際にここだけが特別だったのだ。

けれど、そんなのはもう終わりだ。

「あなたはもう終わりだ」

怒りに震えたアスターが睨みつければ、ポルクはようやくこちらに目を向け、ふんと鼻を鳴らした。

「余は貴様に、二度と顔を見せるなと言うたはずだが？」

「おい、この状況が見えないのか？」

この城はすでに取り囲んでいるとヘクトルが口を挟めば、ポルクはぎろりと彼を睨みつける。

「頭が高い。雑魚如きが話すな」

すでに謁見の間にも大勢の仲間が入っている。ポルクのそばに侍る女性達は顔面蒼白でそわそわと逃げたそうにしているのに、ポルクは慌てる様子もなく相変わらず玉座にふんぞり返っていた。

「お前達はそこの悪魔に唆されてここまで来たのであろう？」

ポルクが指を差したのは、アスターだ。

「悪魔はお前だろ！」

気色ばんだルークの言葉に、仲間達が一斉にそうだと声を上げる。

「余が悪魔だと？　戦場で死ぬことを許さずに騎士達を不死の軍としてみせたのはそこの男だ。違うか？」

「戦争を繰り返してこの国を疲弊させたのは、ポルク王、あなただと思いますが？」

気色ばんだ仲間達の代わりに、一歩前に出たセドリックが現実を突きつけたが、ポルクはその言葉を聞いても何も感じないらしい。

「お前は確か、監獄送りにしてやった糞生意気なガキだな。まだ生きていたとは、しぶとい虫けらだ」

ポルクはそう言ってこちらを睥睨した後、またふんと鼻を鳴らした。

「どいつもこいつも、あの監獄で死んでおけばよかったものを、むざむざ生きながらえるとはな。そこの悪魔に唆されてその気になったのか？　まったく……少しばかり力があるからと言って調子に乗り――」

ポルクの言葉が止まったのは、それまで仲間達の後ろにいたバウンスが前に出てきたからだ。

「ポルク王……いや、ポルク・ガスコン。潔く玉座を降りなされ。そこはお前のような志の低き者が座ってよい場所ではない」

「おのれ、老いぼれ、生きていたとはな。主に逆らい反旗を翻すとは、忠誠心のない男よ」

「主？　お前が？　笑止。私の主は常にあのお方しかおらぬ！」

「ははは！　お前の言う主とは、無様に死んだラルゴ・タルーガのことか!?　首をはねられる寸前まで余の裏切りに気づきもしなかった無能を主と呼ぶなど、貴様の程度が知れるな！」

「あの方が無能だった訳ではない！　貴様が卑怯だっただけではないか！」

「卑怯？　余は使えるものを使っただけ。貴様らのような無能とは違って、使いこなせる知恵があっただけだ」

「よくもそのようなことを！　どれだけ傷ついたと思っておるのだ！　ローズ様がどれだけ……！」

「やめろ」

激昂したバウンスが今にも飛び掛かりそうになるのを、エルが制止した。そうして代わりに前に出て、ポルクの前に立った。

「久しぶりだな」

「ふん、今度は誰だ。誰であろうと余の邪魔をするものは……ん？」

ポルクが言い終わらないうちに、エルの手が仮面を外す。露わになったエルの顔を見たポルクは、覗き込むように身を乗り出した。

「貴様、どこかで見たことがある顔だ」

「忘れたか？　一時は、お前を父と呼ばされたこともあるというのに」

その次にポルク王から出た言葉は、アスターに衝撃を与える。

「ローズ！　貴様、父母の仇（かたさ）を取りに来たのか！　余を殺して王になるつもりだな！」

「違う」

エルはポルクに向けて剣を向ける。

「俺は、彼の望みを叶えるために来た」

エルの視線がアスターを貫いた。だが、アスターは混乱していてそれどころではない。

「待って、待ってください。ローズ？　ローズはこの国の第一王女では？」

エルは正真正銘の男だ。一緒に風呂にだって入ったし、性器にだって触ったことがある。性別を間違えたりなんかしない。アスターの困惑をよそに、ポルクはバウンスに葡萄を投げつけた。

「何故こいつが生きている！　バウンス！　さては貴様、余を欺いたのか！」

「主は私に、エルローズ殿下を守れとおっしゃった。私はそのためにここまで生きてきた。あの日、お前がエルローズ様を殺せと命じた時、エルローズ様の顔を焼き、アバロン監獄に送ったのは私だ」

「監獄？　貴様、ずっとあの監獄にいたのか！」

何と、ポルクはエルがあの監獄にいたことを知らなかったのか。

これは一体どういうことなのか。エルローズ殿下？　エルは一体何者なんだ。

「お前は監獄になど見向きもしないから、いい隠れ家だった」

「ははは！　前王の血を引く唯一の息子が監獄にいたとはな！　貴様に似合いの場所ではないか！」

ポルクの言葉に息を呑む。エルが前王の血を引く唯一の息子？　王妃が産んだ子供は女の子だったはずだ。ローズ王女が唯一の子供ではないのか。

王女と殿下？　王妃が産んだ子供は二人いる？

「エルは、何者なんですか？」

「…………」

エルと視線が合う。黙り込んだエルの代わりに、バウンスが答えをくれた。

「この方はエルローズ殿下。前王の血を引く、唯一の御子である。そしてローズ王女は、エルローズ様の仮の姿」

仮の姿だって？

「ポルクは、エルローズ様から王子として生きる機会を奪ったのだ。王子であれば、いずれ自分の地位が脅かされるかもしれない。そのことを恐れて、ポルクはエルローズ様に王女として生きるように迫った。本当は殺したかったはずだが、王妃はエルローズ様に何かあれば死ぬと宣言していたから、そうすることができなかったのだ」

「そんな……王女であっても、王族であることに変わりはないでしょう？」

「だが、大きくなるごとに王女を偽るのが難しくなる。そうなれば、エルローズ様は人前に姿を見せることができない。王族として表に出ることはできなくなる。それが狙いだったのだ」

何て狡賢(ずる)い男なんだ。

「ポルクはローズ王女を王宮深くに封じながら、エルローズ様をエルとしてこき使った。王妃を人質に取られているエルローズ様は抵抗することができず、まるで使用人のような扱いにずっと耐えておられた」

「ローズ、様……？」

バウンスの暴露に衝撃を受けたのは、アスターばかりではないらしい。

近衛騎士団の者達の何人かが、思わずといったように声を漏らした。

「ははは！　何だ、お前達もそこにいるのがローズだと知らなかったのか！　だったらこれは知っているか？　神子の母を殺したのはその男だぞ！」

「え……？」

神子の母？　……僕の、母？

まさか、そんなはずがない。ポルクがこちらを攪乱(かくらん)しようとしているだけだ。

そう思いたかったが、エルに視線を向けると、悲しそうな顔で頷いた。

「言い訳はしない」

「…………」

衝撃はあった。けれど、アスターはエルが理由もなく人を殺すような人ではないことを知っている。エルが本当に母を殺したのなら、そうしなければならない理由があったのだ。はっきりと、そう信じることができる。

だけど、一つだけ知りたい。

「母の最期は、どんな表情だったんですか？」

「……笑っていた」

「そう……なら、よかった」

そっか。笑ってたのか。そっか。

殺されたのだから、幸せな最期ではないはずだ。けれど母が笑って逝けたことを知れて、アスターはほっとしていた。

「母の最期がどんなだったか、後で詳しく教えてください」

「ああ。君の気の済むまで、何度でも」

今は、それだけでいい。聞きたいことは山ほどあるけれど、何も聞かなくても、エルへの信頼は失われないから。

悲しむのは後だ。今は、しなければならないことがある。

改めて、ポルクを睨みつける。

「何だ、親の仇を取らぬのか。腰抜けが」

　ポルクは鼻白み、持っていたワイングラスをアスター達に向かって叩きつけた。

「実につまらぬな。余興の一つにでもなるかと思ったが。……ああ、そうだ。お前は死なぬのだろう？　だが、痛みは本物だ。だったら、この剣で自分の心臓を刺してみろ。お前が見事痛みを堪えて自分を貫くことができたなら、余も腹を括ろう」

「ふざけるな」

　エルの声は、怒りに満ちていた。これまでは仮面に隠れていたが、仮面を外した今は、その表情もよく見える。

「ふん、憎らしい顔だ。余を拒否し続けた女とよく似ておる」

　ポルクは忌々しげに呟いて、アスターに侮蔑の目を向けてくる。

「覚悟も示せぬのに国を手に入れに来たのか？　それではただの戯言ではないか。そのような者に国を預けるぐらいなら、この手で滅ぼしてやる」

　ポルクは剣を手に、にやりと笑った。

「よいか？　この王都のあちこちに爆発物を仕掛けてある。お前ができぬと言うなら、それらが一斉に爆発して王都の民は皆殺しだ」

「……っ、あんた、それでも王様か!?」

　なるほど。この隠し玉があったから、これだけの数の敵を前にしてもポルクはずっと余裕の表情でいられたのだ。

「貴様の回復の権能は、死んだ者には役立たずだ。どれほどの人間が爆発に耐えられるか、楽しみだな」

アスター達が王都の民を見殺しにできないことを読まれている。そして同時に、それはポルクにとってどれほど国民の存在が軽いかという告白にも思えた。

「国民を、人質に取るというのですか?」

「それは、貴様らが助けたいかどうかによるだろうな」

刺せというからには、心臓を突き刺さなければ納得はしないのだろう。さすがにこれまで心臓を刺してみたことはない。痛みで心が壊れたりしないと思っていたが、もしかしたら——。

以前の自分なら、絶対にやらなかった。でも今引いたら、たとえ自分が死ななくても自分以外の人達が死んでしまう。それはどうしても嫌だった。

「ほら、やるのか、やらぬのか」

ポルクが投げた剣が、かしゃんと音を立ててアスターの足元に落ちる。それを拾おうと手を伸ばすと、エルの手がそれを止めた。

「駄目だ」

「ここまで来て、僕が引いてどうするんですか。大丈夫ですよ、痛いのには慣れています」

「けれど、痛みは一生残る」

その言葉を聞いて、一瞬言葉に詰まってしまう。何でもない顔をしなくてはならなかったのに、それができなかった。

この人は、いつだって僕のことを一番に心配してくれるのだ。

確かに傷みは残る。

「それでも、やらなければならない時があります」

自分一人が痛みに耐えることで皆が救われるなら。

そんな風に考えた自分に気づいて、思わず笑いが零れる。

あの戦場にいた頃のアスターなら、絶対にそんな風には思わなかった。でも今は、自分にこのような力があってよかったと思う。

「どうして君が犠牲になる必要がある。この国の人々は君を助けなかった。むしろ君にずっと助けられてきたのに、君をないがしろにしてきたんだ。それなのに、彼らのために痛みを引き受けるのか？」

エルの口から出る言葉が、アスターを引き留めようとするがゆえのものであると分かっていた。エルは本質的には優しい人だ。

「国なんてどうでもいいと思ってました。母がいないなら、こんな国どうなったって構わないって。でも今は、大事なものができました。ヘクトルやセドリック、ルークにバウンス様、一緒に戦ってくれている皆、それから……」

エル。

言葉にはしなかった。言えば負担に思われるかもしれない。皆の中で一番エルが好きだと、今この瞬間気づいてしまったことを心に秘めた。

ああ、本当だ。

好きと愛は違う。言葉で説明できない違いを、アスターは今ようやく理解することができた。

僕は、この人を愛している。誰よりも、エルだけを。

「僕のしたいことをすればいいと、言ってくれたでしょう？」

エルの手がゆっくりと引いていく。こんな言い方はずるいと思ったが、優しいエルはそう言えば引いてくれると知っていた。

「アスター、待ちなさい。交換条件になっていません。その男はただあなたを苦しめたいだけです」

「そうだぞ、アスター。こんなやつの口車に乗るな」

セドリックとヘクトルが、エルの代わりにアスターに手を伸ばそうとした。それを避けて、一歩退く。

分かっている。けれど、今この瞬間にも、ポルクは爆破装置を押すかもしれない。そうしたら、たとえ回復の権能があっても、皆を助けられないかもしれない。

ここにいる仲間を、誰一人失いたくなかった。その可能性を考えるだけで嫌だった。

エルの唇が噛みしめられているのが見える。そんな顔をしないで。僕なら大丈夫。痛みには慣れている。

「アスター、駄目だやめろ！　俺はそんなの許さないぞ！」

ルークの声を聞きながら、アスターは無言で剣を胸に突き刺した。

「アスター！　この馬鹿！」

痛い。ものすごく痛い。呰で身体中を刺された時より痛い。これがもしかして、痛みの蓄積というやつなのだろうか。恐怖が湧き出す。このまま、心が壊れて戻ってこられなくなったらどうしよう。そうしたら、皆に迷惑をかけてしまう。せめて今日という日が終わるまで、正気を保っていたい。

震える手で、剣を抜く。どばどばと流れた血液が絨毯を濡らした。

「はあ、はあ……ぐふ……っ」

あれ、おかしいな。そう思ったのは、喉元から血がせり上がってきた時だ。いつもならすぐに治まるはずの痛みが治まらず、絨毯を濡らす血液も止まらない。

「おい、アスター、どうなってるんだ。どうして、血が止まらないんだよ！」

「わか、分からな……」

大量の血液を失い、血の気が引いていくのが分かる。

意識が遠のく。ああ、これが死ぬってことなのかな。

これまで、死だけは常にアスターの遠くにあった。どんなに切望しても自分では手に入れられないもの。そう思っていた。

けれど突然、死が降ってきた。どうしてだか知らないが、自分はここで死ぬらしい。

「ははは！　半信半疑だったが、伝説は本当だったようだな！」

ポルクの耳障りな声がする。今にも閉じてしまいそうな目を必死に動かし、仲間達に視線を向けた。驚愕の目でこちらを見る者達の口が動いていたが、何を言っているのか分からない。

耳鳴りがする。視界がぼやける。生きたまま心が壊れるよりは遥かにましか、と思ったが、誰かに抱き上げられたことで視界の片隅にポルクが映ると、ああ、まだ死にたくない、という気持ちが湧いてくる。

どうせなら、あの男を道連れにしてやりたかった。残された仲間達がそれで幸せになれるのなら、喜んで道連れにしてやったのに。

でも、もうどうにもできない。今、一番死にたくないのに、そんな時に限ってアスターは死んでしまう。これだから神様なんて信じられない。

ああ、エル。エルの顔が見たい。最期にエルの顔を見られたら、笑って逝けるのに。もしかして、お母さんは面食いだったのかな？　だから、最期にエルの顔を見て笑ったんだろうか。だとしたら、僕と好みが同じだ。お母さん、お母さん、やっと会えるのかな。

唇に何かが触れる感触がした。鉄臭い味が口の中に広がっていく。それと同時に、自分を呼ぶ声がして。

『アスター』

ああ、これはお母さんの声だ。長い間聞けなくて、もうとっくに忘れたと思っていたけど、細胞が覚えている。

『アスター、私の可愛い子。あなたは生きるのよ』

胸の奥から何かがじんわりと湧いてくる。それが身体中に広がって、アスターを作り変えた。

「ぐはっ、はぁ、はぁ、はぁ……」

「アスター!!」

長く沈んでいた水の中から引き摺りだされたように、身体中が空気を求めている。荒い呼吸をしな

がら目を開けると、そこには大好きな人の顔があった。

「え、る……」

「アスター、許してくれ……俺は君を諦められなかった。君に自由を与えられない」

アスターの顔に水滴が降ってくる。それはエルの目から零れ落ちる涙で。

くしゃりと顔を歪めてアスターを見下ろすその表情があまりにも悲痛で、アスターは震える手でその頬に触れた。

「泣か、ないで……」

「アスター、アスター」

エルの手が頬に触れる手に添えられる。温もりを確かめるように頬を寄せられる間に、急速に身体が回復していくのを感じた。

権能だ。権能が働いている。慣れた感覚が戻ってきた。すぐに呼吸が落ち着いたものの、失った血が多い。ふらつく身体をエルに支えてもらいながら立ち上がると、ポルクが「何故だ！」と叫んだ。

「それは神子殺しの剣だぞ！　何故死なぬのだ！」

「神子殺しの、剣……？」

アスターの血に塗れたまま転がっている剣に視線を落とす。

そんなものがあったとは知らなかった。知らなくてよかったとも思った。もしこんなものがあることを知っていたら、自分はそれを使うことを切望していたに違いないから。

「エル、僕に何をしたんですか？」

アスター自身、自分は死ぬのだと確信していたし、ほとんど死ぬ寸前だったはずだ。アスターを呼び戻したのは一体何なのか。

「エルローズ様の口から話すのはあまりに酷である。私が話そう」

「バウンス」

エルが苦しげな声でバウンスを止めようとしたが、バウンスは首を振って話し始めた。

「アスターが飲んだのは、母君の血である」

「……え？　お母さん？」

「神子殺しは代々王家に伝わる剣であり、この剣に貫かれた神子は死ぬ。だが、神子を生んだ母の血液を、その者を心から愛する者が口移しで飲ませることができれば、神子を生かすことができるのだ」

神子を生んだ母の血液を、その者を心から愛する者が口移しで飲ませる……？

「エルローズ様は、アスターの母君からその話を聞き、自分の処刑を頼みたいと懇願された。母君の血液を後に残すために」

「そんな……僕のために、母を殺したって言うんですか……？」

「母君の処刑はすでに決まっておった。他の者に任せれば、もっと残虐に殺されていたかもしれぬ。……というのは、私がエルローズ様に肩入れしすぎているのやもしれぬが」

思わずエルの手を握れば、エルはびくりと身体を揺らした。アスターに責められると思ったのだろうか。

「その後、今度はエルローズ様の母君が亡くなられた。エルローズ様は母君のための人質である。必要のなくなったエルローズ様をポルクが生かしておくはずもない。エルローズ様は監獄で君を待つことにしたのだ」

「僕を、待つ……？」

まるで、アスターが監獄送りになるのを知っていたような言葉だ。

「……君が、来るのを知っていた」

エルが絞り出すようにそう言った。その声はひどく頼りなげで、エルはまるで断罪を受けるような表情で。

それに反応したのは、ポルクだった。

「先読みか！　貴様……っ、先読みの力を使ったのだな！」

「先読みの力だって？」

先読みの権能は、とっくに失われていたのではないのか。周囲にいた者達がざわめいた。

だがエルは、それを否定することなく、アスターを見て「すまなかった」と悲しげに顔を歪める。

「君の未来を変えたかった。だが、何度変えようとしても、自分以外の誰かの行動を変えることは難しかった。君の母君の死を止めることも、俺の母の死を止めることも、結局できなかった。だが、自分の行動なら変えられる。だから、君のためにできることをすることにした。俺が見た君の未来では、君は監獄に送られて籠城し、神子殺しの剣で殺される。それをどうしても避けたかった」

「未来が、全部見えるんですか？」

「先読みの権能は、触れた者の未来が一度だけ見えるというものだ。君の未来を見たのは、俺がまだ子供だった頃」

「ローズ……やっぱりエルはあの時のローズなんですね？」

「……ああ。あの頃は、男であることを隠して生きていた。ポルクは前王の息子である俺に王位を簒奪されるのを恐れ、あんな恰好をさせていたんだ。殺してしまいたかっただろうが、あの男は俺の母に惚れ切っていてな。俺を殺せば自分も死ぬという母の言葉があったから、俺を殺すことができなかったんだ」

「やはり、あの時に殺しておくべきであった！　道理で先々で待ち伏せしていたのを躱されていた訳だ！　先読みの力は失ったと、そう言っておったではないか！」

ポルクは今や顔を真っ赤にして、頭の天辺から噴火でもしそうな勢いで激昂していた。

「俺は、君の夢を叶えるためにここにいる。あいつを殺せば、そうなる」

エルが立ち上がり、剣を構える。先ほどまでの余裕は吹き飛び、ポルクは導火線を手繰り寄せてそばにあったたいまつを手に取った。

「それ以上、近づくな！　余が死ぬなら、お前達も含めて皆吹き飛ばしてやろうぞ！」

どこまで勝手な人なんだろう。

これまでに会った人たちの顔が頭に浮かんだ。彼らの苦しみは、この男には届かない。この人はきっと、死ぬまで反省しない。いや、死んだって反省しないのだろう。誰かの気持ちを変えるのは簡単なことじゃないのだ。

「ああ、そうか。お前は死なぬのだったな。生き残った者はお前の血で助かるだろうが、死んだ者はたとえお前の血でも助けられぬ。さあ、一体どれぐらいの人間が生き残るか、楽しみだな！」

「僕が、そんなことは気にしないと言ったら？」

「仲間を見捨てるか。さすが悪魔だな」

「……！　どの口が言っている！」

激昂するエルを、アスターの手が止める。

「さあどうする？　引くか、皆殺しの悪魔になるか、好きなほうを選べ」

悪辣に笑うポルクの言葉に、皆が口々に言った。

「こんな男のもとにいるぐらいなら死んだほうがましだ！」

「エル、やっちまえ！」

「俺達なら、覚悟はできてる！」

エルが、アスターを振り返る。

「君は、どうしたい？」

その言葉に、こんな時だと言うのに笑ってしまった。

エルはいつもそうだ。アスターがどうしたいのかを最優先にしてくれる。先読みの力があるのだから、いつでも自分の思い通りにすればよかった。アスターの意見など無視すれば、もっと楽にここまで進めたはずなのに。

「アスター？」

再度の問いかけに、アスターは黙って首を振った。そうしてポルクに向き直り、はっきりとそれを口にする。

「そんなにそこに座っていたいなら、好きにすればいい。僕達は、皆でここを出ていきます。あなたは誰もいない王都で一人、ふんぞり返っていればいいでしょう」

「ははは！　尻尾を巻いて逃げるか！　地の果てでも追いかけてやるから、覚悟していろ！」

この人はやはり、ちっとも分かっていない。

「あなたが王でいられるのは、あなたが偉いからではありません。民が、あなたを王にしてくれていた。民がいなくなれば、あなたはただの人ですよ」

どんなに広い城にいても、どんなに贅沢なものに囲まれていても、そこに誰もいなければ意味がない。

アスターは気づいたのだ。

自分達はすでに目的を達成していた。この国の民は、すでにこの男を見限った。ならば、この男はもう、王ではない。

僕達の、僕の王は、別にいる。

「何を言うか！　余は王である！　貴様らはただ黙って余に従えばよいのだ！」

「無様を通り越して惨めですね」

好きなだけ、一人で王を名乗っていればいい。

「行きましょう」

アスターがエルに声をかければ、エルは頷いてアスターの肩を抱いて歩き出した。まだ血が足りていないことに気づかれている。エルはいつだって、アスターのことを見ているから。

「おい、貴様ら！　どこに行くつもりだ！」

ポルクの呼びかけに応じず、アバロン軍の後に王国軍も続いた。城内に残っていた者達も、共にアスター達の後ろへ続く。

そして、そこに残るのは一人きり。

「おい！　誰か！　呼んでいるのが分からぬのか！」

ポルクの叫び声が空しく響く。それを聞く者は、最早誰もいない。

そして、アスター達が王都の外に出たのを待ちかねたように、王都の真上にもくもくと雲が現れ、嵐がやってくる。

王都がよく見渡せる場所にアスター達がテントを張った頃には、地を揺るがすような雷が一閃(いっせん)。

そうして、誰もいない王城に火の手が上がった。それを眺めていたのは、王都を捨てて外に出た者達。その表情は誰も皆明るく、焼け落ちる王都を見ながらのどんちゃん騒ぎ。

「あれこそ、神の怒りだな」

湿気た芋を齧りながらのヘクトルの言葉に、アスターは「だとしたら、遅すぎますよ」と言いながら王都の炎を眺めていた。

「なあ、あの屑野郎、生きてると思うか？」

「さあ、どうでしょうね。私としては、丸焼きになっているといいなと思いますが」

「セドリックにしては過激な言葉だね。エルはどう思うんだい？」

「……確かめてくるか？」

アンリに問いかけられたエルがアスターを覗き込むから、アスターは「やめてください！」とエルの顔を押し戻した。仮面を外したままのエルがそばにいるのは、どうにも心臓によくない。

「自分の顔の威力を分かってるんですか？　その顔は間近で見ていいものじゃないんですよ！」

「おやおや、アスターは今頃思春期かー？」

「おっさんは、思春期の娘をからかって嫌われる父親そっくりだな」

「誰がおっさんだよ」

「皆さんは、エルのことを知っていたんですか？」

「まあ、俺とセドリックとアンリは知ってたな。当然、バウンス様も」

「おい待て。俺だけ仲間外れだったの!?　何だよ！」

「俺はエルが幼い頃に、王妃様に頼まれて剣術の指南をしたことがあったからな。まあ、ちょっと会ってない間にあっさり超えられて、師としては悲しいぞ」

「私はエルローズ様の家庭教師をさせていただいたことがありますので」

「エルローズ様を監獄に逃がしたのは私だからね。少し見ない間に身体が大きくなっていて驚いたよ。昔は女の子みたいに可愛らしかったのにね」

「アンリ」

むっとした顔でエルが名を呼べば、アンリは嬉しそうに破顔した。

「ああ、エルローズ様にまた名前を呼んでもらえるなんて嬉しいね。ついでに、エルローズ様の星に会えたのも嬉しい」

「アンリ！」

「星？　何のことです？」

「エルローズ様はね、子供の時に――」

エルの大きな手が、アンリの口を塞ぐ。アンリは抵抗することもなくされるがままだが、口元を隠されていてもにやりと笑っているんだろうなと思えるぐらい、目元が撓（たわ）んでいて。

「教えてくれないんです？」

どうしてそんなに必死に隠すのか気になってエルの顔を覗き込めば、エルは小さく息を呑んでから、「後で……ちゃんと説明する」と弱り切った声を出した。

「まあ、エルはアスターに説明しないといけないことだらけだよなあ」

「先読みの力があるなんて、私達も初めて知りましたしねえ」

「秘密主義にもほどがあるぞ、まったく！」

エルに対する不満を口にし始めた皆に、エルがすまないと謝罪しかけたのが分かったが、その言葉を言い終わる前に、ルークが言った。

「次からは、ちゃんと相談しろよな！」

「次……」

ルークの言葉に相当驚いたのか、エルが呆然とした顔で見返すと、ルークも、他の皆も、にかっと笑う。

「俺達は仲間だからな！　今回だけは許してやる！」

きょとんとした顔をした後、エルの顔がゆっくりと破顔する。その表情を見た者達が次々に呟いた。

「傾国だ……」

「国が傾くぞ」

「今壊れたばかりだけど」

「魂を抜かれそう」

アスターは慌ててエルの頭を抱き込んで、「見ちゃ駄目です！」と叫んだ。

「皆、まだまだやらなきゃいけないことがたくさんあるんです！　魂を抜かれてる場合じゃないですよ！」

途端にどっと笑い声が起きる。

「そうだな！　やるべきことは山ほどある！　エルの顔に魂抜かれるのは後にするか！」

「そうだそうだ！　アスターの願いを叶えるために、まだまだやることだらけだぞ！」

アバロン城から共にここまでやってきた仲間達が、声を揃えて言った。

「目指せ、三食昼寝付き！」

「もう！　やめてくださいって言ったのに！」

王国軍や騎士団の人達が不思議そうな顔をしたが、ずっと知らないままでいて欲しいとアスターは思った。

アスターとエルが二人きりでゆっくり話す時間を持てたのは、それから数日経ってからのことだった。火が消えた後の王城に入り、ポルク王の亡骸を見つけるのに一日、煤だらけの王城を総出で掃除するのに一日、とりあえずの暫定政府を作るための会議に二日。

寝る暇もないぐらいにやることがたくさんあって、互いに駆けずり回っていた。特に王族であるエルは、誰よりもこの王城のことをよく知っている。ポルクが残した爆発物の類が残っていないか、王族専用の隠し通路に至るまで全てチェックし終えたのは、今日の午後になってようやくのことだった。

「何だか、久しぶりですね」

寝床にとあてがわれている部屋を訪ねてきたエルにアスターがそう話しかけると、エルは視線を泳がせて「そうだな」と答える。

あれだけの火に包まれたはずなのに、王城はびくともしていなかった。不思議なぐらいに。この部屋は奇跡的に調度品まで無事だったらしく、以前の使用者の名残を感じさせるものがあちこちにある。

かなり広い部屋に大きなベッド。あまりに立派すぎてアスターには似合わない気がしている。

エルが訪ねてきた時は、寝ようとベッドに腰掛けたところだった。視線が合わないままのエルに、ぽんぽんと隣を叩いて座るように促す。

「話を、しに来たんですよね？」

「……そうだ」

処刑台に上がる罪人のような顔をしないで欲しい。責められるのが当たり前だと思っているのか。

「君の聞きたいことには、何でも答える」

大きな身体を小さくして、エルはアスターの隣に腰を下ろした。そんな風にしゅんとしている姿も可愛いなんて言ったら怒るだろうか。

「エルは、どこまで分かっていたんですか？」

「……初めて君と会った時、駄目だと分かっていたのに君に触れてしまった。そこで君の死の未来が見えた。君が死に、この国全体が神の怒りに触れて終わる未来だった。だからどうしてもそれを変えたくて、剣術や勉学に励み、ポルクに逆らったが、どんな手を使っても君を戦場から助け出すことはできなくて」

悔しそうにエルが拳を握りしめる。そっとそれを両手で包み込むと、エルはほっと息を吐いてから続けた。

「そもそも、この国があいつに乗っ取られたのは、俺のせいだ。タルーガ王国は、生まれた子供が五歳になるまでは出生を公表しない。先読みの権能がある場合は五歳までにその力が現れることが分かっているから、他国に攫われたりしないようにするためだ。だから俺は王城の中で、限られた人間にしか会えない環境で育てられた。だが、小さな子供だった俺に初めて先読みの権能が現れた時、居合わせたのがよりによってあの男だった。俺はその力がどんな禍を齎すかも知らず、未来を見られるみたいだとポルクに話してしまった。するとポルクは俺に、その力は恐ろしいものだから、話せば父も母も俺のことを嫌いになると言ったんだ」

最悪のタイミングだと思うと同時に、無能を絵に描いたようなポルクが、何故賢王と名高かった前王を出し抜いて王の座を手に入れたか、ようやく分かってしまった。

「だから、これからはその力で見た話はポルク以外にしてはいけないと言われた。話すたびにポルクが褒めるから、俺は調子に乗ってあいつに言われるままに色んな相手に触れ、見た未来のことを話した。……結果は言うまでもない」

「……幼い子供を騙したあの屑野郎が全部悪いんです」

その頃のエルはまだ幼い子供だ。ポルクがエルを騙すのは容易いことだっただろう。

それでも、その言葉がエルにとって慰めにならないことは分かっていた。アスターとて、幼い頃からポルクの悪事に加担しているのと同じだったから。アスターさえ存在しなければ、ポルクが他国を侵略することはできなかった。それはアスターにとって、一生消えない心の棘だ。

「身体が成長すると、王女の姿でいるのは難しくなった。だから王女は部屋に籠もっていることにして、エルとしてポルクのそばにつくことになった。あいつにとって俺は大事な人質だからな。逃げられないように見張っておく必要があったんだろう。そこで、君の母君に会ったんだ」

「…………」

「彼女はポルクに目をつけられて、とうとう処刑を言い渡された。何とか彼女を助けたくて牢まで会いに行き、彼女に逃げるように言ったんだ。俺は君の友達で、君のためにもあなたに生きて欲しいと。そうしたら彼女は首を振って、俺に頼みたいことがあると言った」

「血を残して欲しい？」

エルは頷いて、悲痛な声で続ける。

「彼女は、神子殺しの剣の存在を知っていた。自分がここで殺されてしまったら、この先君があの剣によって危険にさらされた時に助かる可能性がなくなる。ポルクはそれを分かっていて自分を殺そうとしている。だから、俺に自分を殺して欲しいと言った。そうして、ポルクに気づかれないように自分の血液を後に残して欲しい、と」

「そんな……」

「諦めずに逃げることを提案した。だが、彼女の決意は固かった。彼女を助けることで、俺に危険が及ぶのを心配してくれたのかもしれない。実際、彼女を助けるのは簡単なことではなかった。……俺にもっと力があれば、彼女は死ぬ選択をしなかったと思う。……本当にすまない」

「エルが謝ることじゃないでしょう!? エルは、エルは……母の願いを叶えてくれたんですね?」

「そんなにいい話じゃない」

エルの手が胸元に触れた。いつもそこにあった小瓶を探すように。あそこに入っていたのは、アスターの母の血液だったのだ。露悪的な口調にも、苦悩が滲み出ている。やはり、エルは優しい。

「母の最期は、どんな感じだったんですか?」

「俺が刺すのを躊躇(ためら)っていたら、彼女が突然血を吐いた。ポルクがあらかじめ毒を飲ませていたらしい。彼女に『お願い、殺して』と懇願されて、俺が彼女の胸を突き刺した。そうしたら、彼女が笑ったんだ」

母の苦しみを思えば、そこにエルがいてくれたことに感謝した。長引かせるよりひと思いに突き刺してくれたことにほっとしただろう。殺してくれと懇願する戦場の兵士達が頭に浮かび、アスターの目に涙が浮かんだ。

「アスターをよろしく、と彼女は言った。あの子に自由を与えてやってくれ、全てアスターの思うままに、と。俺はそれに、あなたの分まで彼を守る、と答えた」

「だから、ずっと僕のそばにいてくれたんですね？」

母を殺した罪悪感を抱え、アスターに優しくしてくれていたのか。謎が解けると同時に、胸がちくりと痛んだ。自由を与えてやってくれ、という母の言葉があったから、エルは何よりアスターの気持ちを最優先してくれていたのだ。そうするべきじゃないと分かっていても。

「エルは、この国のために頑張ってくれたんですね」

「違う」

「え？」

「君のためだ」

エルの目がまっすぐにアスターを見た。

「全部、君のことが好きな俺のエゴだった」

「何を、言って……」

「幼い時、君にひとめぼれをした。あの時からずっと、君のためだけに生きている」

「ひとめぼれだなんて……あんな一瞬で、そんなことがある訳が——」

「君に触れた時、たくさんのものが見えた。これから君が辿っていく道筋、痛み、苦しみ。そして君が監獄で皆のために盾になって殺されるところまで」

「……っ」

「あんなに鮮明に見えたのは初めてだった。何て美しい人なんだろうと思った。どうしても、助けたいと思った」

「それで……？」

全てを投げ出して、僕を守ってくれたの？　身体だけじゃなくて、心まで。

「この力のせいでこの国の人達を不幸にした。だから二度と使ってはいけないと思っていた。この国のために何かをする権利もない、と。この力は呪いのようなものだ。この力を使えば、不幸を呼び寄せる。だけどどうしても君を守りたくて、それも破った」

「エルは、その力を使って僕達を導いてくれていたんですね？」

「……この力は万能じゃない。可能性の一つを見せるだけで、同じ者には二度と使えない。起こり得る可能性を潰しつつ、最善のルートを探ることしかできなかった」

「それでも、充分僕達を助けてくれたじゃないですか」

「皆には、行かせたくなかった。だが、別のルートを通ったとしても、戦闘は避けられない。どの道も最善じゃない。あの場に俺が残れば、君も俺も死ぬ。だから、俺にできることを探した。王族の血を引く俺なら、リア教の者達を説得できる。立場を明かし、信用を得て、君を助けたいと懇願した。だが……離れている間、不安でたまらなかった。本当にこの道でいいのか。今でも、この道でよかったのか分からない。本当は、もっといい道があったのかもしれない。俺が見つけられなかっただけで、君が少しも傷つかずに済んだ道が」

この人は、アスターを少しも傷つけたくないと思ってくれていた。それだけでも充分なのに、ずっと後悔している。どの道を選んでも、後悔するのだろう。強大な力を持てば持つほど、その力に翻弄(ほんろう)されることになる。

「エル」

下を向いてしまったエルの視線を自分に引き戻す。ここへ来てから、エルはずっと苦しそうな顔をしていた。それは全て、エルがアスターのことを愛しているから。

「僕のことを好きですか？　それとも、愛してる？」

「……俺にはそんなことを言う資格がない」

エルは懺悔(ざんげ)するように両手を握りしめた。

「……神子殺しの剣の存在も、知っていて君に隠していた。……知らないままで、いて欲しかったんだ」

「僕がそれを使うことを望むと思ったから？」

エルは神妙な顔で頷く。

「君にとって、死は幸いだと分かっていた。だが……俺は、君に死んで欲しくなかった。だから、リア教の者に、痛みの許容量を超えると心が壊れるとなれば、自分を傷つけることに躊躇してくれるかもしれないと……そう思って」

全て自分のエゴだ。エルは声を掠れさせてそう言った。

「君の母と約束したのに、俺は君を失いたくない自分を優先させた。そんな俺には、何の資格もない」

確かに以前のアスターが神子殺しの剣の存在を知ったら、すぐにでもそれを使うことを望んだだろう。けれど、今は違う。エルと出会った今は。

「僕が、聞きたいんです。僕のためだと思うなら、聞かせてください」

エルは何度も躊躇って、ようやくそれを口にした。

「……愛してる。愛してるんだ……すまない」

「どうして謝るんですか」

「俺には、そんな資格がない。それなのに、君に惹かれるのを止められない。あの時見た君の未来よりもっと、現実の君は魅力的で。駄目だと何度も自分に言い聞かせたが……どうしても君を愛してしまうんだ」

エルの愛してるという言葉は、アスターの胸をこんなに熱くさせるのに。エルはそんなことには微塵も気づかず、すまないと繰り返すから。

「僕も、エルを愛してます」

初めて口に出した言葉は、緊張で掠れてしまった。

エルの目が驚きに見開かれ、すぐに「違う」と首を振られる。

「君に無理をさせたい訳じゃない。ただ、君には知る権利があると思っただけだ。全ては俺がやりたくて勝手にやったことで、それに君が責任を感じる必要はない」

「そんなんじゃありません」

今度はアスターが首を振る番だった。

「ずっと、変な人だなって思ってました。僕はこれまでずっと独りぼっちで、僕を気にしてくれる人なんていなかったのに、エルはいつも僕のことをよく見ていて、お節介で、心配性で、優しくて。でも、それが僕にはすごく心地よかった。誰かに大事にされたことなんてなかったから」

「…………」

「エルが僕を大事にしてくれて、僕はようやく自分の価値に気づけた。エルがしてくれたように、他の人に優しくしたいとも思った。エルが僕に世界をくれたんです。皆と繋がっていける世界を」

アスターがエルの胸に飛び込むと、エルは当たり前にそれを受け入れてくれる。そういう人がいる幸せも、エルがくれたものだ。

アスターが戦場で生きている間、それを憂えてくれている人がいた。助け出そうとしてくれている人がいた。ずっと……愛してくれている人がいた。

エルは、自分がアスターにどれだけのものを与えてくれたのか、ちっとも分かっていない。エルはアスターを丸ごと受け入れてくれた。誰よりアスターを優先して大事にしてくれた。そうしてくれたから、アスターはこの腕の中で安心することができた。アスターにとって、この世で唯一安心できる場所になってくれた。それがどんなにアスターの心を癒したか。

「エルは、何でも僕のしたいようにしていいと言ったでしょう？」

「ああ」

「だったら僕は、エルの特別で一番になりたい。エルを僕だけのものにしたい。エルの人生が全部欲しい」

こんな我が儘を口にできるようになったのも、エルがアスターを愛してくれたからだ。たくさん愛してくれたから、我が儘を言っても大丈夫なのだとアスターはもう知っている。狡い自分を、エルが許してくれると分かっているから。

「本当に……いいのか？」

「やっぱりエルは変な人です。躊躇するならエルのほうですよ？　エルの人生、全部僕に束縛されちゃうんですから」

「束縛、してくれるのか？」

「もちろんです。エルが僕以外に優しくしていたら拗ねますからね」

「拗ねるのか」

「ぷんぷん怒りもしますし、泣いたりもするかもしれない」

「それは駄目だ」

エルが慌てて首を振る。アスターはそれに笑って「じゃあ」と言った。

「僕がいっぱい笑顔になれるように、ずっとそばにいてくださいね」

それでもエルが躊躇したような顔をするから、アスターはむっとした顔で宣言した。

「エルは今日から僕のもの！　返事は!?」

アスターの宣言にエルは面食らった顔をしたが、その顔が一気に綻(ほころ)んだ。

「ずっと前から、君のものだ」

「ああ、駄目ですよエル。そんな顔を見せたら、皆エルのことを好きになっちゃう」

僕の恋人が美しすぎて心配だ。


「ルークには何と言われたんだ？」

「えっと……横になって目を瞑っていれば、後はエルが全部してくれるって」

ルークには昨日、エルとのこれからについて相談していた。いや、相談していたというか、絶対にエルを落とせ、と厳命されていた。

自分がエルを愛していることを知って、ルークがバウンスに寄せる思いの重さもやっと理解した。そのことを話したら真剣な顔で言われたのだ。

『いいか、あいつはお前に罪悪感を持ってるから、お前からいかないと一生このままだぞ』

エルを誰にも渡したくなかったら、お前の全部を捧げろと、そう言われた。何が起こるのかは分からないが、アスターの全部をエルに捧げる覚悟ならある。

「そうか」

エルはそう言って、ふっと苦笑を見せた。ああ、駄目だ。そんな仕草すら麗しい。この人のことを好きだと思うと、胸がどきどきとうるさい。これが恋か。何て恐ろしいんだ。こんなに胸がどきどきしたら、息ができなくて死んでしまうかもしれない。僕、死なないんですけど。

「別に、今のままでも俺は充分に幸せだ」

「駄目です。恋人だけにしかできないことがあるってルークから聞きました。僕はエルの恋人なので、絶対にそれをします。それをしたら、エルはますます僕にめろめろになると聞いたので！」

「どうしても？」

「どうしても！」

「それなら、とりあえず横になるか？」

「そうで……あれれ？」

ぱふん、とベッドに押し倒されて見上げると、そこには妖しい笑みを浮かべてこちらを見下ろすエルの姿があって。

「どうした？」

ふっと目を細められただけで、とくとくとく、と胸の音が騒がしすぎて、エルに聞こえてしまうんじゃないかと思った。

「怖いならやめるか？」

エルはきっと、アスターがやめると言うのを期待している。それが分かって頷けるものか。

それに。

「怖い……？」

エルの雰囲気がいつもと違っていて、それには確かに少し不安を感じるけど、怖いかと言われたらそうじゃない。

「怖くはないですけど、僕、ちゃんとできるのかなって」

アスターは知らないことだらけだ。エルのことが大好きで、自分だけのエルにしたいけど、これから何が起きるのかだって、本当のところはさっぱり分かっていない。

アスターが不安になるのは、エルに幻滅されるのが嫌だからだ。

「それは俺も同じだ」

「え？」

「……ほら」

エルの手が、アスターの頬に触れる。余裕があるように見えたのに、エルの手は震えていた。

「俺だって、誰かとこんなことをするのは初めてなんだ」

「本当に？」

「俺の初恋を奪っておきながら、疑うのか？」

冗談めかして言われて、ようやく肩の力が少し抜ける。

「それに、もうこの手で誰にも触れたくないと思っていたから」

エルの手は、未来を見る手だ。けれど、どんな部分を見るかは選べない。その人が誰にも見られたくないと思う瞬間だって、見てしまうことがあるだろう。人の秘密を覗き見ることや、知ってしまった未来を教えられないことに対する罪悪感。そして……その力のせいで、ポルクを王にしてしまったことに対する後悔。

エルの手を取り、両手で包み込む。

「僕のために、使ってくれたんですよね？」

この力を使って未来を変えれば、今よりもっと不幸な結果を招くかもしれない。そういう気持ちと戦いながらも、エルは力を使うことを決めてくれたのだ。アスターと一緒に前に進むために。

「エルがいてくれてよかった」

身体を起こし、自分からエルにキスをする。目測を誤って唇の端に当たってしまったけれど、ご愛敬だ。

「エルが好きです。だから、一緒に頑張りましょう」

「……何だか、色気のない台詞だな」

エルは苦笑して、それからもう一度アスターをゆっくりと押し倒して唇にキスをくれる。

「……ふ……ぁ」

舌を絡められ、ちゅくちゅくと音を立てて吸われた。性器が痛くなってきてもぞもぞと腰を動かすと、ぴたりと身体を密着させてきたエルが耳元で囁く。

「辛いなら、まず脱ぐか？」

こくこくと頷くと、エルの手がアスターから服を剝ぎ取っていく。男同士だし、互いの肌を見るのは初めてのことじゃないのに、エルの目がじっくりと観察するようにアスターの身体を見るから、何となく恥ずかしくなってしまった。

「エル、あまり見ないでください」

「すまない。あまりに綺麗で」

そう言ったエルが、自分の服を無造作に脱ぎ捨てた。途端に露わになる美しい肉体に、アスターは目を奪われる。

「それ、僕がエルに言う台詞だと思います」

「俺の身体はアスターの好みか？」

「当然です」

「だったら、好きに触っていい」

俺も、好きに触るから。

エルの手が確かめるようにアスターの身体を滑った。アスターだってエルの身体を触りたいのに、そうされると息が上がってしまって。

「エル、ずるい」

「我慢ができないんだ」

意地悪をされているんだと思ったのに、エルは本当に余裕がないようだった。

「アスター、好きだ。愛してる」

何度もそう零しながら、アスターの身体のあちこちにキスを落とす。頬に、肩に、首筋に、指先に、胸元に。硬くなった性器にエルの指が絡む。すっかり慣らされた身体はそれだけで悦（よろこ）び、アスターの唇から勝手に声が零れ落ちた。

「ぁ、エル、える……っ」

エルのキスが下へ降りていき、アスターの性器を口に含む。それに驚いて飛び起きようとしたが、じゅっと吸われてしまうと駄目だった。

「あ、あ、える、だめっ、どうして、どうして、あ、あ、そんな……！」

「この先は、少し苦しいと思う。先に善くなっておいてくれ」

舌先で先端を抉(えぐ)られ、びくびくと身体が跳ねる。あんなところにこんなことをされるなんて思わなかった。ほとんど抵抗らしい抵抗もできずに快楽に溺(おぼ)れていると、性器をしゃぶっていた舌が裏筋を舐め、そのまま尻の狭間に降りてきて、舌がそこに入り込んでくる。

「ひ、ぁ、あ、だめっ、何して……っ、やめ、あ、あ！」

気づけば四つん這いになって、性器を扱(しご)かれながら尻を嬲(なぶ)られていた。

「ここに、俺のを入れるんだ」

「そ、そこに……!?」

エルの性器の大きさなら、嫌というほど知っている。あんな大きなものがそんなところに入る訳がない。アスターは今すぐ逃げ出したくなったが、背中に圧(の)し掛かってきたエルは、「ゆっくりする」と優しい声でアスターを唆す。

「ほら、指が入った。少しずつ広げれば、必ず入る」

「あ、あ、ゆび、ゆびが、はい……」

エルの太くて長い指が、アスターの中に押し入ってくる。最初は抵抗したそこは、一度侵略されれば吸い込むように貪欲に指を受け入れて。

「ああ、アスター……分かるか？　三本入った」

「さ、さんぼん、も……？」

ひぐひぐと身体が震えるのは、快楽なのか未知への不安なのか。意識してしまうと、確かに自分の中でばらばらに動くエルの指を感じた。

「ここに、気持ちよくなれる場所があると聞いた。もう少し、手前なのかもしれない」

エルの指がある一点に触れた途端、身体が大きく跳ねた。これまでとは比較にならないぐらいの強烈な感覚。

「アスター、ここ?」

問いかけるエルが、アスターの耳朶をしゃぶる。それだけで背筋が震えるほどぞわりとするのに、またあの場所を押された途端、今度はひゅくっと性器から蜜が漏れた。

「ああ、やっと見つけた。ここか」

「あ、待って、待って……あ、そこ、そこは、だめ……!」

エルの指がアスターの中から出ていく。アスターの待ってという言葉を聞いてくれたのだとほっとしたが、そうではなかった。

「アスター、すまない……もう待てそうに、ない」

「あ、うそ、待って、まって、無理だから、むり、あ、あぁ」

そこに、エルの硬いものが押しつけられる。にゅくにゅくと先端が入ったり出たりして、それに翻弄された。

ああ、もしかしてこれが交わるということか。言葉だけは知っていたが、それがこんなことだとは知らなかった。恋人同士がする特別なこと。それがこれだったのだ。

僕の中に、エルが入っているんだ。

そんなことを思いながら、先端で中を擦られる気持ちよさに喘いでいたら、エルがもう一度「すまない」と言った。

「もう、限界だ」

「ふ、ぁ……あ、あ……え？　あ、あ、うそ、まだくるの？　あ、いや、うそうそ、無理、はいら、はいらな……あああああっ」

にゅくりと入り込んだ先端が、そのままぬうっと奥に差し込まれていく。あともう少しだけ、あとちょっとだけだと思う場所を通過し、最後にはぐっと腰を押し込まれて。

「あ、あ……！」

衝撃で自分が達してしまったことに気づくことすらなく、アスターは襲いくる快楽に身を悶えさせた。

「くるし……あ、あ、お腹、やぶけちゃう……あ、あ……！」

「アスター……これ以上煽らないでくれ……っ」

本当に破けそうなぐらいにお腹がいっぱいになってしまっていると思ったからそう言ったのに、エルは悔しそうに呟いて、アスターの身体を引っ張り上げた。

「あ、あぁ、だめっ、うごかしちゃ……」

エルの胡坐の上に乗せられ、どうすることもできずにそのまま胸に凭れかかる。下を見ると、自分の腹が不自然に膨れているのが分かって、恐る恐るそこに手を伸ばした。

「ぁ……エル、える……ここに、いる……あっ、おっきく、したら、あっ」

「ちっ」

アスターの中を征服しているエルのものが、更にぐんと大きくなり、エルの舌打ちが耳元で聞こえる。

「君は……どこで、そんなことを覚えてくるんだ？」

「お、覚えて、な……あ、あ、うご、うごかしちゃ、だめ！」

「君が俺を翻弄するから、我慢できなくなるんだ」

両足を抱え上げられ、不安定な体勢で身体を揺さぶられた。されるがままになりながら、せめてキスがしたいと強請（ねだ）ると、「君は俺を煽る天才だな……！」と悔しげに吐き捨てられる。

足を下ろされ、開かされた。手を自分の性器に導かれ、気がつけば自慰に耽（ふけ）るような体勢のまま腰を振り、唇もエルの唇に蹂躙（じゅうりん）されて。

どこもかしこも、気持ちいい。

「える、いっちゃう、あ、もう、いく……っ」

「だったら、俺の顔を見ながら達（い）ってくれ」

身体を反転させられ、ようやくエルの顔が正面に来る。大好きなエルを抱きしめ、アスターは夢中でくちづけながら繰り返す。

「える、すき。あ、あ、好き」

「俺も、好きだ。アスター、愛してるんだ」

ぐっと下から突き上げられ、ぽんと高い所から落とされたような感覚と共に、アスターはその日初めての感覚を味わった。

体中を震わせてその初めての感覚にむせび泣くアスターをエルは朝まで離さず、それはアスターが気を失うまで続いた。


こんなはずじゃなかった。絶対にこんなはずじゃなかった。

え、大人って皆あんなことするの？　あんな恥ずかしいことして、素知らぬ顔で歩いてるの？

昨夜のあれこれを思い出せば、ぼっと顔中に火がついたように恥ずかしくなる。

「アスター、大丈夫か？」

心配げに自分を見下ろすエルだって、昨夜はあんなとんでもないことをして——

『アスター、ここが気持ちいい？』

甘く蕩(とろ)けるような声を思い出すだけで腰が砕けそうになったのを、エルの腕が支えてくる。

「無理をするな」

耳元で囁くのを今すぐやめて欲しい。夜のエルを思い出してしまうから。

昼間のエルだって恐ろしいぐらいに美しいけれど、昨夜のエルはもはや人の域を超えていた。気だるげな息も、甘く囁く声も、蕩けるような視線だって、全部がアスターの身体をおかしくさせて、どんなに出しても、またすぐに硬くなってしまうから、いつまで経っても終わりが来なくて。

信じられない。皆があんなことをしてるなんて、まったく信じられない。ぐるぐると昨夜のことを反芻しては恥ずかしい思いをしながら歩いていると、不意に後ろから声をかけられた。

「何だ、ようやくくっついたのか」

振り向いたら、そこには呆れ顔のヘクトルが立っている。

「若いな、エル。そうなるとは思ってたが、手加減はできないのか？」

「………」

いつもならうるさいと言うはずのエルが、しょぼんとした顔でアスターを見る。

「すまない」

その顔でそんな表情をされたら、到底怒れない。もしかしてエル、分かっていてやってるんじゃないのかな？

「ははは、エルのそんな顔を見るなんて、長生きはするもんだな！」

「朝からうるさいよ、おっさん。新婚の初夜に絡むなんて、一番嫌われるやつじゃん」

「ちょ、ちょっと待ってください！　初夜!?」

え、あれってそうなの!?　言葉だけは聞いたことがあるけど、知らない間に僕達結婚しちゃってたの!?　いや待って、そもそも何でその初夜とやらだったのがバレてるの!?

「あのさあ、そんなへろへろの足で歩いて、バレないとでも思ってんの？　セドリックの時よりひど
……いってえ！」

「黙りなさい、ルーク」

後ろからやってきたセドリックが、何とルークを蹴飛ばした。セドリックもそんなことをするんだなと驚いていると、後ろからアンリもやってくる。

「まあ、ヘクトルが大したことないってことだね」

「おいこら誰が大したことないって？　俺はただこいつを気遣って……いってえ！」

「殺しますよ？」

え、待って。え？　え？　そうなの？　これってそうなの？　セドリックの初夜の相手はヘクトルってこと!?　そういうこと!?

「え、ヘクトルとセドリック、そういう関係だったんですか!?　いつから!?」

「むしろ、今まで気づいてなかったんだ。お前、ほんと鈍いな。そんなだからエルの丸分かりの下心にも気づかないんだよ」

「それは言えてる」

「何を騒いでおるのだ。起きたのなら、早く来ぬか。新しい国を作るに当たって、まずは貴族領の者達と話をせねばならぬ。新しい王都の場所の選定に、王の選出。やることは山ほどあるのだぞ」

「あ、バウンス様！　聞いてよ、エルとアスター、昨夜が初夜だったんだよ！」

やめて！　バウンス様にまで何で言っちゃうんですか！

アスターは今なら羞恥で死ねると思ったが、それを聞いたバウンスは何と泣き出してしまった。

「ああ……エルローズ様、このバウンス、とても嬉しゅうございます。エルローズ様の悲願が叶ったのでありますね……！」

「何かこの言い方だと、エルの悲願がアスターとの初夜みたいに聞こえるけど」

「まあ、違ってないんじゃないか？」

「違う！」

珍しくエルが大きな声を出したが、感極まったバウンスは止まらない。

「アスターと初めて会ったあの時から、会えぬ彼を星に見立てて夜空を眺めては辛そうにしているのを見るたび、このバウンス、胸が潰れる思いでございました……！　ようやく、ようやく……星をその手に摑んだのですね！」

「星？」

「エルローズ様はこう見えてロマンティストでね。星を見ては会えぬ君を思い出してめそめそしていたんだよ？」

「アンリ！」

「エルローズ様！　この良き日を祝日に制定いたしましょう！」

「え？」

待って。僕とエルの初夜を祝日にする？　毎年皆でお祝いするってこと？

「ちょっと待って！　バウンス様待って！」

落ち着こう？　一旦(いったん)落ち着こう？

「そうと決まれば、すぐに皆に広めねばならぬ！」

「そうだそうだ！　今すぐ広めちゃおうぜ！」

ルークやめて。面白がって全力で乗っかるのを、今すぐやめて。

「よーし、じゃあ今日はまた祝いだな！」

ヘクトルが大きな声を出すと、仲間達が何だ何だと集まってきた。

「祝い？　何の祝いだ？」

「アスターとエルの初夜の――」

「やめてくださいって!!」

アスターの絶叫が辺りに響き渡る。それと同時に、エルの笑い声も辺りに響き渡った。

「あはははは！」

「エルが笑った」

「エルが笑ったぞ！」

「よし、今日は祝いだ！」

笑ってる場合じゃないですよ！


その昔、神に愛されし二人の御子(みこ)がいた。一人は回復の権能を与えられ、もう一人は先読みの権能を与えられたが、幼い頃から二人の前に立ち塞がる者があった。

歴史に名を遺すことなど許されぬその卑劣な男によって不遇の時代を生きた二人は、神に与えられた権能を使い、この世に再び平穏を取り戻した。

そうして新たな国を建国し、二人は王と王配として並び立つ。彼らに愛された国は、豊かに栄え、今現在まで民達の平穏を守り続けている。

その名はアバロン。

神に愛されし子らが作った国。

あとがき

皆様こんにちは、佐倉温（さくらはる）です。今作も最後まで楽しんでいただけましたでしょうか？文庫でのテイストとは違って、かなり痛みや苦しみを乗り越えるお話となっておりますが、最後は笑顔でここまで辿（たど）り着（つ）いてくださっていたら嬉（うれ）しいです。

この物語で最初に思い浮かんでいたのは、冒頭の戦場のシーンでした。自分のいる環境をそのまま受け入れて生きているアスターが浮かび、彼を幸せにするための物語が動き始めました。

最初にこのお話のプロットを作った時はもう少し明るい話になるのかなと思っていたんですが、書き始めてみるとあっという間に呑（の）み込まれ、思ったより難産となりました。初稿段階で大幅に変更することになった時には頭を抱えましたが、そのお陰で彼らの物語がより深みのあるものになったと信じております。

主人公であるアスターは自分を大事にすることができません。それは彼がこれまで生きてきた環境ゆえで、飄々（ひょうひょう）としているのも彼にとっては悲しむことに意味がなかったからです。そんなアスターを見守る存在であるエルもまた複雑なキャラクターで、この二人を物語の最後まで導くのはこれまでで
も一番苦労したかもしれません。

そして、彼らを取り巻く沢山のキャラクター。一人一人をもっと掘り下げて書いてあげたかったなと思うのは、脇キャラ好きの性（さが）ですね（笑）。私の今回のお気に入りキャラは、きっと分からないんじゃないかなと思います。それぐらい、今回は主人公の二人を追うのに必死でした。今は彼らが無事

に危機を乗り越えてくれたことにほっとしております。

読んでくださった方の中には、アスターが自分を大事にしないことを悲しく思ってくださった方もいるかもしれません。けれどアスターだけではなく私達も、忙しい日々を過ごしているとどうしても自分のことが後回しになったりします。皆様も、時々は誰より自分を優先して、労(いたわ)って、可愛(かわい)がってあげてくださいね。

今回は、高世(たかせ)ナオキ先生がイラストを描いてくださいました。ラフの段階で見せてくださった構図がとても素晴らしくて、執筆中の糧になりました。まだ完成したものは拝見していないのですが、とても素敵な二人を描いてくださっていると確信しております！　引き受けてくださって、本当にありがとうございました！

それから、今回も担当様には大変お世話になりました。いつも的確なアドバイスをくださって本当にありがとうございます。やるからにはやり切ってくださいと背中を押してくださったこと、とても感謝しております。これに懲りずに、これからもどうぞよろしくお願いいたします！

そして最後に、この本を手に取ってくださった皆様。人生の中の貴重な時間、この本と出会ってくださってありがとうございます。アスターとエルの二人が、ほんの少しでも皆様の癒しの時間のお手伝いができていますように。

それでは、またお会いできることを願っております。

二〇二五年二月　　　　佐倉　温

一途な英雄は愛しの神子と建国するようです

2025年4月1日　初版発行

著者　佐倉 温

発行者　山下直久

発行　株式会社KADOKAWA
〒102-8177
東京都千代田区富士見2-13-3
電話：0570-002-301（ナビダイヤル）
https://www.kadokawa.co.jp/

印刷所　株式会社暁印刷

製本所　本間製本株式会社

デザインフォーマット　内川たくや（UCHIKAWADESIGN Inc.）

イラスト　高世ナオキ

本書は書き下ろしです。

ISBN 978-4-04-116071-8　C0093　Printed in Japan